Jürgen Ehlers

Jagdfrevel

Jürgen Ehlers

Eiszeitforscher und Krimiautor, geboren 1948 in Hamburg. Seit 1992 schreibt er Kurzkrimis und Kriminalromane. Er ist Mitglied im »Syndikat« und in der »Crime Writers' Association«. Er lebt mit seiner Familie in Schleswig-Holstein. Wer mehr über ihn und seine Bücher erfahren möchte, findet viele Informationen auf seiner Webseite

https://www.juergen-ehlers-krimi.de

Jürgen Ehlers

Jagdfrevel

1. Auflage März 2012
2. Auflage März 2025

Originalausgabe

E-Mail: jehlersqua@outlook.de
Covergestaltung:
Laura Newman @ lauranewman.de
Impressum:
Jürgen Ehlers, Hellberg 2a, 21514 Witzeeze
Verlag: BoD · Books on Demand GmbH,
In de Tarpen 42, 22848 Norderstedt, bod@bod.de
Druck: Libri Plureos GmbH, Friedensallee 273,
22763 Hamburg
ISBN: 978-3-7693-2016-9

Prolog

Am 3. Juli 1917 schreibt der Hilfsförster Richard Weber aus der Försterei Charlottenthal in Westpreußen einen Brief an seine Eltern:

Ihr Lieben! Wir hatten heute große Dienstbesprechung. Natürlich ging es wieder um die Wilddiebe. Der Oberförster hat ein großes Gewese darum gemacht. Neulich ist wieder geschossen worden, und Schlingen haben wir auch gefunden. Im Jagen 24, genau wie beim letzten Mal. Morgen früh erwischen wir den Kerl. Ich übernehme die erste Wache bis 4:00 Uhr, dann löst Brandt mich ab. Morgen mehr. Euer Richard.

P. S.: Wir sind uns jetzt ziemlich sicher, dass es der Spitza ist, von dem ich dir geschrieben hatte.

4. Juli

Irgendwo knackt es im Unterholz. Richard Weber schrickt hoch. Der Wilderer! Wer hätte das gedacht, dass er so früh kommen würde! Es ist noch fast dunkel, und Weber weiß zwar, wo die Schlinge hängt, aber sehen kann er sie nicht. Wieder knackt es, diesmal etwas näher. Kurz darauf registriert Weber, dass sich ein Schatten zwischen den Kiefernstämmen auf ihn zubewegt. Ist das dieser Spitza? Ja, das kann er sein. Der Mann kommt näher und näher, und schließlich bleibt er stehen, keine zehn Schritte von Weber entfernt. Das ist die Stelle, an der die Schlinge hängt. Weber hat sie zugezogen, dass sie keinen Schaden mehr anrichten kann. Der Mann bückt sich, macht sich daran zu schaffen, ist offenbar dabei, die Schlinge erneut zu stellen.

Weber springt auf: »Hände hoch! Forstpolizei!«

Der Unbekannte erstarrt.

Weber geht auf ihn zu, den entsicherten Drilling in der Hand. »Los, aufstehen! Und die Hände hübsch nach oben!«

Wenn es nur nicht so dunkel wäre! Weber kann nur hoffen, dass der überraschte Wilderer keinen Fluchtversuch unternimmt.

Zögernd richtet der Mann sich auf und hebt die Arme. Ja, kein Zweifel, das ist der Spitza. Lange schon haben die Förster ihn im Verdacht, dass er hier im Wald Schlingen stellt. Nun hat Weber ihn erwischt.

»Los, vorwärts! Da rüber! Ganz langsam zurück zum Weg gehen! Und die Hände hübsch oben lassen!«

Der Wilderer gehorcht. »Was hab ich dir denn getan?«, flüstert er.

»Nichts hast du mir getan«, ruft Weber verärgert. »Aber den Rehen und Hasen, denen hast du was getan. Die hast du umgebracht mit deinen Schlingen!«

Spitza reagiert nicht. »Was hab ich dir denn getan?«, fragt er noch einmal. Und dann lauter und lauter: »Was hab ich dir denn getan? Kannst du mir das sagen? Was lauerst du mir auf mit einem Gewehr? Was hab ich dir getan?«

Es heißt, der Spitza sei womöglich schwachsinnig. Aber das sollen andere entscheiden. »Halt den Mund

und geh weiter!« Spitza geht weiter, aber sie kommen nur langsam voran. Immer wieder bleibt der Mann stehen, dreht sich um und fragt den Hilfsförster: »Was hab ich dir denn getan?«

»Weiter, weiter! – Das wird sich alles klären.« Weber hat keine Lust, mit dem Wilderer zu diskutieren. Das ist Sache der Polizei. Soll die sich darum kümmern.

Schließlich erreichen sie den Weg. Weber atmet auf. Das schwierigste Stück ist geschafft. Von hier aus geht es am Piaseczno-See vorbei geradewegs zurück zur Försterei. Hier in der offenen Heide kann ihm der Wilderer nicht mehr entwischen. Außerdem wird es allmählich heller.

Plötzlich kommt ihnen ein einsamer Wanderer entgegen. Ein Spaziergänger? Zu dieser frühen Stunde? Noch ein Wilderer, denkt Weber. Wer sonst sollte vor Sonnenaufgang im Wald unterwegs sein? Aber – wenn das ein Wilderer ist, warum läuft der Mann nicht davon?

Spitza jammert nun wieder lauter; auch er hat offensichtlich den Mann entdeckt. Womöglich verspricht er sich Hilfe von ihm. »Was machst du mit mir?«, ruft er. Es klingt geradezu verzweifelt. »Was willst du von mir? Warum schlägst du mich? – Au, Au! Warum schlägst du mich?«

Es ist lächerlich. Weber hat den Mann gar nicht angerührt. Inzwischen ist der andere Spaziergänger heran. Weber registriert zu seiner Erleichterung, dass der Mann ganz offensichtlich unbewaffnet ist. Er sieht weder besonders groß noch besonders stark aus.

»Was geht hier denn vor?«, fragt er. Es klingt nicht bedrohlich, eher neugierig.

»Nichts Besonderes«, erwidert Weber. »Dieser Mann hier, das ist ein Wilddieb; ich hab ihn beim Jagdfrevel erwischt. Beim Schlingenstellen.«

Der Unbekannte nickt. Er ist kurz stehen geblieben, hat den Förster und seinen Gefangenen interessiert angesehen, aber nun geht er weiter. »Schönen Tag noch!«

Weber nickt. »Vorwärts!«, sagt er.

Spitza schreit plötzlich: »Hilfe! Hilfe! So hilf mir doch!« Ehe Weber überhaupt reagieren kann, springt ihn plötzlich der Unbekannte von hinten an. Weber lässt den Drilling fallen und versucht, sich loszureißen. Nun geht auch Spitza auf ihn los. Weber tritt nach ihm. Spitza schreit. Der Unbekannte bringt Weber zu Fall. Weber greift nach dem Drilling. Er kann ihn nicht erreichen. Er hätte schießen sollen! Spitza stürzt sich auf ihn, würgt ihn mit beiden Händen. Weber befreit sich, springt auf. Spitza will ihn erneut packen; er beißt dem Wilderer mit aller Kraft in die Hand, dass der brüllend loslässt. In dem Augenblick erhält er einen Schlag über den Kopf. Der Drilling! Der Unbekannte hat das Gewehr ergriffen und schlägt damit zu. Weber versucht, den zweiten Schlag abzuwehren, stolpert, stürzt ins Heidekraut. Ihm ist, als sei sein Schädel gesprungen.

Spitzas Stiefel trifft ihn ins Gesicht. Weber schwinden die Sinne. Der Unbekannte holt erneut zum Schlag aus …

Förster und Jäger

Czersk, Westpreußen, 1. September 1917

Der Bahnhof liegt außerhalb der Stadt. Berger scheint es, als sei das moderne, dreigliedrige Gebäude für die kleine Stadt zu groß ausgefallen. Ist Czersk überhaupt eine Stadt?

Er weiß es nicht.

Wilhelm Berger hat Glück gehabt. Seine Verwundung ist zwar schmerzhaft gewesen – aber für ihn ist der Krieg erst einmal vorbei. Nach der Entlassung aus dem Lazarett hat man ihn zu seiner Überraschung nicht zu seinem Regiment zurückgeschickt, sondern stattdessen in Berlin neu eingekleidet. Jetzt, am 1. September, steht er in der Uniform eines Soldaten des Garde-Jäger-Bataillons auf dem Bahnhof in Czersk und fragt sich, wie es weitergehen soll. Er hat das Gewehr und den Tornister abgesetzt und sieht sich um. Die wenigen Fahrgäste, die mit dem Zug gekommen waren, sind inzwischen verschwunden. Nach Jatty soll er, aber er hat keine Ahnung, wo dieses Jatty liegen mag. Er spürt ein Ziehen in der Schulter. Seine Verwundung ist keineswegs ausgeheilt.

Neben dem Bahnhof stehen zwei ältere Männer und rauchen. Berger geht zu ihnen hinüber. Die Männer unterbrechen ihre Unterhaltung und sehen ihn an.

»Entschuldigung, können Sie mir sagen, wie ich von hier nach Jatty komme?«

Die beiden Männer starren ihn an, schütteln die Köpfe. Sie verstehen ihn nicht. Wahrscheinlich sind es Polen.

»Jatty?«, versucht es Berger noch einmal.

Der eine der Männer spuckt aus, sagte dann irgendeinen längeren Satz auf Polnisch, in dem das Wort Jatty vorkommt und weist in Richtung der Landstraße. Offenbar muss er sich nach Westen wenden.

Wilhelm Berger nimmt sein Gepäck auf und geht in die angegebene Richtung. »Jatty?«, fragt er.

Die Männer nicken.

Wilhelm Berger braucht nicht weit zu gehen. Schon nach wenigen Minuten, er hat Czersk noch gar nicht verlassen, kommt ihm ein Pferdefuhrwerk entgegen.

Der Kutscher winkt ihm zu und hält an. »Steigen Sie ein«, sagt er.

»Nach Jatty?«, fragt Berger vorsichtshalber.

»Ja, natürlich, wohin denn sonst? – Sie sind doch dieser Berger, oder? Ist doch klar, dass wir Sie nicht zu Fuß laufen lassen! Schon gar nicht an einem so heißen Tag.«

»Danke.« Berger wirft sein Gepäck auf den Wagen und setzt sich neben den Kutscher auf den Bock.

»Die Rundfahrt durch die Stadt erspare ich Ihnen; viel zu sehen gibt es sowieso nicht. Czersk ist ein Zentrum der Holzindustrie, es gibt die Säge, wie man hier sagt – das ist das Sägewerk. Dann ist da noch eine Ziegelei, eine Brauerei, eine Schule. Hab ich irgendetwas vergessen? Ja, die Landmaschinenfabrik *Victoria*. Um die Jahrhundertwende gegründet. Alles blüht und gedeiht!« Der Kutscher lacht.

Im Augenblick blüht nicht allzu viel, und selbst das Grün am Straßenrand hat der Staub grau gefärbt. Die schnurgerade Straße ist nichts als ein Sandweg; sie führt parallel zur Bahn zurück in Richtung Westen.

»Das ist die Fernstraße nach Königsberg«, sagt der Kutscher. »Aber nicht in dieser Richtung. Wenn wir hier weiterfahren, landen wir in Berlin.« Wenn er lacht, sieht man seine Zahnlücken.

Sie fahren natürlich nicht nach Berlin, nicht einmal bis in das zwanzig Kilometer entfernte Rittel, das auf dem Wegweiser angekündigt ist, sondern sie biegen nach wenigen Kilometern links ab. Die ganze Fahrt führt durch Wald – Wald ohne Ende. Gleich hinter Czersk hat er angefangen.

»Alles königlicher Forst!«, erläutert der Kutscher. »Die Tucheler Heide.«

Berger sieht keine Heide.

»Sie fragen sich, wo die Heide geblieben ist? Doch, Heide gibt es schon noch, aber das meiste ist heute natürlich aufgeforstet. Die Tucheler Heide, das ist das ganze Gebiet zwischen Brda und Wda.«

»Wo?«

»Zwischen Brahe und Schwarzwasser, wenn Sie die deutschen Namen vorziehen.«

»Ich ziehe sie vor.« Jedenfalls kann er sie aussprechen. Und der Kutscher ist doch auch Deutscher – oder nicht? Doch, wahrscheinlich.

Berger nimmt an, dass er noch genügend Gelegenheit bekommen wird, die Gegend aus eigener Anschauung kennenzulernen. Der Kutscher biegt jetzt wieder nach rechts ab, von einem Waldweg in den anderen.

Berger ist müde von der langen Fahrt.

»Das da vorn, das ist Jatty!«

Der Kutscher weist auf eine Gruppe von Gebäuden, die rechts vor ihnen liegen.

»Nobel«, sagt Berger. Das Ganze sieht eher wie ein Gut aus als wie eine Försterei.

»Das ist natürlich der Gutshof«, sagt der Kutscher. »Polnisch. Die Försterei ist in einem der Nebengebäude untergebracht.«

Auch das Nebengebäude ist ein großes, modernes Haus, nicht zu vergleichen mit den ärmlichen Hütten, an denen sie auf der Fahrt hierher vorübergekommen sind. »Das sieht ja gar nicht schlecht aus. – Und das, ist das des Försters Tochter?«

Ein junges Mädchen ist vor die Tür der Försterei getreten und blickt den Ankömmlingen entgegen.

»Das ist Maria«, sagt der Kutscher. »Eine Polin.«

Maria sieht hübsch aus. Wie alt mag sie sein? Vielleicht siebzehn oder achtzehn?

»Der Förster hat beschlossen, wenn er Kinder kriegt, dann wird er sie auf jeden Fall in ein anständiges Internat schicken. Aber bis jetzt hat er noch keine. Und er wird sich verdammt beeilen müssen, wenn er noch welche haben will!« Der Kutscher lacht.

Die nicht existierenden Försterkinder interessieren Wilhelm Berger nicht. »Und wer ist Maria?«, fragt er.

»Eine der Bediensteten. Hilft in der Küche, soweit ich weiß.«

»Ein hübsches Mädchen«, sagt Berger.

Der Kutscher nickt. »Ja, sie sieht gut aus, aber das ist auch alles. Ein typisches polnisches Bauernmädchen, hat von nichts eine Ahnung, und spricht vermutlich kein Wort Deutsch.«

* * *

Maria spricht besser Deutsch, als der Kutscher glaubt. Sie zeigt Wilhelm Berger sein Zimmer, einen freundlichen, hell gestrichenen Raum im Dachgeschoss der Försterei. Ein anderer Pole, ein junger, kräftiger Bursche, hat sein Gepäck nach oben gebracht und ist dann wieder verschwunden. Berger setzt den Tschako ab. Von seinem Dachfenster aus sieht er, wie der Kutscher entlohnt wird und mit seinem Fuhrwerk davonfährt.

»Du bist Kommandojäger? Genau wie der Franz?«, fragt Maria. »Was ist das?«

Wilhelm Berger erzählt ihr das Wenige, was er selbst weiß. »Ein Jäger ist beim preußischen Militär jemand, der besonders gut schießt. Ein Scharfschütze also. Und diese Scharfschützen sind in speziellen Einheiten zusammengefasst. Eine davon ist das Garde-Jäger-Bataillon in Potsdam, zu dem ich versetzt worden bin.«

»Schießt du besonders gut?«

Berger schüttelt den Kopf. Die Frage seiner Schießkünste hatte bei der Versetzung nach Westpreußen keine Rolle gespielt.

»Du kommst auch nicht aus Potsdam«, stellt Maria fest.

»Nein, ich komme aus Hamburg.«

»Und warum bist du dann jetzt hier?«

Berger zuckt mit den Achseln. Warum er hier ist, weiß er selbst nicht genau. Er vermutet, dass sein Vater seine Hand im Spiel gehabt hat. »Kommandojäger«, sagt er. »Das bedeutet, man ist ein Jäger, der irgendwo hinkommandiert wird. Und mich haben sie hierher nach Jatty kommandiert.«

»Und was willst du hier jagen?«

»Gar nichts. – Soweit ich weiß, besteht meine einzige Aufgabe darin, auf den Wald aufzupassen.«

»Auf den Wald aufpassen?« Maria lacht. »Das ist eine lustige Aufgabe! Was glaubst du denn, was passieren könnte? Fürchtest du, dass er vielleicht davonläuft, der Wald?«

Berger fühlt sich veralbert. »Es ist nicht meine Idee gewesen, hierherzukommen!«, sagt er. »Und ich denke, dass es nicht so sehr um den Wald selbst geht, als vielmehr um das Wild. Ich soll helfen, das Wild zu schützen. In schlechten Zeiten wie diesen, gibt es immer auch Wilddiebe. Und wenn keiner da ist, der auf den Wald aufpasst, dann gibt es bald keine Rehe und Hirsche mehr.«

»Dann pass nur gut auf!« Maria wendet sich zum Gehen.

»Und Sie?«, fragt Berger.

Maria bleibt stehen. »Ich passe nicht auf den Wald auf«, sagt sie. »Ich passe auf den Förster auf, und auf den anderen Kommandojäger, der jetzt von Grünthal gekommen ist. Ich passe auf, dass sie alle etwas zu essen bekommen, denn wenn keiner aufpasst, dass sie etwas zu essen bekommen, dann gibt es bald keine Förster und Kommandojäger mehr.« Sie lacht und läuft die Treppe hinunter.

* * *

»He, Sie da!«

Wilhelm Berger steht auf dem Hof zwischen der Försterei und dem Gut. Er sieht sich um.

»Sie da, kommen Sie doch mal her!« Der Mann, der gerufen hat, sieht aus wie jemand, der es gewohnt ist, dass man seinen Anordnungen Folge leistet. Der Gutsbesitzer, denkt Berger. Aber es ist nicht der Gutsbesitzer; es ist der Förster.

»Wilhelm Berger vom Garde-Jäger-Bataillon meldet sich zur Stelle«, sagt Berger.

»Nehmen Sie Haltung an, wenn Sie mit mir reden!«

Berger sieht sein Gegenüber verärgert an. »Haltung nehme ich nur an, wenn ich mit einem Dienstvorgesetzten rede«, sagt er. »Mit einem Dienstvorgesetzten in Uniform. Sie sind nicht in Uniform, und sie sind nicht mein Vorgesetzter.«

Der Mann mustert ihn kalt. »Da sind Sie im Irrtum. Für die Dauer Ihrer Überstellung an das Forstamt Jatty sind Sie mir unterstellt, und Sie haben mir Meldung zu machen, ganz gleich, ob ich nun in Uniform bin oder nicht.«

»Gefreiter Wilhelm Berger vom Garde-Jäger-Bataillon meldet sich zur Stelle«, wiederholt Berger. Er hat die Hacken zusammengenommen, aber nicht so zackig, wie der Förster sich das gewünscht hätte.

»Das werden wir üben müssen«, sagt er. »Bei mir herrscht Zucht und Ordnung!«

»Jawohl«, sagt Berger. Das hat er gelernt; mit diesem

Zauberwort lassen sich unerfreuliche Diskussionen beim Militär beenden.

* * *

»Willkommen in Jatty!«, sagt die Frau. »Sie sind sicher der neue Kommandojäger.«

Berger nickt. »Die Uniform verrät mich«, sagt er. »Und Sie sind sicher die Frau Försterin?« Sie ist deutlich jünger als der Förster, vielleicht vierzig Jahre alt.

»Ja, ich bin Martha Eisner. Ich hoffe, dass es Ihnen bei uns gefällt. – Meinen Mann haben Sie schon kennen gelernt?«

Berger nickt.

Die Försterin lacht. »Ich sehe schon, er hat Ihnen etwas von Zucht und Ordnung erzählt. Das macht er immer. Jeder, der neu hierherkommt, hat das Gefühl, er sei geradewegs auf dem Kasernenhof gelandet. Aber das ist nicht so. Das ist nur nach außen. Im Inneren ist er der liebenswürdigste Mensch der Welt.«

»Ich muss gestehen«, gibt Berger zu, »dass ich vorhin den Eindruck hatte, ich sei hier geradezu unerwünscht.«

»Dieser Eindruck ist falsch. Sie sind im Gegenteil sehr erwünscht, Herr Berger. Mein Mann würde das wahrscheinlich nie zugeben, aber wir brauchen Sie. Wir brauchen Sie ganz dringend. Wir sind hier im Grenzland, und als wir hierher versetzt worden sind – wir sind ja auch noch gar nicht lange hier –, da haben wir sehr rasch feststellen müssen, was das bedeutet.«

»Aber wir sind doch hier in Deutschland«, sagt Berger. »Ich meine, durch den Krieg ist zwar einiges durcheinandergeraten, und die alten Grenzen gelten nicht mehr überall. Aber dies hier ist Westpreußen. Dieses Gebiet ist doch immer deutsch gewesen.«

»Das ist richtig, aber das ändert nichts daran, dass die Mehrheit der Bevölkerung hier nicht deutsch ist. Jatty gehört zum Kreis Konitz, und hier ist mehr als die Hälfte entweder polnisch oder kaschubisch. Früher gab es hier eine deutsche Wochenzeitschrift, aber die ist schon lange eingegangen. Und Bücher gibt es natürlich auch nicht. Keine deutschen Bücher jedenfalls.«

»Aber ich sehe, Sie haben vorgesorgt.«

»Ja, zum Glück haben wir daran gedacht. Unsere Bücher haben wir aus Berlin mitgebracht. Und unsere Möbel auch. Man will ja nicht auf alle Annehmlichkeiten verzichten, nur weil man in der Fremde ist.«

Wilhelm Berger sieht, dass die Frau Eisner nervös ist.

»Die Försterei hier ist sozusagen eine deutsche Insel in fremder Umgebung«, sagt sie. »Selbst das Gut nebenan ist polnisch. Die Leute vom Gut haben uns erzählt, wie schwierig die Lage ist. Vor dem Krieg sind die Menschen gut miteinander ausgekommen. Wir Deutsche haben das Land entwickelt, und davon haben alle profitiert. Die Anlage der Königlichen Rieselwiesen bei Ostrowo zum Beispiel, das müssen Sie sich ansehen. Wie das Wasser ganz von der Brahe her über den Großen Brahe-Kanal dorthin geleitet wird, mit einem Aquädukt über das Czersker Fließ, einzig und allein um den unfruchtbaren Sandboden zu bewässern. Ein Segen für das ganze Land! Und die Verbesserungen in der Forstwirtschaft – aber darüber könnte Ihnen mein Mann wesentlich mehr erzählen als ich. Ich weiß nur, dass inzwischen an die Waldarbeiter schon 1,90 Mark pro Tag gezahlt werden. Das ist doch wirklich viel für so einfache Arbeit. Aber heute sind die Polen – wie soll ich sagen? – aufmüpfig. Sie glauben, jetzt, wo die Russen aus Warschau vertrieben sind, da entsteht ein neues Polen, und davon versprechen sie sich geradezu Wunderdinge.«

»Ist das nicht schon entstanden?«, fragt Berger.

»Ja, aber nur auf dem Papier. Das Regentschaftskönigreich Polen. Aber die Polen sind damit nicht zufrieden. Sie wollen offenbar kein Königreich, und schon gar kein Königreich ohne König, sie wollen eine Republik. Wir können nur hoffen, dass sich die Lage etwas beruhigt, jetzt, wo dieser Wahnsinnige, dieser Pilsudski, endlich hinter Schloss und Riegel sitzt. Wenn die Verantwortlichen sich nun auch noch darauf einigen könnten, wer denn nun König von Polen sein soll ...«

»Steht das denn immer noch nicht fest?« Berger hat sich nicht allzu sehr für die Entwicklung in Polen interessiert.

»Nichts steht fest. Dabei war doch von Anfang an klar, dass Karl Stephan, also der Erzherzog Karl Stephan, der beste Kandidat ist. Er lebt in Polen, spricht polnisch, und er ist ein Erzherzog. Was will man mehr?«

»Mehr kann man nicht verlangen«, sagt Wilhelm Berger. Aber er hat die unbestimmte Ahnung, dass die Polen einen österreichischen Erzherzog nicht unbedingt als den idealen Kandidaten für ihren Königsthron ansehen.

»All die Jahre und Jahrzehnte haben die Menschen friedlich zusammengelebt, und unser Kaiser hat dafür gesorgt, dass es uns allen gut geht. Er führt ja schließlich nicht umsonst den Titel *Herzog der Wenden und Kaschuben*. Er sorgt für uns. – Wenn nur der Krieg erst vorbei ist, dann wird alles besser.«

»Ja, hoffentlich ist er bald vorbei.« Die Försterin hat ganz offensichtlich viel Vertrauen in die Obrigkeit.

* * *

Wilhelm Berger soll auf Streife gehen, aber er hat keine Eile. Als er nach draußen kommt, sitzt auf der Bank vor der Försterei der zweite Kommandojäger.

Er hat sein Gewehr auseinandergenommen, die Teile vor sich auf dem Tisch ausgebreitet und ist dabei, die Waffe zu reinigen. »Ich bin der Franz«, sagt er. »Franz Baumhauer«.

»Wilhelm Berger«, sagt Berger. Die beiden geben sich die Hand. »Hast du geschossen?«, fragt Berger. Er weist auf die Waffenteile.

Franz schüttelt den Kopf. »Nein, ich hab nicht geschossen. Ich hab die ganze Zeit noch nicht geschossen, seit ich hier in Westpreußen im Einsatz bin. Weder in Grünthal, noch jetzt hier in Jatty. Und so soll es auch bleiben. – Aber wenn doch einmal etwas passiert, und wenn ich tatsächlich zur Waffe greifen muss, dann will ich jedenfalls bereit sein.«

»Und wie lange bist du schon hier?«, will Berger wissen.

»Auch vor ein paar Tagen erst angekommen.«

»Was ich bisher gehört habe, klingt nach einer ziemlich ruhigen Aufgabe.«

Franz sieht ihn an. »Wie man's nimmt«, sagt er. »Wie man's nimmt!«

»Was willst du damit sagen?«

»Manchmal geht es schon heiß her hier, das kannst du mir glauben!«

»Tatsächlich?« Wilhelm Berger sieht den Jäger Franz zweifelnd an.

»Ja, tatsächlich. Ein Förster ist ermordet worden, ein gewisser Weber. In Charlottenthal ist das gewesen.«

»Charlottenthal? Wo ist das?«

»Keine zehn Kilometer von hier.« Der Jäger prüft, ob der Lauf jetzt sauber genug ist.

»Das sind ja erfreuliche Aussichten!«

Franz lacht. »Man muss sich ja nicht auf Teufel komm raus mit diesen Burschen herumstreiten! Das ist nicht unsere Aufgabe. Wir sollen die Förster und ihre Familien schützen, und das tun wir. Ich mache meine Kontrollgänge, so wie der Förster das will, aber ich bleibe hübsch auf den Wegen und denke nicht daran, durch irgendwelche Dickichte zu kriechen. Wenn ich auf den Wegen bleibe, dann sehe ich schon von Weitem, ob mir jemand entgegenkommt. Und – was noch viel wichtiger ist – er sieht mich auch. Und wenn er etwas zu verbergen hat, dann hat er Zeit genug, nach rechts oder links in den Wald zu verschwinden. Und ich laufe ihm bestimmt nicht hinterher.«

»Und dir ist bisher nichts passiert?«

»Nein. – Wenn ich niemandem etwas tue, dann tut mir auch keiner was. Das ist meine Devise. Und bisher bin ich ganz gut damit gefahren. – Übel ist es natürlich, wenn man mit dem Förster gemeinsam auf Streife geht.

Mit dem Eisner hier. – Du hast ihn inzwischen kennengelernt?«

Berger nickt.

»Dann weißt du ja Bescheid. – Der Eisner jedenfalls, bei dem musst du aufpassen. Der geht einer Schießerei nicht aus dem Wege. Das hat er ja schließlich vor Kurzem unter Beweis gestellt. Ende August ist das gewesen.«

»Er hat geschossen?«

»Ja, hat er.«

»Und? Was ist dabei herausgekommen?«

»Nichts. Der Eisner hat geschossen, der Wilddieb ist davongelaufen, Ende der Vorstellung. – Aber daran siehst du, dass unser Förster wirklich ein harter Bursche ist. Der legt's darauf ab, das kann ich dir sagen! Der legt's darauf ab!«

»Und was machst du dann? Wenn es wirklich zu einer Schießerei kommt?«

»Zurückschießen natürlich!« Franz lacht.

»Ich habe vorhin mit der Försterin gesprochen«, sagt Berger. »Sie scheint sehr besorgt.«

»Sie hat allen Grund dazu. Gestern habe ich dies hier gefunden!« Baumhauer wirft einen zusammengefalteten Zettel auf den Tisch.

Berger nimmt das Blatt, faltet es auseinander. Darauf steht: *Eisner, du Hund, ich krieg dich!*

»Hast du dem Förster das gezeigt?«

»Ja, natürlich. Aber der hat nur gelacht darüber. Er nimmt diese Dinge nicht ernst.«

»Diese Dinge? Es ist also nicht der erste Zettel?«

Franz schüttelt den Kopf. »Ich habe bisher fünf gefunden«, sagt er. »Wie viele der Förster selbst gefunden hat, weiß ich natürlich nicht! – Aber das ist jedenfalls der Grund, weswegen sie uns hierher nach Jatty versetzt haben.«

* * *

Die Försterin sieht zu, wie die Mädchen die Tafel decken. »Es ist ja so selten«, sagt sie zu Berger gewandt, »dass wir hier Gelegenheit für ein bisschen Geselligkeit haben.«

»Sie vermissen das Leben in Berlin«, vermutet Berger.

»Ein bisschen schon.« Sie lächelt. »Die Teller nicht so dicht an die Kante, Theresia! Und die Abstände – achten Sie darauf, dass alle im gleichen Abstand stehen.«

Amüsiert beobachtet Berger, wie sich die beiden Mädchen bemühen, den Anordnungen Folge zu leisten. Aus der Zahl der Gedecke sieht er, dass die Kommandojäger nicht mitspeisen werden.

»Ja, ich vermisse das kulturelle Leben in Berlin. All der Glanz! – Wissen Sie, Herr Berger, bei der Hochzeit von Viktoria Luise – ich bin damals mit dabei gewesen. Nicht als geladener Gast bei der Feier, versteht sich, aber beim Abschied des Brautpaares von Berlin, auf dem Stettiner Bahnhof …«

Berger hat die Berichte in der Zeitung gelesen. Die Tochter des Kaisers – die Hochzeit war vor vier Jahren. Inzwischen dürfte auch Berlin einiges von seinem Glanz verloren haben.

»Viele Stunden habe ich dafür angestanden. Aber

es hat sich gelohnt. Am Ende war ich ganz vorn, stand in der dritten Reihe, und ich habe gesehen, wie sie sich von ihrem Vater verabschiedet hat. Einen Hofknicks hat sie gemacht und ihm die Hand geküsst, und dann hat der Kaiser seine Tochter in den Arm genommen, ganz fest, und all die Menschen haben gejubelt.«

Wilhelm Berger schweigt. In seiner Familie interessiert sich niemand groß für die Aktivitäten des kaiserlichen Hofstaats. Aber die Hamburger Pfeffersäcke sind natürlich ein anderer Schlag als die Herrschaften in Berlin. Jedenfalls ist es offensichtlich, dass Frau Eisner ihr Leben in der Hauptstadt genossen hat.

»Mit der Eisenbahn ist Berlin nur wenige Stunden entfernt. Sie könnten hinfahren«, sagt Berger.

»Ja, Herr Berger, das könnte ich tun. Aber mein Mann hält nicht so viel von der lauten Stadt. Er ist lieber hier draußen auf dem Lande. Im Wald, bei seinen Tieren. Und ich – ich gehöre dahin, wo auch mein Mann ist.«

* * *

Eisner hat die Förster der näheren Umgebung zur Besprechung nach Jatty eingeladen. Anlass ist der Förstermord. Es geht um die Frage, wie sie sich im Ernstfall gegenseitig unterstützen können. Drei Forstbeamte sind gekommen. Graepelt aus Grünthal, Homann aus Adlig-Neukirch und von Prabutzki aus Laska. Von Prabutzki hat sogar seine beiden Söhne mitgebracht. Er hat die weiteste Anreise; er wird in Jatty übernachten müssen. Er betrachtet die Geweihe an der Wand des Jagdzimmers. Die Wälder um Jatty gelten als wildreich, aber die

Trophäen sind alt und verstaubt. Eisner ist wohl noch nicht viel zum Jagen gekommen. Er ist ja erst seit einem Monat hier.

Der Förster erhebt sich. Seine Frau sieht besorgt auf die Schüsseln und Terrinen, in denen das fertige Essen dampft. Eine längere Rede wäre jetzt nicht angebracht. Aber ihr Mann scheint darauf keine Rücksicht nehmen zu wollen. Eisner räuspert sich.

»Meine Herren! Es ist ein ernster Anlass, aus dem wir hier zusammengekommen sind. Während unser Heer in schwerem Ringen die Grenzen unseres Reiches gegen den Angriff der Feinde verteidigt, ist es unsere Aufgabe, den Nachschub an Holz zu sichern, den die Frontkämpfer so dringend brauchen. Kein Schützengraben kann ohne Holz in den Morast von Flandern eingetieft werden, und kein Erdbunker wäre sicher ohne die Balken aus unserem Holz. Wohl niemand im deutschen Volke ist sich jetzt noch im Unklaren über den wahren Grund und das Ziel des furchtbaren Krieges, den wir zurzeit zu bestehen haben. Jeder weiß und fühlt es, dass wir einen Existenzkampf auf Leben und Tod führen, wie er bisher in der Geschichte wohl nur zwischen Rom und Karthago stattgefunden hat. Ein Kampf, der wie damals nur mit der Niederwerfung eines der beiden großen Rivalen, Deutschland oder England, enden kann. Es ist ja ganz offensichtlich, dass unsere Gegner das deutsche Volk nicht nur politisch und wirtschaftlich, sondern auch physisch vernichten wollen. Sie wollen uns durch ihre Hungerblockade zu Grunde richten ...«

»Karl, ich unterbreche dich nur sehr ungern, aber das Essen wird kalt!«

»Aber das schaffen sie nicht, denn wir werden am Ende doch siegen.« Eisner setzt sich. Es ist offensichtlich, dass er eigentlich sehr viel mehr hatte sagen wollen.

Seine Frau legt ihm die Hand auf die Schulter. »Blockade her oder hin – jedenfalls werden wir in diesem Winter keinen Hunger leiden müssen!«

»Der ganze Mangel hat jetzt ein Ende.« Graepelt aus Grünthal lässt sich von dem Fleisch nachreichen. »Das große Ringen ist entschieden. Russland ist besiegt. Das habe ich gleich gewusst, als im Februar die Revolution ausgebrochen ist, und jetzt ist der letzte Rest von Disziplin auch noch zum Teufel, jetzt geht alles drunter und drüber. Wenn der Zar nicht aufpasst, hängen sie ihn am Ende noch auf, diese Verbrecher.«

»Bei uns könnte so was zum Glück nicht passieren!« Homann ist der Einzige, der nicht für einen Staatsforst, sondern für einen Privatwald zuständig ist.

»Auch hier schert sich nicht mehr jeder um die Vorschriften. Bei den Steinen hat neulich sogar jemand ein Feuer gemacht. Ist nichts passiert, aber wenn man daran denkt, an all das trockene Holz …«

»Jedenfalls«, nimmt Eisner seinen Faden wieder auf, »haben wir in ein, zwei Monaten Frieden hier im Osten, davon bin ich überzeugt.«

»Hoffen wir das Beste!«, brummt Graepelt.

»Du bist ein Skeptiker«, lacht von Prabutzki.

»Nein, ich habe nur gelernt, mit den großartigen Siegesmeldungen etwas vorsichtiger umzugehen, und wenn du dich einmal mit unserem jungen Kommandojäger unterhältst, was ich vorhin getan habe, dann wirst du hören, dass der Zusammenbruch der russischen Armee nicht so total ist, wie du glaubst.«

»Ach, dieser Kommandojäger!« Eisner macht eine wegwerfende Handbewegung. »Ich hätte ja gedacht, dass sie uns zwei von unseren Kulmer Jägern schicken würden. So welche, wie wir sie jetzt in Charlottenthal sitzen haben. Aber dieser Baumhauer, das ist einer von der gemütlichen Sorte, und dieser Berger – heißt er Berger? Ja, ich glaube, so heißt er –, der ist einfach nur irgendein Soldat, der gerade zur Hand war, und der von der Jagd nichts versteht, und vom Krieg auch nicht. Und verwundet ist er obendrein.«

»Was er von der Jagd versteht, das weiß ich nicht, aber den Krieg hat er aus erster Hand miterlebt.«

»Er ist angeschossen worden. Das hat ihm einen Schock versetzt.«

»Das würde dir auch einen Schock versetzen!«

»Das will ich ja gar nicht bestreiten, aber jedenfalls glaube ich nicht, dass dieser verwundete Junge ein zutreffendes Bild von der militärischen Situation geben kann. Ich habe den Vormarsch der deutschen Truppen auf der Landkarte genau verfolgt. Und ich sage dir, die Russen sind ins Laufen gekommen, und wenn sie erst einmal am Laufen sind, dann hören sie nicht wieder auf, bis sie zu Hause sind. Und das bedeutet, die Ukraine fällt uns so oder so zu, und damit das Getreide, das wir brauchen.«

»Es ist eine Schande, dass wir in dieser Hinsicht von den Russen abhängig sind. Das Deutsche Reich hat sich immer selbst versorgen können, und es ist überhaupt gar nicht einzusehen ...«

»Das liegt daran, dass wir keine Leute mehr haben«, fällt ihm Homann ins Wort. »All diejenigen, die sonst für uns auf den Feldern gearbeitet haben, die sind jetzt an der Front. Guck dir doch an, wie es aussieht bei uns auf dem Gut! Alles was ich noch habe, das sind ein paar Krüppel und polnische Landarbeiter. Und die russischen Gefangenen natürlich.«

»Aber ich habe gehört, du nutzt die günstige Gelegenheit, eure Ländereien ein bisschen zu arrondieren?«

»Ja, natürlich. Ich kaufe auf, was ich kriegen kann. Gerade gestern erst waren wieder zwei dieser Kleinbauern bei mir. Friedenspreise kann ich ihnen natürlich nicht zahlen, aber es bleibt doch so viel, dass sie ihre Schulden damit abgelten können.«

»Ich würde auch gern zukaufen«, sagt Graepelt. »Aber der Staat hält sich im Augenblick natürlich ziemlich zurück!«

»Das kommt uns zugute. Aber im Augenblick machen wir auch Verluste. – Doch ich will nicht klagen. Wir kommen durch, und das ist die Hauptsache! Es kommen auch wieder bessere Zeiten.«

»Die besseren Zeiten kommen nur, wenn wir weiterhin die deutschen Tugenden hochhalten«, sagt Eisner. »Ich denke, in diesem Punkte sind wir uns alle einig. Mein Vorgänger hat ja einen ziemlichen Schlendrian einreißen lassen! Aber damit ist es jetzt vorbei. Ich greife durch. Das habe ich diesen Polacken ganz klar zu verstehen gegeben, und dementsprechend handele ich auch.«

»Hast du sie Polacken genannt?«, fragt Graepelt.

»Ja.«

»Ob das eine gute Idee war?«

»Graepelt, man muss die Dinge offen aussprechen. Das mag vielleicht im ersten Augenblick hart klingen, aber das ist doch alles nur in ihrem Sinne. Du siehst doch, wie das hier alles aussieht. Diese verfallenen Hütten in den Dörfern – man könnte ja fast glauben, wir wären in Russland hier! Und woran liegt das alles? Am Schlendrian. Die Leute lassen sich gehen. Dagegen muss man etwas tun. Wenn hier anständig gearbeitet wird, wie im übrigen Reich auch, dann wirst du sehen, dann geht es auch hier aufwärts, und dann haben wir hier in kürzester Frist blühende Landstriche.«

Homann sieht ihn skeptisch an. Die Zersplitterung des Grundbesitzes muss aufgehoben werden, denkt er, sonst kann die Landwirtschaft keinen Profit bringen. Wir brauchen große Güter. Aber darauf haben sie als Förster natürlich keinen Einfluss.

»Konsequentes Handeln«, sagt Graepelt. »Das ist richtig. Und du zeigst ihnen, wo es lang geht. Zum Beispiel bei der Geschichte mit den Kühen.«

Irritiert blickt Eisner auf. Ist das ironisch gemeint? »Ja, das ist auch so ein Beispiel«, sagt er. »Konsequentes Handeln. Darauf kommt es an.« Und – zu Maria gewandt, die eben hereingekommen ist: »Nein, jetzt noch nicht abdecken.«

Homann starrt Maria an, als habe er einen Geist gesehen. Einen Augenblick nur, dann hat er sich wieder gefasst.

»Was ist das für eine Geschichte?«, fragt er. Von den Kühen hat Homann noch nichts gehört.

»Ach, einer dieser Polen hat sich erdreistet, seine

Kühe nachts auf einer der fiskalischen Weiden grasen zu lassen. Er hat gedacht, dass ich das nicht merke. Aber ich stehe morgens sehr früh auf. Und als ich das gesehen habe, da habe ich das sofort unterbunden. Ich habe die Kühe pfänden lassen.«

Das Dienstmädchen murmelt irgendetwas vor sich hin.

»Was haben Sie gesagt?«, will Homann wissen.

»Nichts.«

Eisner sieht Maria scharf an. »So, nichts? – Die Leute haben nichts zu essen, das haben Sie gesagt, das habe ich sehr wohl gehört. Und ich werde ...«

»Eisner«, unterbricht ihn Graepelt, »lass das doch jetzt. Das ist doch unwichtig. Aber – nebenbei bemerkt – einige von den Landarbeitern haben wirklich nicht viel zu essen.«

»Das bestreite ich ja gar nicht. Aber einfach das Gras zu stehlen, das geht nicht. Das hätten sie sich vorher überlegen müssen. Ich bin ja kein Unmensch, aber sie hätten mich vorher fragen müssen. Und sie hätten natürlich bezahlen müssen, wenn sie die staatlichen Weiden nutzen wollten. Ein paar Pfennige sind das doch nur. Aber einfach so – zappzerapp – das kann ich nicht durchgehen lassen.«

Maria ist rot geworden. Sie sammelt die Teller ein und verschwindet damit in die Küche.

»Du musst nur aufpassen«, sagt Homann, »dass dir nicht am Ende irgendsolch ein polnischer Strolch eine Kugel in den Rücken schießt.«

Eisner lacht überheblich. »Und wer sollte das wohl sein? – Mein Lieber, um jemanden niederzuschießen, ganz gleich ob von vorn oder von hinten, dazu braucht man Mut. Und ich bezweifle, dass irgendeiner dieser Polacken diesen Mut aufbringt.«

»Da wäre ich mir nicht so sicher.« Homann beginnt, seine Pfeife zu stopfen.

»Ich habe keine Angst.«

»Aber du weißt, dass in letzter Zeit Dinge vorgekommen sind ...«

»Ja, natürlich. Dieser Hilfsförster in Charlottenthal. Weber. Den hat's erwischt. – Aber den Mörder haben sie ja geschnappt.«

»Und was ist mit Labotzki?«

»Ach, Labotzki! – Wer dem Kerl in die Beine geschossen hat, das weiß ich nicht. Und das interessiert mich auch gar nicht. Der Mann ist Pole, das sagt doch schon alles. Irgendein Streit unter Polen ist das wahrscheinlich gewesen.«

»Weiß ich nicht. Ich glaube eher, dass diese Vorfälle miteinander im Zusammenhang stehen.«

»Kann sein, kann aber auch nicht sein.«

»Und die Drohbriefe?«, fragt Graepelt.

»Drohbriefe nennst du das? Wenn jemand einen Zettel an den Baum heftet? – Ich bitte dich! Aber das ist in gewisser Weise auch wieder typisch. Nachts einen Zettel irgendwo festnageln, das trauen sie sich, aber bei Tag einem von uns Mann gegen Mann gegenüberzutreten, dazu fehlt ihnen dann doch der Mut.«

»Wie dem auch sei – jedenfalls bin ich gestern noch einmal in Marienwerder bei der Kreisverwaltung vorstellig geworden. – Oh, das wäre beinahe schiefgegangen!« Graepelt war mit der Hand an eines der Weingläser gestoßen.

»Nicht der Rede wert. Das Tischtuch muss sowieso gewaschen werden. Aber was Marienwerder angeht – die können doch auch nichts machen! Die sind ja personell noch schlechter ausgestattet als wir.«

»Wie dem auch sei – fest steht jedenfalls, dass es sich hier um Verbrechen handelt, und dafür ist nun mal die Polizei zuständig und nicht die Forstverwaltung. Und fest steht jedenfalls auch, dass nach wie vor in unseren Revieren kräftig gewildert wird, und fest steht auch, dass Charlottenthal und auch Königsbruch, wo die Sache mit dem Labotzki passiert ist, nicht sehr weit weg sind.«

»Glaubst du, ich bin in Gefahr? – Unsinn. Ich werd schon aufpassen. Und ich habe ja schließlich mein Gewehr und weiß, wie man damit umgeht.«

»Das hat dieser Weber wahrscheinlich auch gedacht.«

»Ich weiß nicht, was er gedacht hat. Hilfsförster ist er gewesen. Jung und unerfahren. Mir wäre das jedenfalls nicht passiert. Und wenn ich einen Wilderer festnehme, dann werde ich ihn jedenfalls nicht mit dem Gewehr vor mir hertreiben, sondern mit der Pistole. Ich habe meinen Browning immer dabei.«

»Ich wünsche dir viel Glück. – So, jetzt muss ich mich allmählich auf den Weg machen.« Homann erhebt sich.

»Willst du nicht lieber hier übernachten? Es wird doch schon bald dunkel!«

Der Hegemeister schüttelt den Kopf. »Ich brauche höchstens eine Stunde bis Adlig-Neukirch.«

»Wenn du über Schöndorf fährst, kommst du schneller an die Fernverkehrsstraße«, weiß Graepelt. Auch er erhebt sich jetzt.

»Nicht nötig. Ich nehme den Weg direkt nach Rittel. Den kennen die Pferde, da laufen sie wie von selber.«

»Wie du meinst. – Das Angebot, hier zu übernachten, das gilt natürlich auch für dich, Graepelt.«

Graepelt schüttelt den Kopf. »Nein, kommt nicht infrage. Das sind doch auch keine zwanzig Kilometer. Und die kleine Sabine braucht doch ihre Gutenachtgeschichte.« Er will nach Hause zu seiner Familie.

»Aber du hast die deutlich schlechtere Wegstrecke!«

»Damit werden die Pferde schon fertig.«

Homann sagt beiläufig: »Wie viele Jahre hast du noch, Adolf?«

Der zuckt mit den Achseln. »Ach, ein paar Jährchen sind das schon noch.« Er weiß, dass er älter aussieht als er ist.

»Und – vorher aufhören? Hast du da mal drüber nachgedacht?«

Graepelt schüttelt unwillig den Kopf.

»Wo sind meine Jungs?«, fragt von Prabutzki.

Die beiden Jungen haben die Gelegenheit genutzt, im Durcheinander des allgemeinen Aufbruchs nach draußen zu verschwinden.

* * *

Berger hat in der Küche mit dem Gesinde gegessen. Er erhebt sich, als Eisner hereinkommt.

Der wendet sich zunächst an die Mädchen. »Sie können abdecken. Und das nächste Mal bitte darauf achten, dass der Braten etwas saftiger ausfällt! Und die Bestecke haben auch nicht richtig gelegen!«

»Jawohl, Herr Oberförster.«

»Und denken Sie bitte daran: Wenn die Herrschaften reden, dann haben Sie den Mund zu halten. Das gilt auch für Sie!«

Maria nickt. Sie ist rot geworden.

»Und Sie, Berger, Sie haben jetzt lange genug hier herumgesessen. Sie sollten sich besser auf den Weg machen und noch eine Runde durchs Revier gehen. Achten Sie darauf, dass niemand unerlaubt Holz sammelt. Wenn Sie jemand antreffen, der Holz bei sich hat, lassen Sie sich den Holzsammelschein zeigen. Und wenn er den nicht vorweisen kann, ist das Holz beschlagnahmt, und außerdem ist eine Anzeige fällig. Überhaupt muss jeder angehalten werden, der um diese Zeit noch im Wald unterwegs ist.«

Berger nickt. Zu einem unterwürfigen »Jawohl, Herr Oberförster!« kann er sich nicht aufraffen.

* * *

Seine erste Patrouille. Berger wendet sich nach Westen. Er geht an dem polnischen Gut vorbei; dort zeigt sich niemand. Der Weg führt dann durch eine kleine, feuchte Senke. Nach gut zweihundert Metern hat er den Streifen Ackerland durchquert, der rings um Jatty herum angelegt worden ist, hier beginnt der Wald. Hier endet der vermutlich im Laufe vieler Generationen entstandene Weg und geht in einen der schnurgeraden Forstwege über. Während das Ackerland offenbar unregelmäßig-polnisch geblieben ist, herrscht im königlich-preußischen Forst strikte Ordnung. Berger stellt fest, dass die Wege so angelegt sind, dass sie sich stets rechtwinklig kreuzen, und außerdem sind die einzelnen Teile des Waldes nummeriert. An den Ecken stehen Steine, auf denen schwarze Zahlen auf weißem Grund anzeigen, wo man sich gerade befindet. Rechts geht es nach 68, links nach 58.

Berger schüttelt den Kopf über die preußische Ordnung. Das Gelände ist hügelig; kleine Kuppen wechseln mit feuchten Senken. Die Forstverwaltung hat beide Standorte mit Kiefern bepflanzt. Die Kiefern mögen aber ganz offensichtlich die Feuchtigkeit nicht; in den Senken sind sie verkümmert.

Wie Berger erwartet hat, trifft er im Wald so spät am Abend keine Menschenseele. Er hat das Gewehr umgehängt und schreitet zügig aus, um warm zu bleiben. Es ist empfindlich kühl geworden. Der Sommer ist wohl endgültig vorbei.

Der Jäger Franz hat Recht gehabt: Auf den geraden Wegen kann man einen Wanderer schon auf große Entfernung kommen sehen, und wenn man ihn nicht treffen will, kann man rechtzeitig ausweichen. Jedenfalls im Prinzip. Lästig ist nur, dass man in dem leicht welligen Gelände doch meist nur zweihundert Meter weit gucken kann.

Berger pfeift vor sich hin, um eventuelle Wilddiebe zu verscheuchen, blickt weder nach rechts noch links und marschiert auf diese Weise vielleicht zwei Kilometer weit, bis er schließlich an einen See kommt. Hier geht es nicht weiter. Da es inzwischen anfängt, dunkel zu werden, wendet er sich nach rechts und dann nach einer Weile wieder nach rechts, von wo er auf einem Forstweg in Richtung Jatty zurückmarschiert, der genauso aussieht wie der, auf dem er gekommen ist. Eine Stunde ist er jetzt unterwegs, und er hat den Wald die ganze Zeit nicht verlassen. Kurz bevor er das Forsthaus erreicht, sieht er links an einem Kiefernstamm einen Zettel angeheftet. Berger löst das Papier und faltet es auseinander. Auf dem Blatt stehen nur zwei Worte: *Eisner Schwein.*

Wilhelm Berger steckt den Zettel ein. Er ist müde. Er würde sich jetzt gern schlafen legen, aber das geht nicht; er ist als Kindermädchen eingeteilt worden.

* * *

»Im Norden des Staates New York, da, wo die Quellläufe des Hudson sich zu diesem Strome vereinigen, liegt ein See, der von den Indianern der ›Glimmer‹ genannt wurde, weil er, besonders, wenn der Mond ihn beschien, wunderbar erglänzte. Seine Ufer waren mit hohen Tannen besetzt, die in den Fluten sich widerspiegelten und der Wasserlandschaft einen romantischen Anstrich gaben.«

Während der Forstmeister von Prabutzki zusammen mit Eisners bei Bier und Tabakqualm im Wohnzimmer sitzt, soll Wilhelm Berger den beiden Jungen eine Gutenachtgeschichte vorlesen. Die Auswahl an geeigneten Texten ist begrenzt. Wilhelm Berger hat sich schließlich für einen Band mit dem verheißungsvollen Titel *Indianer- und Seegeschichten* entschieden.

Berger ist klar, dass der ältere der beiden Söhne mit seinen sechzehn Jahren eigentlich schon ein bisschen zu alt ist für eine Gutenachtgeschichte, aber auch er hat angegeben, die Lederstrumpf-Erzählungen nicht zu kennen, und auch er hat nichts dagegen, eine spannende Geschichte zu hören, vor allem dann, wenn er sie nicht selbst lesen muss.

»Durch das Dickicht, welches in einiger Entfernung den See umgab, wandten sich im Jahre 1740 zwei Jäger der Wasserfläche zu, die ihnen entgegenschimmerte.«

Während Wilhelm Berger diese Sätze liest, stellt er sich vor, er sei einer der beiden Jäger, die in die unerforschten Wälder Nordamerikas vordringen. Die Wälder Westpreußens sind zwar nicht unerforscht, aber ihm sind sie ebenso fremd wie der nördliche Teil des Staates New York. Und der See, auf den er bei seinem heutigen Patrouillengang überraschend gestoßen ist, hätte genauso gut der Glimmer sein können. Nur dass in der Tucheler Heide keine gefährlichen Indianer lauern.

»›Achtung, ihr Blassgesichter, der Mingo kommt!‹ Der Mohikaner deutete auf einen mächtigen Ast, der quer über den Fluss gewachsen war, und nun gewahrten die anderen, dass etwa acht Indianer auf demselben saßen, die offenbar auf ihre Ankunft warteten, um auf das Boot hinabzuspringen. Auch Hutter hatte jetzt die Rothäute entdeckt, und er rief: ›Rudert so rasch ihr könnt, Männer!‹«

Allmählich merkt Berger, wie müde er ist. Es fällt ihm schwer, sich auf den Text zu konzentrieren. Aber da die gesamte Handlung des *Wildtöters* in dieser für die Jugend bearbeiteten Fassung auf knappe fünfundzwanzig Seiten zusammengestrichen worden ist, hat er sich vorgenommen, diese Geschichte jedenfalls zu Ende zu lesen. Hutter und der leichtsinnige Hurry sind inzwischen von den Mingos gefangengenommen worden, und Wildtöter, Chingagook und Judith haben die beiden im Austausch gegen drei Elefanten aus Elfenbein wieder freibekommen. Aber Chingagooks Braut ist noch immer in der Gewalt der Mingos.

»Gegen dreißig Wilde hockten im Lichtscheine und ließen die elfenbeinenen Elefanten handum gehen, die doppelschwänzigen Tiere mit stets wachsendem Erstaunen betrachtend. Nicht weit von dieser Gruppe bemerkte man eine Anzahl Frauen mit der Herstellung von Speisen beschäftigt und unter diesen ein Mädchen von schlanker Gestalt mit einer Feder im Haar.«

Wilhelm Berger gähnt. Er stellt sich Maria mit einer Indianerfeder im Haar vor. »Weiter!«, verlangt der jüngere der beiden Prabutzki-Söhne.

»Chingagook sah seine Braut wieder, und seine dunklen Augen ... seine ... seine dunklen Augen strahlten auf. Und Maria ... nein, ich meine Wahtawah. Also Wahtawah ergriff einen Krug, um, begleitet von einer alten Indianerin, Wasser zu holen. Der Augenblick ... der Augenblick des Handelns war gekommen. Die beiden Freunde erhoben sich vorsichtig und schlichen den Frauen nach. Bald darauf ... bald darauf kam Maria ...«

»Wahtawah!«, sagt der Kleine.

Berger reißt sich zusammen. *»Bald darauf kam Wahtawah zurück, und Chingagook ließ die Stimme eines Vogels ertönen, worauf das Mädchen sofort den Wasserkrug niedersetzte.«*

Es gelingt Chingagook tatsächlich, seine Braut zu befreien, und es gelingt Berger tatsächlich, die Indianerin im weiteren Verlauf der Geschichte konsequent als

Wahtawah zu bezeichnen. Dafür gerät Wildtöter in Gefangenschaft. Er endet schließlich am Marterpfahl, aber die Geschichte nimmt ein gutes Ende, denn Hurry hat englisches Militär vom nahen Fort Henry herbeigeführt und mit den Soldaten das Indianerlager umzingelt.

»*Wer beschreibt den Schrecken, als die Mingos die Gefahr sahen, in der sie schwebten! Sie stoben nach allen Seiten auseinander, wurden aber meist erschossen oder erschlagen. Nur die Weiber wurden geschont. Während ringsum der Kampf tobte, stand eine Gruppe in der Mitte: Wildtöter, Chingagook, Hurry, Judith und Wahtawah, durch gemeinsam erlebte Gefahren für ihr Leben verbunden.* – Ende.«

Wilhelm Berger klappt das Buch zu.

* * *

Als er sich auf den Weg zurück in sein Zimmer macht, ist es bereits fast Mitternacht. Zu seiner Überraschung trifft er Maria auf dem Flur.

Sie sagt: »Übrigens – vielen Dank für die schöne Gutenachtgeschichte!«

»Gutenachtgeschichte?«

Maria lacht. »Hier oben unter dem Dach sind die Wände nur aus Holz, wusstest du das nicht? Man kann jedes Wort verstehen, das nebenan gesprochen wird.«

»Oh.«

»Du hast einige Dinge ausgelassen«, sagt Maria.

Wilhelm Berger schüttelt den Kopf. »Nicht bewusst. – Kann sein, dass ich den einen oder anderen Satz weggelassen habe. Ich war sehr müde und habe nicht aufgepasst.«

»Doch«, beharrt Maria, »du hast Dinge ausgelassen. Und Dinge hinzugefügt. Ich kenne die Geschichte. Ich habe sie selbst gelesen. Eine Maria kommt darin nicht vor.«

Berger wird rot. »Entschuldige.«

»Du brauchst dich nicht zu entschuldigen. Ich finde das nur – irgendwie lustig. Aber was mich gestört hat, ist, dass der Text nicht stimmt.«

»Ich habe alles gelesen, was da steht. – Aber dies ist eine Ausgabe, die speziell für die Jugend bearbeitet worden ist, und die vielleicht in einigen Punkten vom Original abweicht.«

»In vielen Punkten. Das englische Militär richtet ein Blutbad an. Männer, Frauen und Kinder werden getötet, und Cooper schreibt: *Bei den Verwundeten ersparte das Bajonett dem Wundarzt viele Mühe.*«

»Woher weißt du das?«

»Ich weiß mehr, als du glaubst.«

Berger schweigt. Er denkt an die dunkle Schlucht in Galizien, an die verwundeten Russen, an ihre Schreie, die ihn in die Träume verfolgen. Ob sich wohl ein Arzt um sie gekümmert hat? Er kann es nur hoffen. Am Tag kommt er sich vor wie im Frieden, aber nachts lässt der Krieg ihn nicht los.

* * *

Berger träumt unruhig. Er ist wieder in Galizien. Den ganzen Tag sind sie marschiert in der Julihitze, und jetzt haben sie die Front erreicht. Berger hat großen Durst, aber er darf nicht an den Brunnen. Es heißt, die Russen hätten das Wasser vergiftet. Von den Hügeln vor ihnen schießt ein Maschinengewehr. Als sie in Deckung liegen und nicht weiterkönnen, tauschen sie Karten mit Namen und Adressen aus: *Falls etwas passiert, zu benachrichtigen*. Berger schreibt mit zitternden Fingern die Anschrift seines Vaters auf die Ansichtskarten von Lemberg und verteilt sie an die Kameraden.

Am Nachmittag der nächste Angriff. Berger hastet von Roggenstiege zu Roggenstiege. Einige Kameraden fallen oder werden verwundet. Die anderen stürmen weiter, die Anhöhe hinauf, auf den Waldrand zu. Fritsche und Berger erreichen zuerst die russische Stellung, aber da liegt nur noch ein Toter mit Kopfschuss. Ein Offizier. Hat er versucht, die Flucht der anderen aufzuhalten?

Gut, dass die Russen weg sind. Die Stellung ist gut gesichert, feste Posten mit Schießscharten. Viel Munition liegt umher, doch die können sie nicht gebrauchen. Aber es gibt auch mehrere bereits gerupfte Hühner. Eines davon nimmt Berger mit. Dann geht es weiter durch den dichten Wald. Sie irren umher. Verwundete Russen liegen in einer Schlucht und jammern. Sie können nichts für sie tun.

Weiter. Die Straße nach Tarnopol. Sturmangriff. Mörderisches Artillerie- und MG-Feuer. Manch einer fällt oder wird verwundet. Wer noch kann, rennt weiter. Plötzlich kommen von rechts dichte Scharen von Soldaten gerannt.

»Russen!«, schreit Fritsche, »Das sind Russen!«

Das MG hat keine Munition mehr, ein Teil der Mannschaft ist zurückgeblieben. Fritsche schießt. Berger will gerade wieder laden, als er einen kolossalen Schlag auf den Arm verspürt. Er stürzt zu Boden. Er liegt da und starrt auf die Männer, die vorbeirennen. Er ist verwundet. Es ist 17.30 Uhr. Spielt das eine Rolle? Warum hat er auf die Uhr gesehen? Er kann unmöglich nach hinten laufen. Überhaupt traut er sich kaum, sich zu rühren. Panik erfasst ihn. Beim Atmen, Husten und bei jeder Bewegung fließt Blut aus der Wunde, und es tut höllisch weh.

»Du hast Glück gehabt!«, versichert jemand. Das ist Fritsche, der will ihm Mut machen. Berger sieht, dass sein Freund ein Deckungsloch für ihn aushebt. »Für dich ist der Krieg zu Ende!« Aber Fritsche gräbt tiefer und immer tiefer. Und es ist auch nicht mehr Fritsche, der die Grube aushebt, sondern es ist der Kaiser. Das ist ein Grab, was er dort schaufelt.

Berger erwacht, in Schweiß gebadet. Der Krieg ist nicht zu Ende. Weder für ihn noch für sonst irgendjemand.

Wo ist er überhaupt? Eine Sekunde lang glaubt er, er sei bei Maria im Bett. Aber er ist nicht bei Maria im Bett. Sie hatten sich auf dem Flur unterhalten, flüsternd, um die Kinder nicht aufzuwecken, und es war schön gewesen, aber jeder hatte am Ende sein eigenes Zimmer aufgesucht, wenn auch viel zu spät. Und jetzt – Berger sieht auf die Uhr. Wie spät ist es überhaupt? Mitten in der Nacht.

Zu seiner Überraschung sieht Wilhelm Berger, dass im ganzen Haus Licht brennt. Jemand klopft an seine Tür. Maria? Nein, natürlich nicht. Es ist die Försterin. Berger erschrickt. Es muss etwas passiert sein!

»Herr Berger, kommen Sie bitte!«

»Was ist denn passiert?«

»Mein Mann – er hat Wildschweine schießen wollen, aber – es ist doch schon dunkel!«

»Ach, der wird sich wahrscheinlich nur verspätet haben!« Der Jäger Franz reibt sich den Schlaf aus den Augen. Es ist offensichtlich, dass er dem Ausbleiben des Försters keine große Bedeutung beimisst. Berger findet, dass der Mann seinen Hang zur Gemütlichkeit ein bisschen übertreibt.

»Wissen Sie denn, wo er genau hinwollte?«, fragt Berger. Nein, das weiß seine Frau nicht. Sie hat nur mitbekommen, dass er sich nach Osten gewandt hat.

»Sollen wir nachsehen, ob wir ihn finden?«, fragt er.

»Ich weiß nicht, ob das so eine gute Idee ist«, sagt Franz. »Wenn er uns im Dunkeln kommen hört, dann fangen wir uns ganz schnell eine Kugel ein.«

»Unsinn«, sagt Berger. »Wir nehmen Laternen mit. Wo sind hier die Laternen? Hier muss es doch irgendwo Laternen geben!«

»In der Scheune, glaube ich.«

»Los jetzt. Wie viele Männer können wir zusammenbekommen?«

Am Ende sind sie zu fünft. Außer Berger, der Försterin, Maria und dem murrenden Jäger Franz ist noch Nikolaj mitgekommen, der russische Kriegsgefangene, der auf der Försterei arbeitet. Die Försterin hat große Schwierigkeiten gehabt, den Mann wach zu bekommen, aber als er schließlich auftaucht, ist Berger froh, dass sie den Russen mit dabei haben. Er ist ein großer, kräftiger Kerl.

Die Polen aus dem Gut drüben haben zwar mitbekommen, dass in der Försterei Aufregung herrscht, und sie stehen vor der Tür und sehen zu, was dort vorgeht, aber sie beteiligen sich nicht an der Suche. Maria versucht offenbar, sie zu überreden, aber sie schütteln nur die Köpfe.

»Wollen sie nicht?«, fragt Berger.

»Nein, sie sagen, das geht sie nichts an.«

»Dann machen wir es allein. – Hier längs ist er gegangen!« Sie machen sich auf den Weg. Sie haben in der Eile nur vier Laternen auftreiben können, aber Berger sieht rasch, dass die ohnehin kaum von Vorteil sind. Sie blenden ihre Träger stärker, als dass sie das Gelände erhellen. Die Försterin hat den Hund mitgenommen, und der zieht gewaltig an der Leine. Aber er ist natürlich kein ausgebildeter Spürhund, und ob er nun tatsächlich den Weg verfolgt, den sein Herr zurückgelegt hat, oder ob er einfach aufs Geratewohl in die Dunkelheit hineinläuft, das weiß keiner.

»Das ist Unsinn, was wir hier machen«, flüstert Franz. Berger widerspricht: »Wir können doch nicht einfach zu Hause sitzen und abwarten. Wenn dem Eisner etwas passiert ist, dann müssen wir ihm helfen.«

»Wenn ihm noch zu helfen ist! – Wenn wir Pech haben, steckt hier draußen irgendwo im Gebüsch ein Mörder, der nur darauf wartet, dass ihm noch mehr dumme Opfer vor die Flinte laufen.«

»Sei still!« Berger ist ärgerlich. Er kann nur hoffen, dass Frau Eisner diese Diskussion nicht mitbekommt.

»Hier!« Nikolaj, der mit großem Eifer vorausgeeilt ist, den Hund an der Leine, ist stehengeblieben.

»Was ist, Niki?«, fragt die Försterin ängstlich. Nikolajs Lampe beleuchtet eine Holzkonstruktion etwas abseits des Weges. »Hochsitz«, sagt Nikolaj.

Kurz entschlossen steigt Berger die hölzerne Leiter empor. Er kann nur hoffen, dass hier niemand auf ihn lauert. Das Licht der Laternen dringt nicht bis nach oben. Aber der Hochsitz ist leer.

Der Weg macht eine leichte Kurve nach links. Plötzlich zerrt der Hund noch stärker an der Leine, reißt sich los und stürmt nach vorn. Nikolaj rennt hinter ihm her. Die Försterin schreit: »Karl!« Aber sie bekommt keine Antwort.

Alle rennen jetzt.

»Er ist herzkrank«, ruft die Försterin verzweifelt. »Vielleicht hat er einen ... einen Anfall bekommen ...«

Berger fragt sich, wie er einem Mann helfen soll, der einen Herzanfall erlitten hat. Er hat keine Ahnung. Davon war bei der Sanitätsausbildung nicht die Rede. Seine Schulter schmerzt heftig. Er sollte nicht rennen.

Nikolaj schreit irgendwo vor ihm im Dunkeln, ruft irgendetwas auf Russisch. Maria antwortet auf Polnisch.

Frau Eisner läuft nach vorn. »Nein!«, ruft sie. »Oh Gott, nein!«

»Was ist los, Maria?«, fragt Berger.

»Er ist tot«, sagt sie.

Ja, da liegt Karl Eisner mit dem Gesicht in der Heide und rührt sich nicht. Wilhelm Berger beugt sich über ihn und dreht ihn auf den Rücken. Seine Jacke ist zerfetzt und blutig. Jemand hat ihm ganz offensichtlich aus nächster Nähe eine Ladung Schrot in die Brust geschossen.

* * *

Sie stehen im Regen am Waldrand an der Stelle, an der der Förster erschossen worden war. Es ist später Vormittag, der Leichnam ist inzwischen abtransportiert. Wilhelm Berger wendet sich an den Polizisten, der das Protokoll aufgenommen hat: »Und was passiert jetzt?«

»Junger Mann, das weiß ich auch nicht.«

Berger starrt ihn an. »Sie können doch nicht einfach hinnehmen, dass hier ein Förster kaltblütig ermordet wird ...«

»Natürlich nicht. Das nehmen wir nicht hin. Aber unsere Möglichkeiten sind begrenzt. Gucken Sie mich an. Ich bin zweiundsechzig Jahre alt, und ich bin der Jüngste von uns. All die jungen Leute, die sind ja inzwischen im Krieg. Soll ich hier etwa auf Mörderjagd gehen? Glauben Sie, den Kerl, der das getan hat, würde es erschrecken, wenn ich hier durch die Wälder krauche und versuche, ihn zu fangen?«

»Ich verstehe nicht viel von der Polizeiarbeit«, sagt Berger ärgerlich, »aber ich war bis jetzt nicht der Auffassung, dass die Polizei blindlings durch die Wälder kraucht.«

»Ja, spotten Sie nur! – Ich will Ihnen sagen, wie sie ist, die Lage, und wenn Sie dann einen guten Vorschlag haben, was wir tun sollten, dann wäre ich Ihnen sehr dankbar, wenn Sie ihn äußern.«

»Streite dich nicht mit der Polizei«, raunt Franz. »Das hat doch alles sowieso keinen Zweck.« Wilhelm Berger hört nicht darauf.

»Ich will Ihnen sagen, wie das ist!« Der Polizist zündet sich eine Zigarre an.

»Nicht rauchen!«, sagt Nikolaj. Der Polizist ignoriert ihn.

»Im Wald nicht rauchen!«, wiederholt der Russe.

Der Polizist sagt: »Das ist eine Serie von Anschlägen auf die deutsche Forstverwaltung hier in Westpreußen, eine ganze Serie. Und wir wissen auch, wer diese Anschläge verübt. Der Mann heißt Franz Kleinschmidt. Der Name klingt deutsch, aber er ist ein Pole. Er ist am 11. März 1888 in Pustki bei Czersk geboren, hat vor dem Krieg als Dampfpflugmaschinist gearbeitet und ist dann zum Militär eingezogen worden, zur 4. Festungskompanie in Thorn. Im Sommer war er auf Urlaub zu Hause, ist dann wildern gegangen und hat in der Umgebung der königlichen Oberförsterei Charlottenthal nicht nur Hirsche und Rehe, sondern obendrein den Hilfsförster Richard Weber erschossen. Am 4. Juli ist das gewesen. – Sie sehen, ich habe meine Daten im Kopf.« Der Polizist zieht heftig an seiner Zigarre und stößt eine blaue Rauchwolke aus.

»Im Suff hat er einem Kameraden von diesem Mord erzählt. Der ist damit zur Polizei gegangen, aber als wir ihn verhaften wollten, den Kleinschmidt, da war er nicht mehr da. Getürmt. Fahnenflüchtig geworden. Bei seinen Eltern haben wir ihn natürlich zuerst gesucht, aber da war er nicht. Dann gibt es da noch seine Schwester, Leokadia heißt die, wohnhaft Tucheler Straße in Czersk. Da ist er auch nicht. Inzwischen wissen wir, dass er zunächst bei einem entfernten Verwandten, dem Handwerker Woiszinski in Tuchel untergetaucht war. Später hat er sich dann mit dem Hegemeister Kaiser in Odry herumgeprügelt. Und dann hat er sich eine Schießerei mit dem Hilfsjäger Lange in Jägerthal geliefert, im August hat er den Haumeister Labotzki zum Krüppel geschossen, in Grünthal war das, und jetzt hat er den Eisner umgebracht.«

»Und Sie wissen nicht wo er steckt?«

»Nein, wir haben keine Ahnung. Jedenfalls ist er bei keiner der uns bekannten Adressen untergetaucht.«

»Wahrscheinlich lebt er einfach im Wald«, mutmaßt Franz. »Jetzt im Sommer sollte das kein Problem sein.«

»Wir haben Ende September«, sagt Berger. »Der Sommer ist vorbei. Den Winter über wird der Kerl nicht im Wald bleiben wollen, wenn er nicht verhungern oder erfrieren will. Und die Zahl der Leute, die bereit sind, ihm Unterschlupf zu gewähren, die sollte doch wahrscheinlich begrenzt sein. Immerhin wird er wegen Mordes gesucht, und wer ihn versteckt, der leistet Beihilfe.«

Der Polizist zuckt mit den Achseln. »Kleinschmidt ist Pole«, sagt er. »Und die Polen, die halten zusammen. Die verpfeifen keinen ihrer Leute. Kurz gesagt – ich weiß nicht, wann wir den Kerl erwischen. Und solange wir ihn nicht haben, gilt für Sie alle, dass Sie vorsichtig sein sollten. Äußerst vorsichtig.«

* * *

Franz sagt: »Eins steht jedenfalls für mich fest: Von jetzt ab gehen wir nur noch Doppelstreife.«

»Das hätten wir von Anfang an tun sollen.«

»Ich hab's ja oft genug gesagt, aber der Eisner, der

hat sich nicht reinreden lassen, und jetzt haben wir den Salat.«

»Jetzt noch Doppelstreife zu gehen, das ist völlig sinnlos. Ist ja kein Förster mehr da, den wir schützen können.«

»Wir tun es trotzdem«, sagt Franz. »Es ist besser, wenn wir uns daran gewöhnen. Der Kerl ist zu allem fähig. Wenn er uns über den Weg läuft, dann sind wir jedenfalls zu zweit. Zwei Mann kann man nicht so schnell erschießen wie einen.«

Berger schweigt. Der Vorschlag des Jägers ist vernünftig, aber er hat das Gefühl, dass sie eigentlich noch viel mehr tun müssten.

»Du guckst so skeptisch«, bemerkt Franz.

»Ja. Ich bin skeptisch. Nicht erschossen zu werden, das ist eine Sache, aber das reicht mir nicht. Ich will mehr tun. Ich will den Mörder festnehmen.«

»Den Mörder festnehmen?« Franz lacht. »Das ist Unsinn. – Wilhelm, dieser Mord hat dich in deiner Ehre getroffen, weil du glaubst, dass du ihn hättest verhindern sollen. Und in gewisser Weise hast du natürlich recht. Ja, wir hätten diesen Mord verhindern sollen. Wenn wir gemeinsam mit Eisner auf Wildschweinjagd gegangen wären, dann hätten wir ihn wahrscheinlich verhindert. Es hat nicht geklappt. Das können wir jetzt nicht mehr ändern. Und die Jagd auf den Mörder – das ist nicht unsere Sache. Das ist die Aufgabe der Polizei.«

»Ach, die Polizei! Du hast ja gesehen, wie es damit steht. Die Polizei nimmt ein Protokoll auf, und das war's dann.«

»Das kannst du natürlich beklagen, aber es ist, wie

es ist. Und wenn dir der Sinn danach steht, diese Dinge zu ändern, dann solltest du Polizist werden. Nicht jetzt, ich weiß auch, dass das nicht geht, aber gleich nach dem Krieg. Und dann kannst du alles besser machen, was diese alten Herren hier in Westpreußen falsch machen.«

»Vielleicht tue ich es wirklich«, sagt Berger. Bis zu diesem Moment hatte er niemals erwogen, Polizist zu werden. »Aber das reicht mir nicht. Ich will jetzt etwas tun, verstehst du? – Und ich kann etwas tun. Jeder von uns kann etwas tun, wenn er nur will. Es gibt einen Jedermann-Paragraphen, der es jedem Bürger erlaubt, einen Verbrecher festzunehmen.«

»Wenn er sich festnehmen lässt. Einen Verbrecher festzunehmen, das ist eine gefährliche Angelegenheit, Wilhelm!«

»Ja, das stimmt natürlich. Aber wir sind besser dafür ausgerüstet als die meisten Bürger. Wir sind bewaffnet, und wir wissen, wie wir mit unseren Waffen umgehen müssen.«

»So, wissen wir das? – Komm mit, jetzt werden wir erst einmal richtig schießen üben! – Hast du überhaupt schon einmal mit diesem Gewehr geschossen?«

Berger schüttelt den Kopf. »Mit diesem Gewehr nicht. – Wie denn auch? Wir müssen doch über jede einzelne Patrone Rechenschaft ablegen; da gibt es gar keine Möglichkeiten zum Üben.«

»Ach, was! Hier, sieh her.« Franz zieht einen braunen Umschlag aus der Tasche. Darin sind zwei Ladestreifen mit Munition.

»Wo hast du die denn her?«

Franz zuckt mit den Achseln. »Besorgt«, sagt er. »Für

Geld kriegst du alles. Los, dieser alte Eimer, das ist unsere Zielscheibe. Geschossen wird auf hundert Meter.«

Franz stellt den Eimer auf und misst die Entfernung mit langen Schritten ab.

Berger holt sein Gewehr. »Wer fängt an?«, fragt er.

»Soll ich anfangen? – Also gut, pass auf.« Franz nimmt sein Gewehr, sucht sich einen sicheren Stand und schießt fünfmal hintereinander in kurzen Abständen. Dann laufen sie beide nach vorn, um das Ergebnis zu begutachten.

»Der ist nicht mehr zu gebrauchen«, stellt Franz fest. Alle fünf Einschläge liegen dicht nebeneinander genau in der Mitte des Eimers.

»Nun du!«

Franz holt einen neuen Eimer.

»Der ist noch heil!«, sagt Berger.

»Nicht mehr lange«, brummt Franz. »Hoffentlich!« Berger zielt sorgfältig, dann schießt er.

»Wo schießt du denn hin?«, ruft Franz.

Berger achtet nicht auf den Einwurf. Er hat den Eimer getroffen, so viel steht fest. Er zielt erneut und drückt ab. Wieder ein Treffer. Franz schüttelt den Kopf.

Berger ist langsamer als Franz. Als er den vierten Schuss abgegeben hat, ruft Franz: »Stopp!«

»Wieso?«

»Nachsehen!«, bestimmt Franz. Berger weiß, dass er viermal getroffen hat. Wieder laufen sie nach vorn.

»Wo schießt du denn hin?«, ruft Franz noch einmal. Alle vier Schüsse liegen zwar im Eimer, aber zu weit rechts und hoch.

Besitz

Jatty, 8. Oktober 1917

Wilhelm Berger und Franz versehen weiterhin ihren Dienst. Frau Eisner ist gleich nach der Beerdigung ihres Mannes nach Berlin gefahren. Ob und wann ein neuer Förster kommt, ist ungewiss. Wilhelm Berger hat versucht, Erkundigungen einzuziehen, aber er hat nichts erreicht. In Czersk konnte man ihm nicht weiterhelfen. Der Gendarm hatte ein Protokoll aufgenommen und bezüglich der weiteren Ermittlungen auf die Staatsanwaltschaft in Thorn verwiesen. Die wiederum hatte die Polizeibehörde in Marienwerder mit den Ermittlungen beauftragt. Marienwerder hatte in Berlin um Hilfe ersucht.

Eines Abends macht sich Berger auf, um in der polnischen Kneipe im Nachbardorf Lukowo ein Bier zu trinken. Das Bier ist gut, wenn auch nicht so kühl, wie Berger es von zu Hause gewöhnt ist. Das Lokal ist gut besucht, aber es wird nur Polnisch geredet, und Bergers Bemühungen, mit einem der Anwesenden ins Gespräch zu kommen, führen zu nichts. Die Bauern zucken mit den Achseln und geben vor, ihn nicht zu verstehen. Niemand ist unfreundlich, aber es ist doch klar, dass keiner etwas mit ihm zu tun haben will.

Die Lage ändert sich erst, als einer der Söhne des

Gutsbesitzers Sabinacz hereinkommt. Er gesellt sich mit seinem Bier direkt zu Wilhelm Berger. »Na, keinen Erfolg gehabt?«

»Keiner will mit mir reden«, sagt Berger.

»Die Leute sind misstrauisch«, erwidert Sabinacz. »Das müssen Sie verstehen. Es ist nicht immer etwas Gutes, was von der preußischen Verwaltung kommt – ganz gleich, ob das nun Lehrer, Förster, Jäger oder Polizisten sind.«

Berger zuckt mit den Achseln. »Ich gehöre nicht zur preußischen Verwaltung«, sagt er. »Ich komme aus Hamburg. – Aber ganz gleich, wo ich herkomme – es will mir nicht in den Kopf, dass hier ein Mensch ermordet worden ist, und niemand scheint sich dafür zu interessieren.«

Sabinacz nimmt einen Schluck von seinem Bier. »Ermordet«, sagt er. »Das ist ein großes Wort: Ermordet! Wilderer und Förster haben verschiedene Interessen. Beide sind bewaffnet, und wenn sie aufeinandertreffen, dann kann es passieren, dass geschossen wird. Und wenn man Pech hat, dann stirbt jemand. Das ist dann ein Unglück. – Aber Mord?«

Wilhelm Berger nimmt den Zettel aus der Tasche, den er auf dem Patrouillengang gefunden hat.

Sabinacz liest: *Eisner Schwein*. Er sieht Berger an: »Und was beweist das? Eisner war ein Schwein. Er hat die Leute schikaniert, wo er nur konnte.«

»Er hat auch mich schikaniert«, sagt Berger. »Aber deswegen würde ich ihn doch nicht erschießen.«

»Nein, aber bei Ihnen geht es auch um nichts. Bei den kleinen Bauern hier, da geht es um die Existenz.

Die wirtschaftliche Lage ist schlecht. Die Großen fressen die Kleinen. Und die Großen, das sind nun mal die Deutschen.«

»Ist das nicht zu einfach? Euer Gut in Jatty ist doch polnisch.«

»Unser Gut – ja, das ist polnisch. Aber wie lange noch, das vermag ich nicht zu sagen. Die Böden sind schlecht. Wir brauchen Kunstdünger, Stickstoff, aber den kriegen wir nicht, weil alles für die Rüstung gebraucht wird, für die Herstellung von Munition. Und wir brauchen Kredite, aber ich weiß nicht, ob wir die bekommen werden. Wenn der Krieg nicht bald vorbei ist, sind wir ruiniert. Dann muss ich auch als Sachsengänger irgendwo im Westen arbeiten. Oder gleich ganz wegziehen. Ins Ruhrgebiet zum Beispiel.«

»Sie würden mir also nicht helfen, den Kleinschmidt zu suchen?«

»Nein. – Und ich weiß auch gar nicht, wo ich ihn finden sollte.«

Einige der Männer lachen. Lachen sie ihn aus? Wilhelm Berger ahnt, dass er hier nicht viel weiter kommen wird.

* * *

Berlin hat reagiert. Der Mann, der schließlich in Jatty erscheint, macht einen grimmig entschlossenen Eindruck.

»Vize-Feldwebel Neumann«, stellt er sich vor. »Vom Garde-Jäger-Bataillon aus Potsdam.«

Franz knurrt: »Noch ein Kommandojäger! Davon haben wir hier schon zwei!«

Neumann lacht: »Meine Herren, daran werden Sie sich gewöhnen müssen! – Und bevor noch weitere dumme Bemerkungen kommen: Ich bin erstens für die Dauer dieses Einsatzes Ihr Vorgesetzter, und zweitens bin ich in Wirklichkeit kein Soldat, sondern Beamter der preußischen Kriminalpolizei. Das Polizeipräsidium in Berlin hat mich hierher nach Westpreußen entsandt, um dem Wildererunwesen ein Ende zu bereiten. Und ich bin entschlossen, das auch zu tun.«

»Warum dieses Versteckspiel?«

»Es ist besser, wenn der Mörder nicht weiß, dass die Polizei ihm dicht auf den Fersen ist.«

Der Mann heißt in Wirklichkeit Paul Marquardt und ist Kriminal-Schutzmann.

Berger sieht ihn zweifelnd an. »Haben Sie denn schon mal einen Mörder festgenommen?«

»Mehr als einen«, erwidert Neumann knapp. »Aber davon später mehr. Meine Herren, lassen Sie uns einmal einen Blick auf die Karte werfen.«

Marquardt breitet eine auf Leinen aufgezogene Landkarte auf dem Tisch aus.

»Wo haben Sie die denn her?«, entfährt es Berger. Die Karte, die Marquardt mitgebracht hat, ist eine brandneue Militärkarte. *Feldmäßig hergestellte Fliegerkarte* steht auf dem Rand. *Nur für den Dienstgebrauch.*

Marquardt zuckt mit den Achseln. »Wenn man über die nötigen Beziehungen verfügt, kann man in Berlin alles bekommen«, sagt er. »Sehen wir uns einmal die Verteilung der Tatorte an. Hier liegt Charlottenthal, etwa 3 km südwestlich von Czersk. Grünthal liegt ein paar Kilometer weiter östlich. Und Tuchel, wo der

Kleinschmidt sich versteckt gehalten hat, das liegt hier unten, keine 20 km südlich von uns. Da der letzte Zwischenfall hier in Jatty passiert ist, halte ich es für das Beste, wenn ich mein Quartier zunächst hier aufschlage und wir die Ermittlungen von hier aus steuern. Dies ist eine der größeren Förstereien, so dass wir auf jeden Fall genug Platz haben, unsere Leute unterzubringen und – was besonders wichtig ist – hier haben wir Telefon und können uns jederzeit mit der Polizei in Czersk oder mit der Staatsanwaltschaft in Marienwerder in Verbindung setzen.«

Berger denkt, wenn es hart auf hart kommt, wird uns die Polizei in Czersk wenig nützen – und die Staatsanwaltschaft in Marienwerder schon gar nichts.

»Wir haben außerdem einen weiteren Polizisten aus Berlin im Einsatz. Der bleibt in Marienwerder. Er wird vor allem die Einsätze der verschiedenen Dienststellen koordinieren und den Regierungspräsidenten auf dem Laufenden halten.«

Franz sagt: »Das ist alles schön und gut, aber wir haben zu wenig Leute, um die ganzen Wälder zu bewachen. Und ob da nun noch zwei Mann dazukommen oder nicht – die Wilderei können wir auf diese Weise nicht stoppen.«

»Wir können sie vielleicht nicht stoppen, aber wir können sie zumindest erschweren. Ich will, dass die Zahl der Kommandojäger erhöht wird. Und damit werden wir die Wilderei unterbinden. Aber das ist nur die eine Seite unserer Tätigkeit. Hier ist ein Mord passiert. Und unsere vordringliche Aufgabe besteht darin, dass wir den Mörder fassen.«

»Das dürfte schwer werden.«

»Schwer oder nicht – wir werden dieses Problem lösen. Meine Herren, wenn ich in Berlin einen Mörder jage, dann ist die Situation in der Regel die, dass ich überhaupt nicht weiß, wen ich suchen soll. Hier draußen ist die Lage völlig anders. Wir wissen genau, wer den Mord verübt hat, nämlich ein gewisser Franz Kleinschmidt, und unsere Aufgabe ist einfach nur, den Mann festzunehmen.«

»Das hat uns die örtliche Polizei auch schon erzählt«, sagt Berger. »Aber wo sollen wir ihn suchen? Er versteckt sich irgendwo in den Wäldern, und es ist bisher nicht gelungen, seinen Schlupfwinkel ausfindig zu machen. Und das ist auch kein Wunder. Die Gegend hier wird zwar Tucheler Heide genannt, aber Sie sehen es ja selbst: Wald so weit das Auge reicht.«

»Ich glaube allerdings auch nicht, dass wir den Mann finden, indem wir die Wälder durchsuchen. Das ist der falsche Ansatz, meine Herren. Wir machen das ganz anders. Das erste, was wir tun werden, das ist, eine Belohnung aussetzen. Außerdem werden wir uns an all diejenigen Menschen wenden, die guten Willens sind, und die bereit sind, mit uns zusammenzuarbeiten. Und das sind eine ganze Menge. Bitte denken Sie daran, meine Herrschaften, dass eine große Zahl von Leuten bei der preußischen Forstverwaltung in Lohn und Brot steht. Und zu denjenigen, die direkt von den Förstern eingestellt worden sind, kommen noch diejenigen, die indirekt von der Forstwirtschaft profitieren. Also zum Beispiel Fuhrunternehmer, Schmiede, Landwirte, aber auch die Leute im Sägewerk und in der Möbelfabrik.

Außerdem natürlich alle die, die zum Beispiel Brennholz sammeln oder Pilze und Beeren.«

Das klingt gut, aber einen Großteil dieser Leute hat Eisner durch sein strenges Vorgehen gegen sich aufgebracht.

»Darüber hinaus gibt es natürlich auch die Möglichkeit, persönliche Beziehungen zu unserem Vorteil zu nutzen. Ich will das jetzt gar nicht weiter vertiefen, aber ich könnte mir durchaus vorstellen, dass junge Leute so wie Sie das eine oder andere Techtelmechtel mit einer jungen Polin anfangen. Und ich kann Sie nur ermutigen, solche Beziehungen aufzubauen. Durch derartige direkte Kontakte erfährt man noch am meisten.«

Berger wird rot. Franz grinst.

»So, und jetzt haben wir genug geredet, jetzt will ich mir erst einmal den Tatort ansehen. Meine Herren, führen Sie mich dorthin!«

* * *

»Hier haben Sie also den Toten gefunden?«

Berger nickt. »Er lag genau da, wo Sie jetzt stehen, Gesicht im Heidekraut.« Wenigstens hat es endlich aufgehört zu regnen, aber es tropft noch von den Bäumen.

»So, dann wollen wir einmal sehen, was wir nach so langer Zeit am Tatort noch für Spuren entdecken können!«

Franz grinst. Wilhelm Berger sieht den Kriminalisten aus Berlin zweifelnd an. Was glaubt er, hier nach mehr als zwei Wochen und nach all dem Regen noch finden zu können?

»Fußspuren gibt es nicht mehr«, stellt Marquardt fest. »Dazu ist inzwischen zu viel Zeit vergangen, und außerdem sind Sie alle hier herumgetrampelt. Was wir aber noch finden können, das ist die Stelle, wo der Mörder dem Förster aufgelauert hat. Und dazu fragen wir uns zunächst einmal: Wenn Sie jetzt der Mörder wären – wo würden Sie sich verstecken?«

»Da drüben vielleicht?«, mutmaßt Franz.

»Das wäre eine Möglichkeit«, räumt Marquardt ein. »Allerdings wären Sie dann fast 50 Meter von Ihrem Opfer entfernt, und bedenken Sie bitte: Sie haben Schrotpatronen geladen.«

»Aber das Gelände hier ist ziemlich offen«, entgegnet Berger. »Als der Mord passiert ist, war es wahrscheinlich noch hell. Der Täter kann sich nicht einfach irgendwo hingestellt haben, dann hätte der Förster ihn gesehen.«

»Das ist natürlich richtig. – Aber was ist zum Beispiel mit diesem Busch hier?«

Berger schüttelt den Kopf. »Der Tote hat hier vorn gelegen. Und der Busch, den Sie meinen, der wäre ja nur anderthalb Meter entfernt!«

»Ja«, sagt Marquardt, »das haben Sie völlig richtig beobachtet. Dennoch behaupte ich, dass er genau hier gesteckt hat. Wie können wir das nun überprüfen? Hat jemand von Ihnen einen Vorschlag?«

Niemand meldet sich zu Wort.

Marquardt fährt fort: »Wenn jemand durch die Zweige und das Laub auf den Förster schießt, und zwar mit Schrot, dann können wir davon ausgehen, dass irgendeines dieser Schrotkörner nicht nur den Förster trifft, sondern zunächst einmal den Busch. Und das lässt sich heute noch feststellen.«

Die beiden Kommandojäger bücken sich, um den Busch zu untersuchen. Franz wird zuerst fündig: »Hier! Hier fehlt ein Stück von einem Zweig!«

Tatsächlich, der Franz hat Recht. »Hier auch«, sagt Berger. »Aber – sind diese Stellen nicht viel zu tief?«

Marquardt schüttelt den Kopf: »Der Schütze hat hinter diesem Busch gehockt oder gekniet und schräg nach oben geschossen. Und, meine Herrschaften, sehen Sie das hier?« Der Polizist weist auf etwas, das aussieht wie ein paar kleine Papierschnipsel.

»Irgendwelches Zeitungspapier«, mutmaßt Franz. »Das könnte dem Täter aus der Tasche gefallen sein.«

Marquardt lächelt überlegen. »Ist es aber nicht. Warum? – Aus einem ganz einfachen Grund: Der Mann hat mit einer selbst gefertigten Schrotpatrone geschossen, und dies ist der Papierpfropfen von dieser Patrone. Und Sie haben natürlich recht: Es ist Zeitungspapier, dass er verwendet hat. Ich denke, wir werden feststellen können, um welche Zeitung es sich handelt.«

»Da siehst Du mal, was so ein Kriminaler alles herausfinden kann«, murmelt Franz spöttisch.

Wilhelm Berger schweigt. Der Mann aus Berlin mag ein Angeber sein, aber er weiß jedenfalls, wie man solche Spuren lesen kann.

* * *

»Er hat nicht aus großer Entfernung geschossen, sagt Berger. Sondern aus unmittelbarer Nähe. Er hat im

Busch gehockt, und erst als der Förster unmittelbar vor ihm stand, da hat er abgedrückt.«

»Und was schließt du daraus?«

Wilhelm zuckt mit den Achseln.

»Gar nichts? Dabei ist doch alles so sonnenklar. Dieser Kleinschmidt hat dem Förster nicht aufgelauert. Im Gegenteil. Als er gemerkt hat, dass der Förster kommt, da hat der Wilddieb sich schnell in diesem Busch verkrochen. Und erst als völlig klar war, dass der Förster ihn entdeckt hat, da hat er geschossen.«

»Das glaubst du«, sagt Wilhelm. Aber er denkt: Ja, so könnte es gewesen sein.

»So ist es gewesen«, behauptet Maria. »Ganz bestimmt. Es war ein Unfall.«

Berger schüttelt den Kopf. »Ein Unfall? So kannst du das nicht nennen. Dieser Kleinschmidt hat mit voller Absicht geschossen.«

»Dann war es eben Notwehr. Ganz egal, wie du es nennst. Fest steht für mich, dieser Kleinschmidt ist nicht losgezogen, um einen Förster totzuschießen, sondern es war nichts als ein unglückliches Zusammentreffen.«

»Nein.«

»Es war ein Unfall«, beharrt Maria. »Und bei dieser Geschichte mit dem Hilfsförster Weber, da war es wahrscheinlich ganz genauso.«

»Das werden wir nie erfahren.«

»Doch, das werden wir erfahren.«

Wilhelm schüttelt den Kopf.

»Das glaubst du nicht? Aber doch ist es so. Ich will es wissen, und ich werde es herausfinden.«

»Ich sehe keine Möglichkeit ...«

»Nein, du siehst keine Möglichkeit! Wenn du nicht den Befehl bekommst, irgendetwas zu machen, dann tust du nichts.«

»Das ist nicht wahr ...«

»Doch, so ist es. So seid ihr, die Soldaten. Ihr steht genauso da, wie die Fichten hier im Wald. Ohne euch zu bewegen, dumm und stumm.«

Wilhelm schüttelt den Kopf.

»Der Kleinschmidt hat das alles nicht gewollt«, behauptet Maria. »Ich will es wissen, wie es wirklich gewesen ist. Und ich finde es heraus.«

* * *

Als Wilhelm Berger am nächsten Morgen in die Küche kommt, werkelt Franz Baumhauer an der Tür herum. »Was machst du denn da?«, fragt er.

»Hier ist eingebrochen worden«, sagt Franz.

»Eingebrochen?«

»Ja.« Maria ist aufgeregt. »Ich bin mir sicher, dass ich gestern Abend die Hoftür verschlossen habe. Und jetzt, als ich Wasser holen wollte, da stand sie sperrangelweit offen.«

Franz zuckt mit den Achseln. »Das Schloss ist nicht beschädigt. Aber das heißt nicht viel. So ein Ding kann man mit einem gebogenen Draht aufkriegen.«

»Was fehlt denn?«, fragt Berger.

Das weiß Maria nicht.

»Also gehört habe ich nichts«, sagt Baumhauer. »Und ich habe einen ziemlich leichten Schlaf.«

Wilhelm Berger hat auch nichts gehört. Er fragt sich,

ob Maria nicht einfach vergessen hat, die Tür abzuschließen.

Maria überprüft indes den Inhalt der Kisten und Schränke. »Eines der Messer fehlt«, sagt sie schließlich. »Eines der breiten Messer.«

Wilhelm Berger schüttelt den Kopf. Warum sollte jemand in die Küche der Försterei einbrechen und ein Messer stehlen?

* * *

Marquardt hat den angeblichen Einbruch zur Kenntnis genommen. Jetzt sitzt er im Wohnzimmer. Er hat sich von Maria einen Kaffee bringen lassen. Ersatzkaffee natürlich; richtigen Kaffee gibt es nicht. Anschließend breitet er die Landkarte vor sich aus. Er misst die Entfernungen nach, rechnet. Von Tuchel bis Odry sind es dreißig Kilometer. Luftlinie. Und von Rittel bis Schliewitz keine zwanzig. Insgesamt umfasst der stark gefährdete Bereich also eine Fläche von etwa 600 Quadratkilometern. Natürlich ist einiges davon Ackerland und einiges sind Ortschaften, die Gebiete scheiden aus. Zwölf Kommandojäger hat er zur Verfügung. Wenn man deren Einsatz auf den gefährdeten Bereich konzentriert, fallen auf jeden Kommandojäger fünfzig Quadratkilometer. Wenn man allerdings weiterhin nur Doppelstreifen einsetzt, haben die jeweils hundert Quadratkilometer zu sichern. Ein riesiges Gebiet.

Allerdings sieht es nach der Karte so aus, als könne man im Süden ein erhebliches Stück abschneiden. Der *Große Brahe-Kanal* kann nur an wenigen Stellen überquert werden. Wenn man diese Stellen ständig bewacht … – Nein, das geht nicht, solange sie nicht deutlich mehr Jäger haben. Das Gebiet ist und bleibt riesig.

Tatsächlich? Zehn mal zehn Kilometer, das klingt viel, aber es ist nur die Fläche eines Messtischblattes. Wenn man seine Patrouillen geschickt einteilt, dann kann man einen großen Teil dieser Fläche an einem Tag abgehen. An jedem Tag. Eine Wegstrecke von 30 km pro Kontrollgang sind machbar. Und wenn man das Tag für Tag auf ständig wechselnden Routen fortsetzt, dann wird einem der Wilddieb und Mörder früher oder später über den Weg laufen.

Nein, nicht zwangsläufig. Die Kommandojäger können unmöglich den ganzen Tag durch den Wald marschieren. Sie müssen Ruhepausen einlegen. Vor allem, wenn sie von Morgengrauen bis Dunkelwerden unterwegs sind. Er wird einen entsprechenden Dienstplan ausarbeiten. Und vor allem darauf dringen, dass sie weitere Kommandojäger bekommen. Wenn sie die Zahl verdoppeln, dann sollten sie eigentlich sehr rasch zum Erfolg kommen.

* * *

Berger und Baumhauer sind zusammen auf Nachmittagspatrouille. »Na, was sagst du zu unserem Neuen?«, fragt Baumhauer.

»Er scheint sich in seinem Fach auszukennen«, erwidert Wilhelm Berger. »Aber die Geschichte mit der Spitzelei gefällt mir nicht.«

»Sauber ist das nicht«, gibt Baumhauer zu.

»Nein.«

Baumhauer sieht seinen Begleiter von der Seite an: »Dabei wärest du natürlich ein idealer Kandidat für solche Spitzeltätigkeit!«

»Ich?« Berger bleibt stehen.

»Ja, du. Zum einen hast du bereits angefangen, auf eigene Faust die Leute auszufragen, und zum anderen hast du jedenfalls engeren Kontakt zur örtlichen Bevölkerung aufgenommen.«

»Was meinst du damit?«

»Maria meine ich damit. Wie du sie ansiehst, wenn du glaubst, dass es keiner merkt! Aber ich denke, es ist alles ziemlich offensichtlich.«

»Ist das so?« Berger ist rot geworden.

»Ja. – Und es geht mich ja auch nichts an, aber ich könnte mir vorstellen, dass der Marquardt versuchen wird, dein Techtelmechtel für seine Zwecke auszunutzen.«

»Ich werde mich nicht ausnutzen lassen.«

»Nein, natürlich nicht. – Aber wenn du etwas weniger Auffälliges vorziehen solltest: Es gibt genügend junge Frauen in Czersk, die es dir für wenig Geld machen.«

Berger schüttelt den Kopf. Er wäre nie auf den Gedanken gekommen, zu einer Prostituierten zu gehen.

»Also muss es die Maria sein?«

Berger schweigt.

»Warum ausgerechnet die Küchenmamsell? Warum nicht die andere, die Theresia? Die ist jünger, die ist hübscher und auch nicht so eigensinnig wie die Maria, zwar angeblich in festen Händen, aber wenn so einer wie du – ach, egal. Ich rede immer zu viel.«

Eine Weile gehen sie schweigend nebeneinander her.

»Was weißt du eigentlich von ihr?«, fragt Baumhauer schließlich.

»Von der Maria? Wieso?«

»Es geht mich ja nichts an, aber mir ist schon aufgefallen, dass sie nichts über sich erzählt. Im Gegensatz zu den anderen. Der Knecht, der Andrej, der sich um das Vieh kümmert, der kommt aus Rittel, ist eines von drei Kindern, der Sohn eines Schusters. Die Scheuermagd, die Zofia, die unsere Zimmer in Ordnung hält, die ist aus Czersk. Eines von sieben Kindern. Die Mutter ist bei der Geburt des achten gestorben. Der Vater arbeitet in der Säge. Die Familie von Theresia wohnt in Karsin. Die Eltern sind Landarbeiter. Theresia hat keine Geschwister. Sie wird demnächst heiraten, heißt es, einen Kleinbauern, auch aus Karsin. Er heißt Josef, den Nachnamen weiß ich nicht. Jedenfalls hat er drei Kühe. Wahrscheinlich werden wir uns bald nach einem neuen Zweitmädchen umsehen müssen. – Aber Maria – von der weiß ich nur, dass sie Maria heißt. Ich habe Theresia nach ihr gefragt. ‚Sie ist nicht von hier', hat sie gesagt. Aber mehr wusste sie auch nicht.«

»Was besagt das schon?«, fragt Berger. »Von dir weiß ich zum Beispiel auch gar nichts.«

»Ja, aber nur, weil du nicht gefragt hast. Ich komme aus Schneidemühl. Ich bin der jüngere von zwei Söhnen. Mein Bruder wird also den Laden übernehmen. Bücher und solches Zeug. Und ich musste mir beizeiten etwas anderes suchen. So bin ich zum Militär gekommen. Zu den Kulmer Jägern.«

»Das Militär ist nicht schlecht, solange es keinen

Krieg gibt«, sagt Berger.
»Ja. Hoffentlich ist er bald vorbei.«

* * *

Sie kommen spät von der Patrouille zurück. »Ich geh schlafen«, sagt Baumhauer.

»Ja, tu das.« Auch Wilhelm Berger ist todmüde.

Zu seiner Verwunderung sieht er, dass im Wohnzimmer noch Licht brennt. Wer kann das sein? Marquardt ist in Marienwerder, und Frau Eisner ist in Berlin – es ist natürlich klar, dass sie nicht in der Dienstwohnung bleiben kann. Sie sucht jetzt nach einer geeigneten Wohnung. Leise öffnet Berger die Tür. Im Wohnzimmer sitzt Maria in einem der schweren Sessel beim Schein der Petroleumlampe und liest. Sie sieht auf, als Berger in das Zimmer tritt.

»Was machst du?«, fragt er.

»Ich lese.«

»Ja, das sehe ich.«

»Du denkst, das ist nicht richtig? Du denkst, das sind alles die Bücher der Försterin, und bestimmt habe ich sie nicht gefragt, ob ich sie benutzen darf?«

»Nein, nein«, sagt er. Aber genau das hat er gedacht.

Maria klappt das Buch zu. »Die Försterin ist eine nette Frau«, sagt sie. »Und sie tut mir leid, weil sie ihren Mann verloren hat. Aber bei aller Nettigkeit ist sie doch immer meine Herrin, und sie würde mir ihre Bücher nicht leihen, selbst wenn ich sie höflich darum bitte, denn sie würde sagen, es ist nicht der Sinn eines Küchenmädchens, Bücher zu lesen. Aber es ist auch nicht der Sinn meines Lebens, Küchenmädchen zu sein. Ich will keine Magd sein, ich will frei und unabhängig sein. So wie du. Und ich nehme mir, was ich brauche.«

Wilhelm Berger nimmt das Buch in die Hand, blättert darin. *Soll und Haben.* Es ist lange her, dass er das gelesen hat. Sein Vater hatte es ihm empfohlen. Und er hat es nicht gern gelesen. Soweit er sich erinnert, gibt es Passagen darin, die muss Maria als Polin geradezu als verletzend empfinden. Aber es stehen auch Dinge darin, die der Wirklichkeit erschreckend nahekommen. Er denkt an die trostlosen Sandwege, die verwahrlosten Äcker.

Maria sieht ihn spöttisch an. »Du kommst dir vor wie Anton Wohlfart«, stellt sie fest, »wie der junge Held aus *Soll und Haben,* der nach Polen kommt und feststellen muss, dass alles anders ist, als er es gewohnt ist. Und der versucht, erst einmal Ordnung zu schaffen.«

»Das Buch ist über sechzig Jahre alt«, sagt Berger rasch. Als Kaufmannssohn entspricht er der Figur des Anton Wohlfart sehr viel stärker, als Maria ahnen kann.

»Ja, das Buch ist alt, das gebe ich zu. Aber in den sechzig Jahren seit es erschienen ist hat sich nicht viel getan. Nimm zum Beispiel Adlig-Neukirch. Der Name sagt eigentlich schon alles. Das Gut sieht so aus wie das Anwesen, das Gustav Freytag beschreibt. Der Besitzer lebt in Berlin, lässt sich vor Ort nicht blicken. Und hier regiert sein Verwalter mit harter Hand. Der Hannemann.«

»Ist der so hart?« Berger hat sich mit ihm unterhalten und das Gefühl gewonnen, dass das ein ganz umgänglicher Mann sei.

Maria zuckt mit den Achseln. »Mit dir geht er anders um als mit mir.«

»Ach, das bildest du dir nur ein! Jeder hat mal einen Tag, an dem er schlecht gelaunt ist. Das gilt auch für Hannemann.«

»Nein, es ist keine Einbildung. Alles ist noch genauso wie Gustav Freytag es beschrieben hat.«

»Das kannst du nicht vergleichen.«

»Kann ich nicht? Du bist dieser Anton Wohlfart, Wilhelm! Genau wie er kämpfst du auch gegen Diebe. Gegen polnische Wilddiebe in deinem Fall. Aber hast du dich einmal gefragt, warum diese Menschen stehlen? Hast du dich einmal gefragt, warum diese Polen in Gustav Freytags Roman alles entwenden, was nicht niet- und nagelfest ist? Weil sie Hunger haben. Und weil es im Grunde ihr Eigentum ist. Das ist ihr Land, aber irgendein adliger Gutsbesitzer in Berlin erhebt Anspruch darauf, kümmert sich aber einen Dreck darum, sondern lässt alles verfallen und verrotten. – Ich würde mir auch nehmen, was herrenlos herumliegt.«

Ja, das traut Wilhelm ihr zu.

Maria sagt: »Genau wie dieser Anton Wohlfart wirst du vielleicht gegen die Räuber die Oberhand behalten. Weil ihr die besseren Gewehre habt. Aber ihr werdet doch verlieren, denn was ihr hier verteidigt, das ist eine Ordnung der menschlichen Gesellschaft, die längst überholt ist und die keine Daseinsberechtigung mehr hat. Zum Teufel mit dem Adel! Zum Teufel mit der Ausbeutung!«

»Siehst du das so?«, fragt Berger.

»Wilhelm, du hast keine Ahnung. Die Fabriken in

Czersk, die Säge, die Brauerei, du hast sie gesehen. Gut sehen sie aus, die Betriebe, aber sie gehören den Deutschen. Und die Gewinne, die sie machen – ganz gewaltige Gewinne – die kommen den Deutschen zugute. Und an den Schulen – polnische Lehrbücher gibt es nicht. Und als ein Lehrer auf eigene Kosten welche beschafft hat, durfte er sie nicht einsetzen.«

Wilhelm Berger schüttelt ungläubig den Kopf.

»In den Schulen soll Deutsch unterrichtet werden und sonst gar nichts. Es hat einen Schulstreik gegeben, ein paar hundert Kinder sind einfach nicht mehr hingegangen zum Unterricht, 1907 ist das gewesen. Gebracht hat es gar nichts. Die Anführer sind hart bestraft worden, und danach ging alles weiter wie zuvor.«

»Aber dies ist doch Deutschland, Maria! Wir leben gemeinsam in diesem Land, und da sollten wir doch auch dieselbe Sprache sprechen, findest du nicht? Zumindest sollten wir alle dazu in der Lage sein. Und wo sollen die Kinder das lernen, wenn nicht in der Schule? Und wenn sie besser ausgebildet sind, bekommen sie bessere Arbeit, verdienen mehr Geld, und das fließt wieder in die örtliche Wirtschaft, und alle haben den Nutzen davon.«

»Wenn du das so sagst, dann klingt es nicht schlecht. Aber das ist nicht, wie es hier bei uns ankommt. Die Deutschen sind die Herren und wir Polen und Kaschuben die Knechte. Ausbeuten tun sie uns bis aufs Blut. Was glaubst du wohl, warum hier so lange gestreikt wurde? Von 1904 bis 1910 – sechs bittere Jahre lang! Und es hat alles nichts genützt, es hat sich nichts geändert. Das ganze System ist verrottet. Zum Teufel mit dem preußischen Dreiklassen-Wahlrecht! Alle Menschen sind gleich, und sie brauchen die gleichen Rechte.«

»Das wird alles kommen«, sagt Berger sanft. »Es braucht nur ein bisschen Zeit.«

»Wir haben keine Zeit mehr. Ich gehe ins Bett!«

»Gute Nacht, Maria.«

Sie stapft davon. Süß sieht sie aus, wenn sie sich so aufregt. Wilhelm kann nur hoffen, dass sie nichts von diesen Dingen jemals dem Vize-Feldwebel gegenüber erwähnt. Der würde dafür sorgen, dass sie auf der Stelle entlassen wird.

Wilhelm Berger stellt *Soll und Haben* zurück in den Bücherschrank. Da stehen auch die anderen Bücher von Gustav Freytag. Freytag hat sich auch sehr eindeutig über die Kaschuben geäußert. In *Aus dem Staat Friedrichs des Großen* zum Beispiel. Berger blättert in dem Band, findet die Stelle, liest.

»Das schmutzige und wüste Volk lebte von Brei aus Roggenmehl, oft nur von Kräutern, die sie als Kohl zur Suppe kochten, von Heringen und Branntwein, dem Frauen wie Männer unterlagen. … Stumm und schwerfällig trank das Volk den schlechten Branntwein, prügelte sich und taumelte in den Winkel …«

* * *

Marquardt hat die Förster der Umgebung sowie die Kommandojäger nach Jatty zusammengerufen. Das Jagdzimmer der Försterei ist zu klein für eine solche Ansammlung von Menschen. Berger zählt mehr als zwanzig Personen. Marquardt hat den Tisch hinaustragen lassen und die Stube zum Vortragssaal umgestaltet. Er referiert im Stehen. Es ist klar, dass er zunächst einmal darum bemüht ist, die Forstbeamten von seinen Qualitäten zu überzeugen. Jeder soll sehen, dass nun jemand gekommen ist, der mit den Wilderern kurzen Prozess macht. Selbstsicher genug tritt er jedenfalls auf. Oder ist es Arroganz, was Marquardt an den Tag legt? Berger ist sich nicht sicher.

Sicher ist er sich nur in einem Punkt: Er mag Marquardt nicht. Der Mann besitzt nichts von der Großzügigkeit im Denken und Handeln, die er von zu Hause gewohnt ist. Er wirkt eher wie ein verbissener Bürokrat. Berger sitzt in der hinteren Reihe und beobachtet den Auftritt seines neuen Vorgesetzten.

Marquardt blickt selbstbewusst in die Runde und sagt: »Meine Herren, ich begrüße Sie hier in der Försterei in Jatty. Ich habe Sie zusammengerufen, damit wir unser weiteres Vorgehen miteinander abstimmen. Aber zunächst einmal möchte ich, dass Sie mich kennenlernen, damit Sie wissen, mit wem Sie es zu tun haben. Mir ist bewusst, dass Sie sich alle seit vielen Jahren mit der Bekämpfung des Wildererunwesens herumschlagen. Und Sie können sich gewiss als Experten auf diesem Gebiet bezeichnen. Sie werden sich fragen, warum ein Polizist aus Berlin glaubt, er könne besser mit diesem Problem fertig werden als Sie. Und ein Besserwisser wäre das letzte, was sie hier brauchen. Darauf kann ich nur entgegnen: Was zählt, das ist allein der Erfolg. Und ich habe Erfolge aufzuweisen. Im letzten Jahr erst habe ich einen gefährlichen Wilddieb und Mörder zur Strecke gebracht.«

»In Berlin?«

»Nein, hier in Westpreußen!«

Die Förster sind skeptisch. »Wo?«, fragt einer.

»Försterei Dachsberg.«

»Dachsberg?«

»Südöstlich von Graudenz liegt das«, weiß Graepelt. »Von dem Fall habe ich gehört. Das war doch dieser – dieser Kopistiecki? – Wenn Sie das waren, der den Kerl festgenommen hat – meine Hochachtung!«

Marquardt strahlt Zuversicht aus. »Es ist nicht das erste Mal«, sagt er, »dass ich mich in einer kritischen Situation befunden habe. Bis jetzt ist es mir immer gelungen, die Fälle zu lösen und die Täter dingfest zu machen. Meine Herren, gehen Sie ruhig davon aus, dass es diesmal genauso sein wird.«

»Das mag ja sein«, sagt Graepelt. »Aber ich glaube, wir alle wären sehr erleichtert, wenn die Verhaftung des Täters möglichst bald erfolgen würde.« Seine Skepsis ist nicht zu überhören.

»Wir tun, was wir können. – Und die heutigen Möglichkeiten der Polizei sind nahezu grenzenlos. Ich will Ihnen ein Beispiel erzählen, und zwar die Geschichte von dem Banküberfall in Myslowitz. In Oberschlesien ist das gewesen, bei Kattowitz. Steinkohlebergbau. Sie kennen das. Und da ist natürlich gutes Geld zu verdienen, sehr gutes Geld. Aber es gibt ja immer Leute, die damit noch nicht zufrieden sind, dass man hier mit redlicher Arbeit gut verdienen kann – die wollen mehr. Alles, wenn möglich. Und ohne Arbeit. Und so kam es, dass am 21. Dezember 1910, drei Tage vor Heiligabend, am späten Nachmittag die Myslowitzer Bank überfallen wurde. Drei Täter. Die Burschen haben sofort geschossen. Der Kassierer – tot. Der zweite Angestellte schwer verletzt. Und die Beute – 5000 Kronen, 1000 Rubel und 800 Mark. Umgerechnet insgesamt also etwa 7000 Mark. Eine hübsche, runde Summe. Und die Täter natürlich über alle Berge.«

»Täter unbekannt, wie so oft!« zürnt der Förster.

Marquardt schüttelt den Kopf. »Täter bekannt. Der Anführer war ein gewisser Julian Sucholewski, seine Mittäter waren ein gewisser Bednarz und ein Schustack.«

»Russen«, mutmaßt einer der Förster.

»Deutsche«, widerspricht Marquardt. »Sie haben sich mit der Beute schnell über die Grenze nach Russland abgesetzt. Das war gar nicht so dumm. Aber dann haben sie einen entscheidenden Fehler gemacht. Der Sucholewski, der ist nämlich noch mal zurückgekommen in seine Wohnung in Myslowitz. Hatte wohl was vergessen. Die Nachbarn haben aufgepasst und sofort die Polizei alarmiert, aber als der erste Polizist bei der Wohnung auftauchte, da ist der Sucholewski getürmt. Der Polizist hat geschossen, und der Sucholewski hat auch geschossen, und er hat den Polizisten getroffen, und dann ist er wieder ab über die Grenze.«

Marquardt macht eine kurze Pause, nimmt einen Schluck aus seiner Kaffeetasse.

»Und dann, meine Herren, dann haben die schlesischen Kollegen gesehen, dass sie das allein nicht schaffen, und dann haben sie Berlin um Hilfe gebeten. Und ich – ich habe sofort die Spur der Burschen aufgenommen, hab den Sucholewski durch halb Europa verfolgt, bis nach Bremen, und als ich in Bremen ankam, da war er gerade weg. An Bord der *Zieten* nach Amerika abgehauen.«

»Da kann man nichts machen«, nickt der Förster.

»Das denken Sie! – Nein, meine Herren, so schnell gebe ich nicht auf. Ein rascher Anruf in Berlin, und schon war ich auf dem Wege nach Southampton, denn von dort aus geht eine schnellere Verbindung nach New York. Und ich habe es tatsächlich geschafft, die *St Louis* zu erreichen, einen amerikanischen Dampfer, und der schafft die Überfahrt in neun Tagen; die *Zieten* braucht 13 Tage. So ein Reichspostdampfer ist eben nicht auf Geschwindigkeit ausgelegt. Aber natürlich war alles sehr, sehr knapp. Die beiden Schiffe würden fast gleichzeitig in New York ankommen. Und wenn ich Pech hatte, konnte mir der Kerl immer noch entwischen. Und da habe ich mir eine Technik zunutze gemacht, die damals ja noch in den Kinderschuhen steckte, nämlich die Funkentelegraphie.«

Jetzt fängt er an zu spinnen, denkt Berger. Jägerlatein. Er fragt sich, ob an dieser Geschichte überhaupt ein einziges Wort wahr war.

»Ich bin also zum Kapitän der *St Louis* gegangen und habe ihn gebeten, einen Funkspruch für mich an die *Zieten* zu schicken. *Mörder an Bord; bitte festnehmen!* Das war technisch nicht ganz einfach, denn wir konnten keine direkte Verbindung zur *Zieten* bekommen, sondern nur auf dem Umweg über die Funkstation in Halifax, aber jedenfalls hat es geklappt. Wir waren ganz knapp vor der *Zieten* in New York, und als ich hinkam, da hatte man den Sucholewski schon festgenommen …«

Berger schüttelt den Kopf. »Das kann ich nicht glauben!«

»Was?« Widerspruch hat Marquardt nicht erwartet.

»Diese Geschichte, die Sie da erzählen – die habe ich auch in der Zeitung gelesen, genau wie Sie auch, Herr Marquardt. Ein Jahr früher hat die sich abgespielt, und es war nicht irgendein polnischer Bankräuber, sondern der englische Mörder Crippen, der sich per Schiff in die USA absetzen wollte, und irgendein Inspektor von Scotland Yard ist ihm mit einem anderen Schiff hinterhergefahren, hat den Kapitän des anderen Schiffes über Funk informiert, ihn überholt und den Mörder in Amerika festgenommen.«

»So? »Einen Augenblick lang herrscht eisiges Schweigen. Dann greift Marquardt in die Innentasche seines Jacketts, zieht ein Blatt Papier heraus und faltet es umständlich auseinander. Er reicht Berger das Blatt ohne einen weiteren Kommentar, aber mit einem triumphierenden Lächeln. Es ist die Titelseite einer amerikanischen Zeitung. Berger liest:

WIRELESS AGAIN USED TO CATCH MURDERER
Fugitive locked on his arrival from Germany
New York, March 16th (1911)

The long arm of the wireless ended a man hunt today with the arrest of Julian Sucholewski, a fugitive German of 19 years charged with murder.

He reached Hoboken in iron aboard the steamer Zieten from Bremen twelve hours behind the liner St Louis which had brought into port his pursuer, Paul Marquardt, a Berlin detective who won a trans-Atlantic chase against a four day handicap.

Einen Augenblick ist es ganz still im Raum. Berger schluckt. Dann sagt er: »Herr Marquardt, ich muss mich bei Ihnen entschuldigen.«

Marquardt nickt. An die anderen gerichtet fährt er fort: »Die deutsche Presse drüben in Amerika war natürlich ganz aus dem Häuschen. Die *Staats-Zeitung* in New York hat geschrieben: *Marquardt ist ein Mann von 34 Jahren, von mittelgroßer, mehr hagerer als starker Figur, mit einem ausgeprägten Detektivgesicht und lebhaftem Gang, der Typus eines erfolgreichen Kriminalisten ...* – Und da hatte das Abenteuer ja gerade erst angefangen!«

Berger ist völlig konsterniert. Es ist nicht zu fassen: Dieser Kerl hat tatsächlich das Vorgehen der englischen Kollegen im Fall Crippen kopiert und seine transatlantische Mörderjagd ebenso erfolgreich zum Abschluss gebracht.

»Als ich den Mörder nach Deutschland zurückgebracht hatte, blieb natürlich noch die Jagd nach den beiden Komplizen. Auch das war keine Kleinigkeit, meine Herren, nein gewiss nicht.«

Auch die Förster sind inzwischen still geworden.

»Ich will es kurz machen. Den einen habe ich schließlich in einem schlesischen Gefängnis ausfindig gemacht, den anderen anschließend um die halbe Welt gejagt. Erst nach Paris, dann nach Warschau, nach Moskau, nach Sankt Petersburg – bis nach Sibirien habe ich ihn verfolgt. In Krasnojarsk haben die russischen Kollegen ihn dann schließlich festgenommen. Ich hatte natürlich gedacht, dass wir mit der Auslieferung Schwierigkeiten bekommen würden. In Amerika hatte das ja schon mehrere Monate gedauert, aber da waren die Russen völlig unkompliziert. Sie haben den Kerl nicht ausgeliefert. Sie haben ihn einfach aufgehängt.«

Marquardt leert seine Kaffeetasse und genießt den Erfolg seines Vortrages.

Graepelt sagt: »Wir fühlen uns geehrt, dass solch eine Koryphäe aus Berlin zu uns in die Tucheler Heide gekommen ist, und wir sind ganz zuversichtlich, dass es Ihnen gelingen wird, auch in unserem Fall den Mörder schnell zu fassen und seiner gerechten Strafe zuzuführen.«

Berger kann nicht unterscheiden, ob das nun Spott ist oder ernsthafte Bewunderung.

»Davon gehe ich aus«, behauptet Marquardt. »Die Spurensicherung hat bereits einen interessanten Punkt ergeben. An der Stelle, wo Eisner erschossen worden ist, habe ich Schnippsel von Zeitungspapier sicherstellen können. Die stammten von einem Patronenpfropfen. Ich habe die Reste in Berlin untersuchen lassen: Es handelt sich um Teile aus der *Gazeta Grudziądzka,* aus einer Zeitung in polnischer Sprache also. Sie erscheint in Graudenz.«

»Wir wissen, dass Kleinschmidt Pole ist«, sagt Hannemann.

Marquardt lächelt. »Manchmal reicht Wissen nicht aus. Für eine Verurteilung brauchen wir auch Beweise.«

* * *

Die Diskussion ist beendet. Den entscheidenden Punkt hat sich Marquardt für den Schluss aufgespart, den brauchen die Kommandojäger nicht mitzuhören. Als die Förster im Begriff sind, sich zu verabschieden, sagt er: »Eine Frage hätte ich noch. Wir brauchen natürlich einen Informanten. – Am besten jemand, der beruflich mit möglichst vielen Menschen in Kontakt kommt …«

»In Czersk? Ich würde den Schmied vorschlagen«, sagt Hannemann.

Graepelt nickt. »Der Schmied ist in Ordnung. Er ist außerdem Pole, so dass er auch mitbekommt, was die andere Hälfte der Bevölkerung redet.«

»Aber ist er integer?«

»Ja, davon gehe ich aus.«

»Sollen wir ihm Geld geben?«

Hannemann schüttelt den Kopf. »So einen wie den können wir am besten bei der Ehre packen«, sagt er. »Wenn Sie wollen, mache ich das. Das ist unauffälliger, als wenn Sie plötzlich bei ihm auftauchen.«

Marquardt nickt.

Hannemann zögert einen Moment. Dann fragt er: »Was wird denn nun eigentlich aus der Försterei hier in Jatty?«

»Die Forstverwaltung hat zugesagt, dass die Stelle neu besetzt wird. Ich habe gesagt, dass das keine Eile hat.«

Hannemann hat geahnt, dass Marquardt die Försterei zunächst für sich behalten will. »Und – das Personal?«

Marquardt zieht die Augenbrauen hoch. Warum will Hannemann das wissen? »Das bleibt hier«, sagt er.

* * *

Die Kommandojäger lehnen an der Scheune und rauchen. »Es wird allmählich ungemütlich«, sagt Baumhauer.

Berger nickt. »Der Marquardt ist in der Tat ein scharfer Hund.« Die Streifen sollen bis auf weiteres auf 40 km pro Tag ausgedehnt werden.

Franz Baumhauer raunt Berger zu: »Dieser Marquardt, vor dem sind nicht einmal die Toten sicher! Ich habe gehört, er hat doch tatsächlich eine Obduktion von Eisners Leiche angeordnet.«

* * *

Sie stehen um das Grab Eisners herum.

»Gucken Sie nicht so unglücklich, Berger!«, sagt Marquardt.

Wilhelm Berger sieht den Polizisten an. »Warum?«, fragt er.

»Warum ich ihn exhumieren lasse? – Ich will, dass der Leichnam ordentlich gerichtsmedizinisch untersucht wird.«

Die Überprüfung des Leichnams war seinerzeit nur von einem Hegemeister vorgenommen worden. Aber Berger kann sich nicht vorstellen, dass eine neuerliche Untersuchung neue Erkenntnisse bringt – Tod durch zwei Schrotschüsse aus nächster Nähe, daran besteht kein Zweifel. Dass die Autopsie eine ziemlich unangenehme Aufgabe für den Mediziner sein wird, liegt auf der Hand. Der Leichnam hat schließlich schon einige Wochen unter der Erde gelegen.

Frau Eisner ist aus Berlin zurück; sie hätte nicht mitkommen müssen, aber sie hat darauf bestanden. Sie sagt: »Ich habe meinen Mann im Leben treu zur Seite gestanden, und ich werde ihn auch jetzt im Tod nicht im Stich lassen.« Sie würdigt Wilhelm Berger mit keinem Blicke. Offenbar nimmt sie ihm übel, dass er ihren Mann nicht hatte schützen können.

Die Polen, die das Grab geöffnet haben, werfen die Spaten zur Seite. Der schwarze Sarg ist freigelegt; nun können sie ihn aus der Grube herausheben. Auf ein Zeichen Marquardts treten zwei weitere Männer hinzu, und zu viert wuchten sie die Kiste nach oben. Frau Eisner sieht mit unbewegter Miene zu. Was mag sie fühlen, jetzt, wo die würdevolle Beisetzung ihres Mannes solch ein gänzlich würdelose Nachspiel erfährt?

Da steht nun der Sarg, dreckverschmiert und verkratzt. Einen Augenblick lang tut sich gar nichts. Dann sagt Marquardt: »Aufmachen!«

Einer der Polen setzt die Brechstange an, und die Sargnägel lösen sich kreischend aus dem Holz. Die anderen Männer packen zu und schlagen den Deckel zurück. Berger ist der Blick auf den Sarg versperrt; dass etwas nicht in Ordnung ist, merkt er erst, als Frau Eisner zu schreien beginnt. Es ist ein unmenschlicher Schrei. Berger stößt die Polen zur Seite und drängt sich nach vorn. Da sieht er es: der Förster Eisner ist geköpft worden; jemand hat dem Toten das Haupt abgeschlagen und es mit dem Gesicht nach unten zwischen den Beinen des Leichnams postiert.

»Nichts anfassen!«, schreit Marquardt.

Die Polen bekreuzigen sich. Es ist offensichtlich, dass keiner von ihnen freiwillig diesen Toten berühren würde. Berger beugt sich über den Sarg. Er sieht, dass der Kopf mit einem sauberen Schnitt vom Rumpf getrennt worden ist.

»Kommen Sie, Frau Eisner«, sagt Marquardt. Er sieht sich suchend um, entdeckt Berger und ruft: »Berger, bringen sie die Frau Eisner nach Hause!«

Berger nickt.

Marquardt fragt die Polen: »Wo kann ich hier telefonieren?«

Berger registriert mit Befriedigung, dass auch der Berliner Polizist blass geworden ist.

* * *

»Abgetrennt?«, fragt Maria.

Berger nickt. Sie haben sich heimlich in der Scheune getroffen, sitzen jetzt auf dem Stroh, und Wilhelm Berger hat der jungen Polin berichtet, was sich zugetragen hat. »Es ist völlig unerklärlich«, sagt er. »Als der Sarg verschlossen wurde, war der Leichnam noch intakt. Bis auf die Schussverletzung natürlich. Das heißt, jemand muss nachträglich den Sarg wieder ausgegraben haben, den Deckel geöffnet und den Förster geköpft haben.«

»Und ihr habt keine Ahnung, wer das gemacht hat?«

»Doch. Der Kleinschmidt wahrscheinlich. Der Vize-Feldwebel glaubt, dass er vollkommen wahnsinnig ist.«

»Wie hat er es gemacht? Mit der Axt?«

Wilhelm schüttelt den Kopf. »Mit dem Messer.«

»Das stelle ich mir ziemlich mühsam vor.«

»Mühsam oder nicht. Es geht bei einem toten Huhn, und also geht es auch bei einem toten Menschen.«

»Was für ein Messer hat er genommen?«

»So ein breites Messer. Vielleicht das Messer aus eurer Küche.«

»Das passt.« Maria lächelt. »Ich bin nicht besonders überrascht«, sagt sie. »Ich habe schon gedacht, dass es so kommen würde.«

»Du hast es schon gedacht?«

»Ja. – Bei einem wie dem Eisner immer!«

»Was meinst du damit?«

»Das ist so üblich hier.«

Berger schüttelt den Kopf. Es kann doch kein alter westpreußischer Brauch war, den Verstorbenen den Kopf abzuschneiden.

»Weißt Du, was ein *Uhüe* ist?«

Berger schüttelt den Kopf.

»Ein *Uhüe* ist ein Untoter. Ein blutsaugendes Monster, das nach seinem Tod andere Leute ebenfalls in den Tod reißt. Menschen aus seiner Familie. Manchmal auch das ganze Dorf. Und gegen solche *Uhües* kann man sich nur wehren, indem man ihnen den Kopf abschneidet.«

»Aber das kann doch niemand ernsthaft glauben!«

»Doch, das glauben manche Leute hier. – Das wundert dich? Warum? Mich wundert es gar nicht. Du denkst vielleicht, dass es ein Zeichen von Rückständigkeit ist. Aber damit hat das überhaupt nichts zu tun. Viele Menschen glauben irgendeinen Unsinn. Dass etwas Schlimmes passiert, wenn einem eine schwarze Katze von links nach rechts über den Weg läuft. Manche

Leute glauben, dass der Papst der Stellvertreter Gottes ist. Viele glauben, dass es einen Gott gibt. Es kann aber niemand, der bei Verstand ist, an die Existenz eines lieben Gottes glauben. Und doch gibt es Millionen Menschen, die genau dies tun.«

Berger schüttelt den Kopf. »Einen solchen Aberglauben kannst du doch nicht mit der christlichen Religion vergleichen!«

»Warum nicht?«

»Maria, ernsthaft, das ist doch etwas völlig anderes! Und du – du bist doch wahrscheinlich katholisch erzogen und aufgewachsen. Der christliche Glaube, das ist doch eine hoch entwickelte Philosophie ...«

»Voll von schwangeren Jungfrauen und Zauberern, die übers Wasser gehen können. Alles Unfug. Wenn ich meine katholische Erziehung so ernst nehmen würde, wie der Herr Pfarrer es gerne möchte, dann säße ich jetzt nicht hier bei dir im Stroh.«

»Was, du darfst nicht bei mir im Stroh sitzen?«, fragt Berger übermütig.

»Sitzen vielleicht schon, aber du darfst nicht deine Hand dorthin legen ...«

Berger zieht seine Hand zurück.

»Und küssen darfst du mich natürlich auch nicht!«

»Ich bin nicht katholisch«, sagt Berger. Er würde Maria gern in den Arm nehmen und küssen, aber er zögert einen Moment zu lange; Maria steht auf, schüttelt sich das Stroh aus dem Kleid und geht davon.

Sie muss vorsichtig sein. Sie hat gefährliche Pläne.

* * *

Später, als Berger allein in seinem Zimmer auf seinem Bett liegt, denkt er über die Worte des Mädchens nach. Ein Untoter! Soll er Marquardt davon erzählen? Nein. In dem Fall würde er auch preisgeben müssen, wie er zu diesen Informationen gekommen ist, und das will er nicht. Vielleicht kann er stattdessen dieses Wissen selbst einsetzen. Denn es gibt eigentlich nur einen Menschen, der sich fürchten müsste, wenn der Förster Eisner als Untoter aus seinem Grab stieg, und das war sein Mörder. Das wiederum bedeutete, dass Eisners Mörder das Grab geöffnet und den Leichnam verstümmelt hatte.

Das Messer - das Messer hat eine Besonderheit. Die Spitze fehlt. Wenn es wirklich das Messer aus Frau Eisners Küche ist, dann hat der Täter sie abgebrochen und mitgenommen. Warm? Als Erinnerung?

* * *

Ein Brief aus Hamburg ist gekommen. Da Wilhelm selbst sehr selten schreibt, kriegt er wenig Post. Die Postkarte von Bernhard Rogge damals, die war eine Ausnahme. Die hat er aufbewahrt. »Wir haben gesiegt«, hatte Rogge geschrieben. Das war nach der Seeschlacht am Skagerrak gewesen. An dem Text hatte die Zensur nichts auszusetzen. Die Ansichtskarte zeigte den Kleinen Kreuzer *Pillau*, auf dem Rogge Dienst tat. Die beiden Löcher, die der Absender mit einer Nadel oder Heftzwecke in das Bild gestochen hatte, hätte Wilhelm fast übersehen. Das Schiff war getroffen worden, hieß das. Zweimal. Aber Rogge lebte, das war die Hauptsache.

Aber dieser Brief, das ist Post von seinem Vater. Hier

gibt es keine geheimen Botschaften. Sein Vater schreibt direkt, was er denkt. Berger hat keine Eile, den Brief zu lesen. Er trinkt erst in aller Ruhe seinen Ersatzkaffee, bevor er den Umschlag aufschlitzt.

Lieber Wilhelm!

Wenn alles gut geht, dann ist der Krieg in wenigen Wochen vorbei. Rumänien hat kapituliert, die Russen sind völlig zusammengebrochen. Nach dem Sturz des Zaren herrscht dort, wie man hört, nur noch das blanke Chaos. Letzten Monat haben wir Riga erobert.

Ja, das hat Wilhelm Berger auch gelesen.

Wir müssen uns darauf einstellen, dass der Sieg wahrscheinlich Veränderungen mit sich bringt. Es ist noch nicht amtlich, aber ich habe neulich mit einem unserer Reichstagsabgeordneten gesprochen, und der hat mir zu verstehen gegeben, dass ein Frieden nur geschlossen wird, wenn für Deutschland dabei klare Gewinne zu verzeichnen sind. Angeblich werden Lüttich und Antwerpen auf jeden Fall deutsch. Antwerpen ist überhaupt der ideale Hafen für Deutschland. Hamburg wird an Bedeutung verlieren, und wahrscheinlich werden wir den Sitz unseres Handelshauses dann nach Antwerpen verlagern müssen …

Wilhelm Berger legt den Brief zur Seite. Im Gegensatz zu seinem Vater hat er immer geglaubt, dass die Regierungen irgendwann zur Vernunft kommen und sich auf einen maßvollen Frieden einigen würden. Männer wie der Reichskanzler von Bethmann-Hollweg. Aber seit dessen Rücktritt im Juli ist seine Hoffnung auf einen Verständigungsfrieden geschwunden.

»Schlechte Nachrichten?«, fragt Maria.

Wilhelm Berger schüttelt den Kopf. »Nein, nicht

wirklich. – Aber der Krieg – man könnte glauben, dass er überhaupt kein Ende nimmt.«

Theresia sagt: »Dies ist ein friedliches Land. Immer friedlich gewesen. Es ist nicht Recht, dass jetzt auf einmal Soldaten durch die Wälder streifen, als ob hier alles voller Mörder stecken würde!«

Maria lacht.

Berger sieht von seinem Becher auf. »Der Förster ist erschossen worden«, sagt er. »Ist das nicht Grund genug, etwas für die Sicherheit zu tun?«

»Was ist denn zuerst passiert?«, kontert Theresia. »Die Besetzung durch das Militär oder der Schuss auf den Förster?«

»Als Besetzung durch das Militär würde ich das hier nicht bezeichnen. Kommandojäger hat es immer gegeben, auch im Frieden.« So aufmüpfig hat Berger die junge Kaschubin bisher nicht erlebt.

Sie sagt: »Früher kamen die Kommandojäger, um bei der Jagd zu helfen. Als Treiber. Auf den adeligen Gütern. In Adlig-Neukirch zum Beispiel. Einmal im Jahr ist der Besitzer aus Berlin gekommen, hat eine Jagd veranstaltet, und dazu hat er sich aus Chełmno – aus Kulm also – seine Kommandojäger geholt. Aber dies hier – dies ist etwas anderes.«

Maria sieht, dass Berger betroffen ist. Sie sagt: »Sei still, Theresia, da kann der Herr Berger nichts dafür, dass sich die Zeiten geändert haben. Und solange hier alles ruhig ist …«

In diesem Augenblick fällt draußen ein Schuss. Berger springt auf, greift nach seiner Waffe und stürzt zur Tür. Die Frauen lachen. Ein junger Mann ist auf einem mit Blumen geschmückten Pferd auf den Hof geritten, und er hat mit einer Pistole in die Luft geschossen. Der Mann steigt ab, bindet den Gaul an und kommt in die Küche. Er verbeugt sich vor Maria und dem verblüfften Berger; Theresia ist indes verschwunden.

»Ich verneige mich vor Ihnen, meine hochwohlgeborenen Herrschaften, vor Ihnen und vor Ihrem ganzen Hause.« Der Mann spricht Deutsch mit einem starken kaschubischen Akzent. Berger fragt sich, ob diese Ansprache wirklich für ihn bestimmt ist. So viel steht fest: Ganz nüchtern ist der Mann nicht. Berger sieht Maria an; die scheint nicht im Mindesten überrascht von diesem Auftritt. Sie nickt ihm zu: Alles in Ordnung.

»Ich bin hier zu Ihnen her geritten, wie es meine Aufgabe ist, und ich wünsche Ihnen Frieden. Ich hoffe, dass ich Sie nicht störe und dass Sie mich als Ihren Gast willkommen heißen.«

Maria sagt: »Verehrter *drużba,* Sie sind uns sehr willkommen.«

Der Mann verbeugt sich noch einmal. »Höchste, hochgeehrte Herrschaften, das junge Paar hat mich gebeten, Sie zu ihrem Hochzeitsfeste einzuladen. Ich hoffe, dass Sie meine Einladung nicht als zu dreist empfinden, und dass Sie sie annehmen, ohne irgendwelche Ausreden zu suchen, denn sonst würde ich …« Er sucht nach den passenden Worten. »… sonst würde ich große Kopfschmerzen bekommen.«

Maria lacht. Berger denkt, der Mann wird auf jeden Fall große Kopfschmerzen bekommen, betrunken wie er ist.

»Ich stehe ja nicht hier aus eigenem Antrieb, sondern

ich bin gesandt zunächst einmal von unserem Herrgott, dann von der allerheiligsten Jungfrau Maria und von allen Heiligen, und nicht zuletzt von dem jungen Paar, welches den heiligen Stand der Ehe miteinander eingehen will.«

Das ist es also. Ein Hochzeitsbitter, nennt man das so? »Wer will denn überhaupt heiraten?«, fragt Berger.

»Ich bitte untertänigst um Vergebung, dass ich auf diesen Punkt nicht schon früher zu sprechen gekommen bin. Es handelt sich um das Fräulein Theresia Synak und den ehrsamen Josef Drech, beide aus Karsin, die miteinander das heilige Sakrament empfangen wollen.«

Deshalb ist Theresia also so rasch verschwunden. Sie kann sich ja nicht gut zu ihrer eigenen Hochzeit einladen lassen.

»Nicht allein auf Veranlassung des Brautpaares oder etwa gar aus meinem eigenen Willen stehe ich hier vor Ihnen, sondern durch das Gebot unseres lieben Herrgotts. Und ich bitte Sie, dass Sie mit allen Töchterchen und Söhnchen vierspännig in lackierter Kutsche mit Musik und in bester Sonntagskleidung am nächsten Dienstag in aller Frühe beim Hochzeitshause in Karsin vorfahren, auf ein Gläschen Starkbier oder zwei. Oder drei. Und danach die geehrte Braut und den Herrn Bräutigam zum Gotteshaus der Kirche in Karsin zu begleiten.«

»Danke für die Einladung«, sagt Berger.

Aber der Hochzeitsbitter ist noch nicht fertig. »Danach wird Sie die geehrte Braut zum Hochzeitshause führen, und dort wird alles aufgeboten sein, was der

Herrgott gegeben und was die Köchin bereitet hat. Jeder darf so lange essen und trinken, wie er noch auf den Füßen stehen kann. Es gibt Brot für alle, es werden ein paar Fässer Bier bereitstehen, und für hohe Herrschaften wie Sie speziell auch der eine oder andere Krug mit Wein. Ein Ochse liegt schon geschlachtet bereit, ein zweiter geht noch auf dem Hof umher und wartet ab, ob wir ihn auch noch brauchen.«

»Herzlichen Dank …«, setzt Berger noch einmal an.

»Bisher habe ich nur von unserem verehrten Brautpaar geredet. Jetzt endlich bin ich selbst an der Reihe, meine Herrschaften. Sehen Sie mich an: Ich habe große Mühen auf mich genommen, mich auf die lange Reise von Dorf zu Dorf gemacht, ich bin völlig erschöpft und mein Geldbeutel ist leer. Auch steht draußen mein dunkelbraunes Pferdchen und bittet um Futter. So. – Für diesmal fällt mir nichts mehr ein, das nächste Mal soll's besser sein! – Gelobt sei Jesus Christus!«

»Gelobt sei Jesus Christus«, wiederholt Maria sehr ernst, und nur ihre Augen funkeln spöttisch. »Für das Pferdchen habe ich nichts hier in der Küche, aber wenn Sie selbst vielleicht einen Speckpfannkuchen und zur Stärkung ein Gläschen Schnaps zu sich nehmen mögen, so sind Sie mir herzlich willkommen. Unser hochverehrter Herr Berger wird sich derweil vielleicht um Ihren Geldbeutel kümmern.«

* * *

Marquardt hat schlecht geschlafen wie immer. Er wacht davon auf, dass er draußen Stimmen hörte.

»Ich habe hier einen Brief«, sagt jemand.

Marquardt schreckt hoch. Er hört die Stimme des Dienstmädchens: »Für uns? – Ja, denn geben Sie ihn mir doch einfach.«

»So einfach ist das nicht, junge Frau. Ich weiß nämlich nicht, ob der Brief wirklich für Sie ist. Hier steht zwar Försterei Jatty als Anschrift, aber der Name, den habe ich noch nie gehört – oder kennen Sie hier irgendeinen Paul Marquardt?«

Marquardt ist mit einem Satz aus dem Bett.

»Marquardt? – Nie gehört. Außer uns wohnt hier ja nur dieser Feldwebel. Aber der heißt Naumann oder Neumann oder so ähnlich. Ach ja, dann ist da ja noch der Kommandojäger. Kann das vielleicht Baumhauer heißen? Franz Baumhauer?«

»Baumhauer? – Nein, hier steht ganz eindeutig Marquardt.«

»Tatsächlich? – Am besten wahrscheinlich, wenn Sie den Brief wieder mitnehmen.«

Ja, natürlich! Nimm ihn wieder mit! Marquardt kleidet sich in großer Hast an. Aber ihm ist klar, dass er zu spät kommen wird.

Der Postbote hat Bedenken. »Normalerweise würde ich das tun«, sagt er. »Empfänger unbekannt und fertig. Und dann zurück damit an den Absender. Aber in diesem Fall bin ich mir nicht so sicher, ob das der richtige Weg ist.«

»Wo kommt er denn her? – Zeigen Sie mal!«

Dumme Kuh, flucht Marquardt. Was geht dich das an, wo der Brief herkommt? Er knöpft das Hemd zu.

»Das ist ja das Problem«, sagt der Postbote. »Dienstpost ist das. Absender ist der Polizei-Präsident in Berlin. Und das Schreiben geht angeblich an einen Kriminal-Schutzmann Paul Marquardt.«

Schlimmer kann es nicht kommen! Keine Zeit mehr, die Stiefel zuzubinden. Marquardt rennt auf Socken die Treppe hinunter. Die Haustür steht weit offen, und da draußen stehen die beiden, der Postbote mit seinem Fahrrad und das Dienstmädchen.

»Was gibt es denn?«, fragt Marquardt. Ganz ruhig bleiben, ermahnt er sich. Ganz ruhig bleiben, Paul!

»Ach, da ist jetzt so ein Schreiben aus Berlin gekommen …«

»Aus Berlin? Das kann nur für mich sein.« Paul Marquardt streckt die Hand aus.

»Aber der Name, Herr Neumann, da steht doch ein ganz anderer Name drauf!«

»Ja, das kenne ich schon. Da hat wieder jemand irgendetwas durcheinander gekriegt. Das ist halt Berlin – da geht es immer drunter und drüber!«

»Ja, wenn der Brief für Sie ist …« Zögernd überreicht der Postbote Marquardt den Umschlag.

»Sind Sie denn nun – sind Sie wirklich von der Kriminalpolizei?« Das Mädchen starrt Paul Marquardt mit weit aufgerissenen Augen an.

Marquardt schüttelt den Kopf. »Mein Name ist Neumann, und ich bin Vize-Feldwebel beim Garde-Jäger-Bataillon in Berlin.«

»Ich denke, Sie kommen aus Potsdam!«

»Potsdam, das ist ein Teil von Berlin. Und Marquardt ist nur der Mädchenname meiner Frau. Das wird manchmal verwechselt.«

Das Mädchen starrt ihn mit offenem Mund an. Marquardt nickt der jungen Frau freundlich zu. Er ist sich darüber im Klaren, dass ihm diese alberne Ausrede niemand glauben wird. Von jetzt ab ist er nicht mehr irgendein Kommandojäger unter vielen anderen, sondern ganz offensichtlich der Anführer der Jagd auf den Mörder Kleinschmidt. Und von jetzt ab ist er wirklich in höchster Gefahr. Marquardt nimmt den Brief und die Zeitung und geht ohne ein weiteres Wort nach oben.

Er reißt den Brief auf. Seine Dienststelle teilt ihm mit, dass sein Pensionsanspruch auf jeden Fall gesichert sei, auch wenn er beim Einsatz in Westpreußen ums Leben kommen sollte. Marquardt lacht bitter. Durch die Enthüllung seiner Identität ist die Wahrscheinlichkeit seines Ablebens erheblich gestiegen. Es wird Zeit, dass dieser Mörder endlich gefasst wird. Die Polizei in Czersk sollte sich noch einmal Kleinschmidts Schwester vornehmen.

* * *

»Er heißt gar nicht Neumann!« Zofia, die Scheuermagd, ist mit dieser Neuigkeit sofort in die Küche gerannt.

»Was du nicht sagst!« Maria hat Zofia immer für ziemlich dumm gehalten. »Wahrscheinlich hast du irgendetwas missverstanden!«

Zofia schüttelt aufgeregt den Kopf. »Ich habe den Brief doch selbst gesehen. Der Postbote hat ihn mir hingehalten, damit ich sehen konnte, dass der Name nicht Neumann ist. Und auch nicht Berger oder Baumhauer. Nein, da stand ganz eindeutig Marquardt!«

»Kannst du denn überhaupt lesen?«

»Natürlich kann ich lesen!«

»Warum sollte er uns einen falschen Namen genannt haben?«, fragt Theresia. Auch ihr kommt die Geschichte unwahrscheinlich vor.

»Weil er ein Geheimpolizist ist!«

»Was?« Maria und Theresia lachen.

»Ihr braucht mir ja nicht zu glauben, aber ich weiß, was ich gesehen habe. Der Brief kam von der Polizeidirektion in Berlin. Und er war gerichtet an den Kriminal-Schutzmann Marquardt. Und dann ist der Neumann gekommen und hat gesagt, der Brief ist für ihn. Und dann ist er damit abgezogen.«

»Ein Polizist aus Berlin?« Bis jetzt haben die Frauen geglaubt, der Neumann sei tatsächlich ein Feldwebel vom Garde-Jäger-Bataillon. Aber vielleicht hat Zofia Recht. Vielleicht ist der Mann wirklich Polizist.

»Ich werde mal sehen, was ich herausfinden kann«, sagt Maria. »Hast du etwas dagegen, wenn ich heute mal das Zimmer von diesem Neumann oder Marquardt aufräume?«

Zofia schüttelt den Kopf. »Das kannst du gern machen. Aber da liegt nichts herum, das kann ich dir schon so sagen.«

»Trotzdem.« Maria lächelt. Die Schränke im Haus lassen sich alle mit demselben Schlüssel öffnen. Es konnte nicht verkehrt sein, wenn sie vor dem Treffen mit Kleinschmidt möglichst gut Bescheid wusste. Und das Treffen sollte morgen stattfinden. Jedenfalls hat Maria die Nachricht von Leokadia so gedeutet. Sie hat ihr eine Postkarte geschrieben:

Kannst du mich am 18. November besuchen? So gegen Mittag? L.

***

Maria hat angegeben, ihre Tante in Rittel zu besuchen. Stattdessen geht sie nach Czersk und sucht Leokadia auf, Kleinschmidts Schwester. Und nun steht sie dem Mann gegenüber, auf den alle Polizisten, Förster und Kommandojäger der Tucheler Heide Jagd machen.

»So sieht er nun also aus, der Teufel!« Kleinschmidt lacht. Sein Lachen klingt bedrohlich.

Maria muss sich gestehen, dass sie Angst vor dem Mann hat. Es ist doch ein Fehler gewesen, Kleinschmidt zu treffen. Wäre nicht seine Schwester da, die ihr eine Hand auf die Schulter gelegt hat – sie würde davongelaufen. Oder es zumindest versuchen. Dabei ist Kleinschmidt nicht gerade ein Riese, und Maria bezweifelt, dass er besonders kräftig ist. Aber trotzig sieht er aus, wie jemand, der sich nichts gefallen lässt.

»So sieht er aus, dieser Wahnsinnige, der nachts durch die Wälder schleicht und einen Förster nach dem anderen kaltblütig aus dem Hinterhalt angreift und abschlachtet, einen nach dem anderen, bis am Ende keiner mehr übrig ist! Bis jetzt waren sie immer die einzigen, die geschossen haben. Die Tiere des Waldes haben sie abgeschossen, eines nach dem anderen. – Das ist neu für die Herren Jäger und Förster, dass ihre Rehe und Hasen jetzt zurückschießen!«

Das Mädchen lacht, aber Kleinschmidts Schwester sagt: »Du bist kein Reh und auch kein Hase!«

Er wirft ihr einen bösen Blick zu. »Nein, bin ich nicht.«

»Es ist falsch, was du tust!«, setzt sie nach.

»So, ist es das? – Ich habe es nicht gewollt. Das jedenfalls kann ich zu meiner Verteidigung anführen: Die anderen sind gewalttätig geworden. Ich habe mich nur gewehrt. Das ist mein gutes Recht.«

»Es ist niemandes Recht, Menschen zu erschießen.«

»Du hast gut reden! Wenn ich sie nicht erschieße, erschießen sie mich. Oder stecken mich ins Gefängnis und hängen mich auf. – Und jetzt halte den Mund. Sonst zeige ich dir, dass ich doch der Satan bin, wie die Förster behaupten!«

Die junge Frau lässt sich dadurch nicht beeindrucken. Maria hat Angst, aber die Hand von Kleinschmidts Schwester auf ihrer Schulter hat etwas unheimlich Beruhigendes.

»Red keinen Unsinn«, sagt Leokadia jetzt. »Dieses Mädchen hier ist gekommen, um zu hören, wie es wirklich gewesen ist. Und du solltest es ihr erzählen, denn du stehst mit einem Bein im Grabe, Frantek, und wer weiß, ob du noch mal Gelegenheit haben wirst, jemandem deine Geschichte zu erzählen.«

»Das ist mir völlig egal«, sagt der Mann, jetzt etwas ruhiger, aber immer noch mit einem gefährlichen Unterton in der Stimme.

Seine Schwester schüttelt den Kopf. »Mir ist es nicht egal. Ich will, dass die Leute wissen, was wirklich passiert ist. Und dir ist es auch nicht egal. Und wenn du es nicht weißt – ich weiß es jedenfalls. Du bist nicht als Mörder geboren.«

»Wer ist das schon. Könige vielleicht. Kaiser und Generäle – aber ich nicht.«

»Die Kaiser und Generäle gehen uns nichts an. Setz dich hin, nimm dir einen Becher Kathreiner und erzähl.«

Kleinschmidt zögert einen Moment, dann setzt er sich auf den ihm angebotenen Stuhl. Den Drilling legt er sich quer über die Knie. Seine Schwester steht auf und nimmt ihm das Gewehr aus der Hand. Er lässt es sich widerspruchslos gefallen. Sie stellt es in einen Nebenraum, von dem Maria annimmt, dass es sich um die Speisekammer handelt.

»Du guckst!«, stellt Kleinschmidt fest. »Ja, das ist das Gewehr, das ich dem Eisner abgenommen habe. Ich habe noch andere, aber dies schießt am besten.«

»Deine Geschichte«, sagt die Schwester. »Und fang beim Anfang an. Eisner kommt später.«

»Ja, der kommt später.« Kleinschmidt nimmt einen Schluck aus dem Becher, verzieht das Gesicht. »Was ist das denn für ein Zeug? – Kaffee hast du gesagt!«

»Kaffee gibt es nicht, das weißt du so gut wie ich. Dies ist Ersatzkaffee, der beste, den ich kriegen konnte. Er ist heiß und schwarz, mehr kannst du nicht verlangen.«

»Dieser Krieg ist ein Elend!«

Die Schwester lacht. »Wenn nur der Kaffee fehlen würde, würden wir schon damit fertig werden. Aber es ist ja nicht nur der Kaffee. Es fehlt an allem.«

»Der Krieg, damit hat alles angefangen. Ich habe für dich gesorgt, immer habe ich für dich gesorgt, aber nun ging es auf einmal nicht mehr, denn nun wurde ich eingezogen.«

»Du hast Glück gehabt, Frantek. Landsturm. Das ist so eine Art letzte Reserve, Maria, jedenfalls hat der Frantek mir das so erklärt. Und zur Festungskompanie Thorn haben sie ihn geholt. Festung Thorn! Da war der Krieg weit weg, und wenn du frei hattest, konntest du zu mir kommen, die paar Kilometer mit der Bahn ...«

»Der Krieg war nicht weit weg«, widerspricht Kleinschmidt. »Nie. Im Krieg weißt du nicht, was passieren wird. Niemals. Das erste Mal gleich im August 1914, als die Russen im Vormarsch waren. Nach Ostpreußen sind sie einmarschiert, das hat keiner für möglich gehalten. Und Westpreußen wäre als Nächstes an der Reihe gewesen. Und wie schnell sie gewesen sind ...«

»Aber es ist alles gut gegangen.«

»Ja, ja. Aber natürlich weißt du nie, wie lange das Glück anhält. Jederzeit hätten sie mich holen können, für die Westfront, und wie es da zugeht, das kannst du dir gar nicht vorstellen.«

»Das kann ich mir sehr gut vorstellen. Ich sehe die Todesanzeigen in der Zeitung. Aber du bist schon zu alt.«

»Ich bin nicht zu alt. Ich bin 29. – Aber ich bin Pole, und ich habe nie ein Hehl daraus gemacht. Wahrscheinlich haben sie mich deshalb nicht an die Westfront geschickt. Wahrscheinlich haben sie nicht geglaubt, dass ich für den deutschen Kaiser das Letzte geben würde. Aber – wie dem auch sei – sicher konnte ich mir nie sein. Und dann, als wir geglaubt haben, der Krieg im Osten sei schon so gut wie vorbei, als sie dann plötzlich angegriffen haben, die Russen, im letzten Jahr ...«

»Das war die Brussilow-Offensive.«

»Das brauchst du mir nicht zu erzählen. – Da habe ich schon gedacht, jetzt holen sie mich wirklich. Wir waren die 4. Festungskompanie in Thorn. Würden nicht drei Kompanien auch ausreichen, um die Festung zu verteidigen? Oder zwei? Thorn war ja nie bedroht. Da hab ich gedacht: Jetzt ist es vorbei mit deinem Leben.«

»Aber alles ist gut gegangen. Und dieses Frühjahr, da hast du sogar noch Urlaub gekriegt.«

»Ja. Zwei Wochen.«

»Da ist er bei mir gewesen, Maria. Hat für mich gesorgt. Gewildert. Anders konnte er ja nichts für mich tun. Und die Rehe und Hasen, die er in den Schlingen gefangen hat, die konnten wir wieder eintauschen gegen andere Dinge, die wir brauchten. Aber der Urlaub war irgendwann zu Ende. Noch eine Woche. Und dann noch drei Tage. Und dann nur noch zwei.«

»Geh einfach nicht wieder hin, hat sie gesagt, meine Schwester, aber ich hab nicht geglaubt, dass das geht. Hab noch ein paar Schlingen gestellt, damit sie was zu essen hat. Und ich war nicht der einzige Wilderer. Da waren noch viele, viele andere.«

»Der Spitza zum Beispiel.«

»Der Spitza, ja. Dionisius Spitza, so hieß er. Von allen Wilderern war er der erbärmlichste. Als der Verstand verteilt wurde, da hat der liebe Gott bei ihm gerade nicht aufgepasst, jedenfalls hat er nicht viel davon abbekommen. Und, was ich damals nicht wusste, die Förster, die hatten ihn schon im Verdacht, diesen Spitza. Sie haben seine Schlingen im Wald gefunden, und da haben sie ihm eine Falle gestellt. Die Herren Brandt und Weber, die haben sich offenbar abgewechselt. Und einer von denen, Richard Weber, der hat ihn schließlich erwischt.«

»Und da bist du drüber zugekommen.«

»Da bin ich drüber zugekommen. Gehört habe ich es. Geschrien hat der Spitza, wie ein Tier in Todesnot, und als ich herangekommen bin, da hab ich dann auch gesehen warum, wie ein Wahnsinniger hat dieser Weber auf ihn eingedroschen. Und ich habe gedacht, er schlägt ihn tot. Halt, habe ich gerufen, aber er hat sich nicht drum gekümmert, und da bin ich ihn angesprungen und hab ihn gewürgt, und er hat mich gekratzt und getreten, ein großer Bursche war der Weber, unglaublich kräftig, aber wir haben ihn doch geschafft. Zu zweit haben wir ihn doch geschafft am Ende, und als wir ihn losgelassen haben, da war er tot.«

»Erstochen, heißt es in der Zeitung.«

Kleinschmidt schüttelt den Kopf. »Nicht erstochen. Mit den bloßen Händen haben wir gekämpft. Das Gewehr lag am Boden, als ich dazu kam, und es hat auch keiner versucht, es aufzunehmen. Mit den bloßen Händen haben wir gekämpft, und er hat verloren. – Bei all dem hatte ich nur gewollt, dass er aufhört, den armen Spitza zu schlagen. Dass er an Ende tot war, das hat keiner von uns gewollt.«

»Ich habe den Bericht gelesen«, sagt Maria. »Darin steht sinngemäß: Am 4. Juli 1917 wurde der Hilfsförster Richard Weber von Wilddieben erstochen.«

»So, steht das da?«, fragt Kleinschmidt lauernd.

»Wie konntest du den Bericht lesen?«, fragt seine Schwester. Und für einen Augenblick lässt sie Marias Schulter los.

Maria erschrickt. »Dieser Kriminalschutzmann aus Berlin, der wohnt doch bei uns.«

»Was denn für ein Kriminalschutzmann?«

»Marquardt heißt er, Paul Marquardt. Er hat sich als Kommandojäger ausgegeben, als Vize-Feldwebel, aber in Wahrheit ist er ein Polizist.«

»Und aus Berlin kommt er?«

Maria nickt.

»Und wie kommst du an die Unterlagen?«

»Sein Zimmer muss doch auch geputzt werden.«

»Und da liegen solche Papiere offen herum?«

»Offen genug. – Wahrscheinlich glaubt er, dass ich kein Deutsch kann. Wahrscheinlich glaubt er, dass ich weder lesen noch schreiben kann. Er ist einer von diesen – diesen Herrenmenschen. Jedenfalls habe ich den Bericht gelesen.«

»Wenn es da schwarz auf weiß steht, dann muss es ja stimmen«, brummt Kleinschmidt. Dann schlägt er mit der Faust auf den Tisch, dass die beiden Frauen zusammenfahren. »Aber es stimmt nicht! Ich habe den Mann nicht erstochen! Ich hätte ihn erschießen können, das Gewehr lag doch da, ich hätte es nur nehmen müssen und abdrücken!«

»Sei still«, sagt Kleinschmidts Schwester, und Maria spürt zu ihrer Beruhigung, dass sie ihr wieder die Hand auf die Schulter legt. »Du hast ihn nicht erschossen. Aber tot war er am Ende doch. Was geschah dann?«

»Das weißt du doch«, murmelt Kleinschmidt.

»Ja, das weiß ich, aber es macht nicht viel Sinn, wenn ich das jetzt erzähle. Du musst es schon selbst sagen.«

»Dann war da dieser Eisner …«

»Eisner kommt erst später. Du musst alles erzählen, Frantek, die ganze Geschichte.«

Kleinschmidt schweigt. Er nimmt einen Schluck aus dem Becher, setzt den Becher wieder ab, schweigt noch immer.

»Auch wenn es dir peinlich ist …«, sagt seine Schwester. »Auch wenn es nicht in das Bild passt von Franz Kleinschmidt, dem großen Wilderer.«

»Nun gut. Ja, es ist mir peinlich. Wir haben da gestanden und geheult, alle beide, aber es hat nichts genützt. Tot ist tot. Schließlich habe ich mich zusammengenommen und dem Spitza gesagt, dass wir jetzt beide nach Hause gehen und den Mund halten und niemals und zu niemandem über diese Geschichte reden dürfen. Und er hat genickt, und dann sind wir gegangen, jeder in seine Richtung, und ich habe ihn nicht wiedergesehen.«

»In dem Bericht stand«, sagt Maria, jetzt wieder mutig geworden, »dass die Täter die Taschenuhr des Försters entwendet hätten.«

Kleinschmidt schüttelt den Kopf. »Ich habe sie nicht genommen, und auch der Spitza nicht. Der ist vor mir gegangen, und ich bin mir sicher, dass er nicht wieder zurückgekommen ist. Der den Toten gefunden hat, der wird sie genommen haben. Der andere Förster, dieser Brandt, das war ja auch nur so ein Hilfsförster, der hat sicher geglaubt, dass sie ihm mehr nützen würde als dem toten Weber. Was ja auch stimmte. Und dann hat er sie mitgenommen.«

»Du stiehlst also nicht?«, fragt Maria.

»Keine Taschenuhren jedenfalls. Damals habe ich überhaupt noch nicht gestohlen. – Warum erzähle ich dir das alles? Warum willst du das wissen?« Kleinschmidt springt auf. »Stehe ich hier vor Gericht, oder was?«

»Setz dich hin! – Du stehst nicht vor Gericht, Frantek, noch nicht, aber du musst dich verantworten, vor deinem Gewissen nämlich, und dazu musst du sagen, wie es gewesen ist. Wie es wirklich gewesen ist, und wie du zum Mörder geworden bist, denn ein Mörder bist du, daran lässt sich nichts mehr ändern.«

»Ja, ein Mörder bin ich.« Kleinschmidt setzt sich wieder. »Es hat eine ganze Weile gedauert, bis ich das begriffen habe. Und für den Spitza auch. Der hat es wahrscheinlich überhaupt nie begriffen, mit seinem verwirrten Kopf. Ihn haben sie jedenfalls geschnappt, und sie haben gewusst, dass er mit dabei war, aber sie haben ihm nicht den Prozess machen können, sondern sie haben ihn in die Irrenanstalt gesteckt, und da sitzt er noch heute.«

»Weich nicht aus«, sagt Kleinschmidts Schwester, »sag, was du gemacht hast.«

»Was ich gemacht habe? – Ich hab dir alles erzählt. Geheult habe ich, nächtelang. Aber das hat nichts genützt. Und ich musste ja wieder zurück nach Thorn. Und da gab es niemand mehr, mit dem ich reden konnte. Betrunken habe ich mich, aber das hat auch nicht geholfen. Und schließlich habe ich im Suff mit einem Kameraden geredet. Aloisius Zabrotzki hieß der, auch ein Pole, ein Landsturmmann, und ich habe gedacht, dem kann ich vertrauen. Aber das war falsch. Als es heraus war, da hat er so komisch geguckt, und da habe ich auf einmal gewusst, der wird mich verpfeifen.«

»Was er dann auch getan hat.«

»Ja. Aber das habe ich nicht abgewartet. Ich habe meine Sachen gepackt und bin gegangen. Und keiner hat mich aufgehalten.«

»Und dann?«

Kleinschmidt zuckt mit den Schultern. »Nichts. Ich hab mich verborgen gehalten. Hierher konnte ich nicht, das war ja klar, dass sie mich hier zuerst suchen würden, also bin ich nach Tuchel gegangen, zu einem Handwerker, Woiscinski heißt der, den kannte ich von früher, und der hat gesehen, dass ich in Schwierigkeiten bin. Der hat keine Fragen gestellt, sondern mich bei sich wohnen lassen.«

»Und du hast ihm ab und zu ein Stück Wild geschossen?«, fragt Maria.

»Geschossen? Womit denn? Ich hatte nichts zum Schießen. Klar, hinterher habe ich mich schon gefragt, ob es nicht besser gewesen wäre, das Gewehr von dem Weber einfach mitzunehmen, aber damals bin ich da nicht drauf gekommen. Und das Armeegewehr – das konnte ich nicht mitnehmen. Die Dinger haben sie weggeschlossen, seit das mit dem Weber passiert ist, immer, solange wir nicht im Einsatz waren. – Nein, ich war völlig unbewaffnet.«

»Warum bist du nicht in Tuchel geblieben?«

»Es wurde zu gefährlich. Polizei hatte im Ort herumgefragt, und der Woiscinski hat es mit der Angst gekriegt. Da habe ich mich auf den Weg gemacht. Es war gut gewesen, dass er mich so lange bei sich versteckt gehalten hat, aber nun war es auch gut, wieder weiterzuziehen. Da bin ich dann also losmarschiert.«

»Dann hast du angefangen zu jagen.«

»Ja, dann habe ich wieder angefangen zu jagen. Mit selbstgedrehten Patronen. Andere hatte ich ja nicht. Aber die waren ohnehin besser als die fertig gekauften.«

Maria sieht Kleinschmidt an. Spätestens jetzt hat er also ein Gewehr gehabt.

Seine Schwester fragt: »Wo hast du es überhaupt her gehabt, das Gewehr?«

»Von dem Woiscinski. Der hat es nicht gebraucht.«

»Geklaut hast du es also, Frantek!«

»Natürlich habe ich es geklaut. Weil es anders nicht ging. Ich wollte leben, verstehst du das nicht, und ich will noch immer leben, und da kommt so ein wildgewordener Jagdaufseher daher und will mich festnehmen!«

»Der Labocki.«

»Ja, der Labocki. Ich bin ihm ganz zufällig begegnet. Ich kannte ihn ja von früher, er stammte aus Schlachta, und ich dachte, er sei einfach nur ein alter Kumpel. Ich bin ein bisschen über die Deutschen hergezogen, die Förster insbesondere, und er, er hat gelacht und gesagt, dass man denen was aufs Maul geben müsste. Da habe ich ihm erzählt, dass ich genau das gerade gemacht hätte, und er hat immer noch gelacht und mir auf die Schulter geklopft, als ob das ein besonders gelungener Streich gewesen wäre, aber dass er selbst inzwischen Forstschutzmann war und auf der anderen Seite gestanden hat, das hat er nicht erzählt. – Falscher Hund!«

Maria sieht aus dem Fenster und erschrickt. Auf der Straße geht ein Polizist, und sie hat das Gefühl, er käme direkt auf dieses Haus zu. Kleinschmidts Schwester hat nichts bemerkt, sie hält ihren Bruder im Blick, und Kleinschmidt selbst sieht in die andere Richtung. Was soll Maria tun? Die beiden warnen? Dann kommt es zu einem Feuergefecht, und ob sie da mit heiler Haut herauskommt, das ist äußerst ungewiss.

»Du hast ihn dann sehr bald wieder getroffen.«

»Ja, und dann ...«

»Da kommt jemand!«, sagt Maria.

Kleinschmidt springt auf, öffnet die Tür zur Abseite, holt das Gewehr. Seine Schwester fasst ihn am Arm. »Hier wird nicht geschossen«, sagt sie.

»Ich lasse mich nicht ...«

»Hier wird nicht geschossen!«

Kleinschmidt senkt den Lauf des Gewehres. Durch das Fenster sehen sie, wie der Polizist die Gartenpforte öffnet und auf das Haus zukommt.

»In den Schrank!«, befiehlt die Schwester. »Alle beide!«

Den Kleiderschrank hat Maria bisher noch gar nicht wahrgenommen. Als Maria ihn öffnet, sah sie, dass er fast leer ist. Kleinschmidt steigt hinein, greift Maria am Arm. Die sträubt sich, aber Kleinschmidts Schwester schiebt sie energisch in den Schrank und schließt die Türen hinter ihr.

»Keinen Laut!«, haucht Kleinschmidt. Sein Atem stinkt.

Maria steht ganz still und bemüht sich, so wenig wie möglich zu atmen. Sie hört, wie der Polizist an die Tür klopft.

»Herein!« Leokadias Stimme klingt ruhig, so als hätte sie nichts zu befürchten.

Maria hört, wie die Tür geöffnet wird.

»Guten Morgen, Frau Kleinschmidt!«

»Oh, der Herr Wachtmeister! Welch eine Überraschung!«

»Ja, ich kam gerade hier vorbei, und da dachte ich mir: Sieh doch einmal nach, was die gute Frau Kleinschmidt so macht.«

»Das ist nett von Ihnen. Aber ich heiße nicht Kleinschmidt, sondern Maruß.«

Maria beißt sich auf die Lippen. Kleinschmidt hat ihren Arm losgelassen, umfasst sie an der Taille und zieht sie enger an sich heran. Das geht nicht ohne Geräusch ab; das Holz des Schrankes knarrt ganz leise. Aber draußen im Zimmer ist zu viel Bewegung; der Polizist kann es wohl nicht hören.

»Was macht denn Ihr Bruder?«, fragt der Polizist.

»Der Frantek? – Das würde ich auch gern wissen. Der hat sich seit Monaten nicht mehr gemeldet.«

»Aber Sie haben doch sicher von ihm gehört?«

»Nur das, was in den Zeitungen steht.«

»Das kann ich nicht glauben.«

»Nein, das kann ich auch nicht glauben, was die deutschen Zeitungen über ihn schreiben.«

»Das habe ich nicht gemeint. Ich wollte damit nur sagen …«

Der Polizist steht jetzt offenbar mit dem Rücken zum Schrank; was er sagt, ist kaum noch zu verstehen. Die Schranktüren schließen sehr dicht.

Kleinschmidts Schwester sagt: »Entschuldigung bitte, mein Deutsch ist sehr schlecht, ich kann nicht alles verstehen, was Sie …«

Kleinschmidts Hand bewegt sich nach oben, berührt Marias Busen. Sie wagt es nicht, sich zu wehren, um kein Geräusch zu verursachen.

»Nein. – Nein, ich habe ihn wirklich nicht gesehen. Ich weiß doch, dass er gesucht wird, und er weiß das auch. Nie würde er es wagen, hierher zu kommen! Es ist doch völlig klar, dass mein Haus unter Beobachtung steht, dass Sie es gleich erfahren würden, wenn er hier auftaucht. Und ich kann Ihnen versichern, dass ich selbst nicht zögern würde, ihn sofort den Behörden auszuliefern. Ich bin eine rechtschaffene Frau …«

Kleinschmidt hat offenbar das Gewehr zur Seite gestellt. Er betastet Maria jetzt mit beiden Händen. Sie lässt es mit sich geschehen. Was kann er schon groß anrichten, hier im Schrank, keine drei Meter von der Polizei entfernt? Und, um ehrlich zu sein, es fühlt sich gut an, wie seine Hände ihre Brust kneten. Vollkommen zügellos.

»Er ist also nicht hier im Haus?« Der Mann ist jetzt wieder klar zu verstehen.

»Nein, das sehen Sie doch!«

»Und was ist hinter dieser Tür da?«

»Das ist eine Abseite.«

Maria glaubt zu hören, wie die Tür geöffnet wird. Die Abseite ist natürlich leer, aber wenn dieser Polizist eine regelrechte Haussuchung veranstaltet, wird er sie beide finden. Und dann – dann gibt es ein Blutbad.

»Sie haben Besuch gehabt?«

Die Tassen! Auf dem Tisch stehen noch immer die drei Tassen!

Kleinschmidts Schwester lässt sich nicht aus der

Ruhe bringen. »Der Herr Pfarrer war heute Morgen hier.«

»Der Herr Pfarrer? Ich sehe aber drei Tassen …«

»Gemeinsam mit seinem Kollegen aus Wielle. Ja, Herr Wachtmeister, Sie sind nicht der einzige, der sich um mein Seelenheil kümmert.«

Jetzt kommt es darauf an. Kleinschmidt drückt ihre Brust und zieht Maria mit aller Kraft an sich. Sie spürt seine Erregung.

Was der Polizist sagt, ist nicht zu verstehen. Aber draußen im Zimmer ist jetzt Bewegung. Die Tür wird geöffnet und wieder geschlossen. Ist er weg? Ja, er ist weg. Kleinschmidts Schwester reißt die Schranktüren auf. Kleinschmidt lässt Maria sofort los, aber nicht schnell genug; seine Schwester muss mitbekommen haben, was er mit ihr gemacht hat. Aber sie geht nicht darauf ein. »Er ist weg«, sagt sie nur.

Ja, er ist weg. Durch das Fenster können sie sehen, wie er zügig die Dorfstraße entlang geht. Kleinschmidt starrt ihm nach. Maria steht neben ihm. Sie zittert.

»Der geht jetzt zum Pfarrer und fragt nach«, sagt die Schwester. »Es wird Zeit, dass ihr verschwindet.«

Kleinschmidt nickt, will zur Tür. Seine Schwester hält ihn zurück.

»Maria geht zuerst«, sagt sie. »Sie darf hier nicht gesehen werden!«

Maria nickt. Sie legt ihren Umhang an, bindet sich den Schal ums Gesicht, setzt sich die Mütze auf und verschwindet, ohne sich noch einmal umzusehen. Die Tür fällt hinter ihr zu. Was sie erfahren wollte, hat sie nicht erfahren.

Leokadia sieht ihren Bruder missbilligend an, schüttelt den Kopf. »Schwein!«, sagt sie.

Kleinschmidt grinst frech. »Sie hat es sich gefallen lassen«, sagt er.

»Es ist ihr ja wohl nicht viel anderes übrig geblieben.«

Kleinschmidt schüttelt den Kopf. »Sie hat es sich gern gefallen lassen. – Und ich sage dir, Schwesterherz, das war das Großartigste, was ich seit Monaten erlebt habe. Ach, was sage ich – seit Jahren! Diese Maria ist das wunderschönste Mädchen, das ich je gesehen habe …«

»Du spinnst. Sie ist ein Bauerntrampel wie tausend andere auch.«

Kleinschmidt schüttelt den Kopf.

Seine Schwester sieht ihn besorgt an. »Du bist zu lange in der Wildnis«, sagt sie. »Viel zu lange schon. Du kannst überhaupt nicht mehr klar denken. Lass die Finger von dem Mädchen! Sie lebt mit den Förstern. Wenn du mit der etwas anfängst – das ist noch viel, viel gefährlicher als wenn du noch ein paar Förster erschießt. Hass macht dumm, aber Liebe macht noch viel dümmer!«

»Ich hole sie mir!«

»Nein, das tust du nicht. – Nimm mich, wenn du unbedingt eine Frau brauchst, aber lass dieses Kind in Frieden!«

»Dich?« Kleinschmidt starrt sie an, als würde ihm zum ersten Mal bewusst, dass auch sie eine junge Frau ist. Sie ist ein paar Jahre älter als das junge Ding, aber sie hat viel mehr Erfahrung; sie ist sich sicher, ihren Bruder in jeder Beziehung zufriedenstellen zu können.

»Wenn er zum Pfarrer läuft, haben wir eine halbe Stunde«, sagt sie.

»Dafür kommen wir in die Hölle!«, erwidert er. Er grinst.

Sie weiß, dass er nicht an Himmel und Hölle glaubt. Sie beginnt, sich auszukleiden.

* * *

Sie haben sich wieder angezogen. Kleinschmidt sieht seine Schwester prüfend an: »Das machst du nicht zum ersten Mal«, sagt er.

»Nein, natürlich nicht.«

»Das ist schlecht, Schwesterherz! – Du hurst herum.«

»Es geht nicht darum, wie du das nennst oder ob es gut oder schlecht ist, Frantek. Es ist schlicht und ergreifend notwendig. Mein Mann ist im Feld, an der Westfront, und ich höre nicht viel von ihm. Ich habe keine Arbeit, und es gibt auch keine Arbeit für jemand wie mich, nirgendwo, nicht jetzt im Krieg.«

»Du könntest in die Stadt ziehen.«

»In die Stadt? Nach Graudenz meinst du? Oder nach Thorn? – Das bringt nichts. Hier habe ich wenigstens das Haus, brauche mich nicht darum zu kümmern, wo ich des Nachts schlafen kann. – Und außerdem bin ich in der Nähe, wenn du mich brauchst.«

»Wenn ich dich brauche, ja. Du hast mich gerettet.«

Sie zuckt mit den Achseln.

»Warum ist der Schrank eigentlich so leer«, fragt er.

»Was glaubst du? Weil ich alles verkauft habe, was ich entbehren konnte. Verkauft oder eingetauscht gegen irgendetwas zu Essen. Der letzte Winter war fürchterlich. Und wie ich den nächsten Winter überleben soll, das weiß ich nicht.«

»Ich werde dich versorgen. Ich werde dir Wild bringen. Und andere Lebensmittel. Ich bin ja nicht allein im Wald. Wir werden unsere Tätigkeit ausweiten. Wir werden Läden ausräumen, Züge überfallen – dir soll es an nichts mangeln!«

Seine Schwester schüttelt den Kopf. »Das ist lieb von dir, Frantek. Aber denk nicht an mich. Pass gut auf dich auf! Lass dich nicht erwischen! Bleib am Leben! Denk dran, irgendwann ist dieser Krieg vorbei, und dann fangen wir wieder ganz von vorn an!«

* * *

Die Polizei in Czersk hat gleich am Nachmittag in Jatty angerufen. Nach wie vor gibt es keine Spur von Franz Kleinschmidt. Aber Leokadia Kleinschmidt hat offenbar verdächtigen Besuch gehabt. Es gibt Anzeichen dafür, dass die Frau Kontakt zur katholischen Kirche aufgenommen hat. Es lässt sich nicht ausschließen, dass die Kirche dem Mörder Unterschlupf gewährt. Beim Pfarrer in Czersk kann Kleinschmidt nicht stecken, zumindest meint das die Polizei. Aber in Wielle? Das wäre zumindest eine Möglichkeit.

Marquardt schickt Berger nach Wielle, er soll den Kalvarienberg einmal näher in Augenschein nehmen und feststellen, ob Kleinschmidt sich dort irgendwo verborgen hält. Wielle mit seiner fast rein polnischen und kaschubischen Bevölkerung ist dem Berliner Polizisten verdächtig. Und die polnische katholische Kirche sowieso.

Wilhelm Berger hat sich beim Pfarrer angemeldet.

»Entschuldigen Sie die Frage eines Ungläubigen«, sagt Berger. »Was ist überhaupt ein Kalvarienberg?«

»Das ist die Hinrichtungsstätte unseres Herrn Jesus Christus.«

»Ist das nicht Golgatha?«, sagt Berger.

»Das ist dasselbe. Wenn Sie Ihre Bibel – Sie haben doch eine Bibel? – wenn Sie die Bibel zur Hand nehmen und einmal nachschlagen, was die vier Evangelisten zu diesem Thema schreiben, dann werden Sie feststellen, dass alle vier den Ort, an dem Jesus hingerichtet wurde, als Schädelstätte bezeichnen. Golgatha ist nur die hebräische Übersetzung. Und *calvariae locus* heißt es auf Latein.«

»Aber Jesus ist doch nicht in Wielle hingerichtet worden.«

»Nein, natürlich nicht. Aber die Gläubigen haben an vielen Orten in Europa Nachbildungen dieser Hinrichtungsstätte gebaut, heilige Orte, zu denen man pilgern kann und seine Verehrung für Gott zum Ausdruck bringen. Viele dieser Orte sind sehr alt, stammen aus der Zeit der Gegenreformation. 16. Jahrhundert. Einige sind noch älter, einige viel neuer – wie zum Beispiel unser Kalvarienberg hier in Wielle.«

»Der ist noch gar nicht fertig«, sagt Berger.

»Nein, der ist noch gar nicht fertig. Wir haben angefangen ihn zu bauen in schwieriger Zeit, in einer Zeit, in der den Menschen wieder stärker bewusst wird, dass sie den Trost der Kirche brauchen. – Sie sind doch Soldat,

Herr Berger, und Sie bezeichnen sich als Ungläubigen. Sind Sie sich sicher, dass Sie ohne Gott leben können?«

»Das ist nicht das Thema meines Besuches«, erwidert Berger.

»Das mag auf den ersten Blick so scheinen, aber ist es nicht das Thema unseres ganzen Lebens? Die Suche nach dem Sinn? – Aber ich will Sie nicht beeinflussen, darüber müssen Sie selbst nachdenken und dann ihre eigenen Schlüsse ziehen.«

Der Pfarrer ist ein junger Mann, kaum älter als Wilhelm Berger. Hat Marquardt deshalb ihn geschickt? Geht es gar nicht um Kleinschmidts Versteck, sondern um Dinge, die der Pfarrer vielleicht weiß und in einem lockeren Gespräch mit einem Gleichaltrigen eher ausplaudern könnte als in einer offiziellen Vernehmung?

Karten auf den Tisch, denkt Wilhelm Berger. »Ich bin gekommen wegen Franz Kleinschmidt.«

»Ja, das weiß ich.«

»Kennen Sie Kleinschmidt?«

Keine Antwort

»Hat er bei Ihnen gebeichtet?«

Der Pfarrer zuckt mit den Schultern. »Lieber Herr Berger, darüber kann ich Ihnen keine Auskunft geben.«

Wilhelm Berger hat nichts anderes erwartet. Er sieht den Pfarrer an. Was verrät sein Gesicht? Zufriedenheit? Trauer? Enttäuschung? – Berger hat das Gefühl, dass Kleinschmidt nicht zur Beichte gekommen ist. Aber er ist hier gewesen. – Oder nicht?

»Kommen Sie, ich zeige Ihnen die Anlage. Damit Sie einen Eindruck bekommen, worum es hier geht.«

Von der Kirche in Wielle bis zum Kalvarienberg ist

es nicht weit. Die Sonne scheint, aber sie wärmt nicht mehr. Der Eingang zu der Anlage besteht aus einer kleinen Kapelle, die als Brücke den Bach überspannte, der den Warmen See mit dem großen Wieller See verbindet.

»Das ist die Kidron-Kapelle«, sagt der Pfarrer.

Berger sieht ihn fragend an.

»Der Kidron ist ein Fluss am Rande von Jerusalem. Er trennt gewissermaßen die Altstadt vom Ölberg. Der Garten Gethsemane, den Sie vielleicht aus der Bibel kennen, der liegt im Tal des Kidron. Und der Gang durch dieses Tor und über diese Brücke, der führt direkt zur Leidensgeschichte unseres Herrn.«

Bergers Blick fällt aufeine Gruppe von Skulpturen, deren Sinn er nicht enträtseln kann.

»Sie fragen sich, was das hier ist? Das sind die Symbole der vier Evangelisten. Der Löwe, der Adler, der Stier und der Engel. Der Engel steht für Matthäus, der Löwe für Markus, der Stier für Lukas und der Adler für Johannes.«

Die Figuren sehen aus wie geflügelte Fabelwesen.

»Die Symbole gehen auf die Bibel zurück. Es finden sich Hinweise schon bei Hesekiel, aber dann später auch in der Offenbarung des Johannes: *Und vor dem Thron war etwas wie ein gläsernes Meer, gleich Kristall. Und in der Mitte, rings um den Thron, waren vier Lebewesen voller Augen, vorn und hinten. Das erste Lebewesen glich einem Löwen, das zweite einem Stier, das dritte sah aus wie ein Mensch, das vierte glich einem fliegenden Adler. Und jedes der vier Lebewesen hatte sechs Flügel, außen und innen voller Augen.*«

Nur kurz denkt Wilhelm Berger an die Apokalypse. Die Sonne scheint und der Krieg ist weit weg. Der Weg führt am Warmen See entlang. Berger bückt sich und taucht die Hand in das Wasser. Es ist tatsächlich wärmer, als er erwartet hat. Am Ende des Weges steht im Schatten großer Fichten eine weitere kleine Kapelle.

»Das Haus des Hannas«, sagt der Pfarrer.

Berger schweigt. Er weiß nichts von einem Hannas. Er hätte sich vielleicht doch vor seinem Ausflug nach Wielle die entsprechenden Stellen in der Bibel noch einmal ansehen sollen.

»Hannas war der Hohepriester, der das erste Verhör nach der Verhaftung Jesus durchgeführt hat.«

»Wann ist Kleinschmidt hier gewesen?«

»Vor langer Zeit.« Der Pfarrer wendet sich nach rechts, steigt eine Treppe hinauf.

Berger folgt ihm. »Sie hätten das melden sollen«, sagt er.

Der Pfarrer wendet sich zu ihm um. »Das ist mit meinem Amt nicht zu vereinbaren.«

»Aber dass ein Mörder frei herumläuft und weitere Menschen in Gefahr bringt, das können Sie mit Ihrem Amt vereinbaren? – Herr Pfarrer, ich verstehe Ihre Bedenken, aber sollte man nicht in einem solchen Fall die Vernunft walten lassen? Dieser Mann ist ein gefährlicher Gewalttäter. Er hat drei Personen ermordet, einige weitere schwer verletzt.«

Der Pfarrer schüttelt den Kopf.

»Denken Sie an die Frauen, die ihren Mann verloren haben, an die Kinder, die jetzt keinen Vater mehr haben!« Berger ärgert sich über so viel Starrsinn.

»Die Verfolgung von Straftätern ist nicht Aufgabe der Kirche. Was die Witwen und Waisen angeht, so können wir Trost spenden. Was den Täter angeht, so können wir ihm ins Gewissen reden. Wir können versuchen, ihn zur Umkehr zu bewegen ...«

»Und das haben Sie getan?«

»Ich würde es zumindest versuchen.«

Es hat keinen Zweck, über diesen Punkt weiter zu diskutieren.

»Das Haus des Kaiphas.«

Der Pfarrer weist auf eine achteckige Kapelle. Berger stellt fest, dass auch diese, ähnlich wie die anderen sakralen Bauwerke, die er bisher gesehen hatte, an allen Seiten offen ist und sicher nicht geeignet, einem flüchtigen Mörder als Unterschlupf zu dienen.

»Kaiphas war der amtierende Hohepriester«, sagt der Pfarrer. »Es heißt, dass er damals maßgeblich daran beteiligt war, die Auslieferung unseres Heilands an die Römer zu betreiben. Das war eine notwendige Formalität, denn ein jüdisches Gericht hätte ihn gar nicht zum Tod am Kreuz verurteilen dürfen.«

War nicht auch Hannas angeblich Hohepriester gewesen? Konnte es davon mehr als einen geben? Berger verzichtet auf die Nachfrage. Sie gehen weiter.

»An dieser Stelle soll später der Palast des Pilatus errichtet werden«, sagt der Pfarrer. »Es soll ein richtiger Palast werden. Aber im Augenblick haben wir nicht genug Geld, um das Projekt in Angriff zu nehmen. Wir sind ausschließlich auf Spenden angewiesen.«

Auch die nächsten Stationen des Kreuzweges existieren bisher nur auf dem Papier. Sie müssen einige hundert Meter durch den lockeren Kiefernwald zurücklegen, bis sie das nächste Bauwerk erreichen.

»Dies ist der Ort, an dem Jesus zum ersten Mal unter dem Kreuz zusammenbricht.«

Berger sieht den Pfarrer an. Seine Bibelkenntnisse mögen zwar lückenhaft sein, aber an eine solche Szene hätte er sich doch sicher erinnert.

»Nein«, sagt der Pfarrer, »Hinweise darauf suchen Sie in der Bibel vergebens. Aber dieser Punkt gehört seit dem 17. Jahrhundert zu den traditionellen Stationen eines Kreuzweges.«

Die Kapelle besitzt einen kleinen Nebenraum. Neugierig fasst Berger an die Türklinke. Der Eingang ist nicht verschlossen. Berger öffnet die Tür. Der Raum ist fensterlos und leer.

»Hier ist niemand«, sagt der Pfarrer.

Berger kommt sich dumm vor.

Die letzte Kapelle, die sie erreichen, steht auf dem Gipfel des Hügels. Sie ist hufeisenförmig angelegt und von den Dimensionen her eigentlich eher eine Kirche als eine Kapelle. Es gibt ein unzugängliches Obergeschoss und einen kleinen aufs Dach aufgesetzten Turm. Hier lässt sich nicht ohne weiteres feststellen, ob sich irgendwo ein Mensch versteckt hält.

»Die Kreuzigungskapelle. Das Kernstück dieses kleinen Heiligtums. Wir haben sie 1916 erbaut. Mitten im Kriege. – Sie können sich gern alles ansehen. Es gibt einen Abstellraum auf der Rückseite. Von dort kann man in das obere Stockwerk gelangen …«

»Wenn Sie mir sagen, dass sich hier niemand versteckt hält, dann glaube ich Ihnen das.«

»Hier hält sich niemand versteckt.«

Nein, denkt Berger, weder in den Kapellen noch auf

dem Gelände des Kalvarienberges hält sich jemand versteckt. Seine Vorsicht war übertrieben gewesen. Er hätte den Browning nicht mitnehmen müssen.

Der Pfarrer bleibt stehen. »Herr Berger«, sagt er. »Ich habe Ihnen alles gezeigt, was ich Ihnen zeigen konnte. Und wenn Sie Augen haben, um zu sehen und Ohren haben, um zu hören, dann sollte Ihnen klar geworden sein, dass auf Erden nicht wirklich Recht gesprochen werden kann. Das gilt nicht nur für das Urteil gegen unseren Herrn Jesus, das gilt auch für Prozesse gegen die Wilderer und Brandstifter unserer Tage. – Sie mögen das vielleicht nicht wissen, aber früher, in der polnischen Zeit, da war der Wald nicht nur königliches Eigentum, sondern obendrein ein freies Gut, das jeder nutzen konnte. Als Weide für das Vieh, für die Bienenzucht oder auch zur Jagd. Die preußische Sichtweise ist eine andere, aber die ist bisher nicht in die Herzen der Menschen hier eingedrungen, und deswegen kann man niemand verurteilen, der hier nach altem Recht jagen geht. Ich jedenfalls kann es nicht.«

»Es geht nicht um Wilddieberei«, widerspricht Berger. »Es geht um Mord.«

»Tatsächlich? Wie sicher sind Sie sich in Ihrem Urteil? *Wo ist die Hand so zart, dass ohne Irren …*«

» Annette von Droste-Hülshoff. Ich weiß, was sie geschrieben hat«, sagt Wilhelm Berger. Auch er ist als ein Glücklicher geboren und gehegt, im lichten Raum, von frommer Hand gepflegt sozusagen. Darf er ein Urteil über den ihm unbekannten Kleinschmidt fällen? Annette sagt: *Lass ruh'n den Stein — er trifft dein eignes Haupt!* Vielleicht ist das wirklich so.

* * *

Wilhelm Berger hat sich von dem »Vize-Feldwebel« die Unterlagen geben zu lassen, um sich selbst ein Bild von Kleinschmidt machen zu können. Jetzt sitzt er im Jagdzimmer und liest.

Franz Kleinschmidt, von Beruf Kuhmelker und Maschinist, ist am 11. März 1888 in Pustki bei Czersk geboren. Der Mann ist also 29 Jahre alt, acht Jahre älter als Berger. Er ist der Sohn des früheren Besitzers der Ziegelei Schlachta, des jetzigen Kätners Kleinschmidt. Der Vater ist also Pleite gegangen, hat einen sozialen Abstieg hinter sich. Er wohnt jetzt in Lubna. Bei Czersk ist das, wie Berger auf Neumanns Karte feststellt. Ob die Mutter noch lebt, lässt sich den Akten nicht entnehmen. Bei Kriegsausbruch war Kleinschmidt zur vierten Festungskompanie in Thorn eingezogen worden. Seit dem 7. Juli 1917 ist er fahnenflüchtig. Seither treibt er sich in den Forsten zwischen Konitz, Tuchel und Preußisch-Stargard herum; er ernährt sich offensichtlich von der Wilderei. In der Akte heißt es, er habe den Wildbestand in kürzester Zeit nahezu vernichtet. Das scheint Berger übertrieben. Auf seinen Kontrollgängen hat er viele Rehe und Hirsche gesehen.

Kleinschmidt werden auch zahlreiche Waldbrände zur Last gelegt; zumindest ist er wiederholt in unmittelbarer Nähe der Brände gesehen worden. Warum Waldbrände? Darauf kann Berger sich keinen Reim machen. Als Fahnenflüchtiger muss Kleinschmidt sich doch verstecken; aber wenn er Feuer legt, macht er alle Welt auf sich aufmerksam. Dennoch stimmt die Anschuldigung wahrscheinlich. Franz Baumhauer sagt, es habe in diesem Sommer viel öfter gebrannt als üblich.

Am 4. Juli 1917 wurde der Hilfsförster Richard Weber in der königlichen Oberförsterei Charlottenthal von Wilddieben erstochen. Er sollte an aufgefundenen Rehschlingen im Belauf Lonsk in der Nähe des Piesecznow-Sees Wache halten, hatte hierbei offenbar einen der Wilddiebe festgenommen und war dann von seinem Komplizen von hinten überfallen und erstochen worden. Man fand seine Leiche erst am nächsten Tag unweit der Mordstelle im Gebüsch, Hut und Gewehr fehlten, wurden jedoch wenige Tage später in der Nähe des Tatortes gefunden. Die Taschenuhr Webers blieb dagegen verschwunden. Ein gewisser Dionisius Spitza war festgenommen und der Tat bezichtigt worden.

Der Fall schien klar: In der geballten Faust des Ermordeten fanden sich drei Haare vom Kopf des Spitza, und Spitza wies tiefe Kratzwunden und einen durchgebissenen Finger auf. Zwei blonde gelockte Haare, die sich in der Hand Webers fanden, stammten allerdings nicht von Spitza. Gab es einen zweiter Täter? Spitza hatte hierzu keine Angaben gemacht. Er hatte offenbar überhaupt keine verwertbaren Angaben gemacht und war schließlich im Irrenhaus Schwetz auf Lebenszeit eingesperrt worden. Soweit der Bericht der königlichen Staatsanwaltschaft Graudenz, Akte 3.J.830/17. Trotz eifriger Nachforschungen konnten die Behörden den Komplizen Spitzas seinerzeit nicht ermitteln.

Wenig später macht jedoch der Landsturmmann Alosius Zabrotzki aus Moßna der Polizei eine entscheidende Mitteilung: Ein gewisser Franz Kleinschmidt habe ihm im Vertrauen zwei Tage nach dem Mord mitgeteilt, dass er jedes Mal, wenn er auf Urlaub nach Czersk fahre, »hinter Groß-Schliewitz« wildern gehe. Berger konsultiert die Karte. Groß-Schliewitz liegt im Südosten, unweit von Charlottenthal.

Zabrotzki hat gemeint, so etwas wie die Wilderei sei ihm zu gefährlich. Daraufhin habe Kleinschmidt geantwortet, er fürchte sich nicht vor den Förstern. Erst vor kurzem habe er einem der Grünröcke das Licht ausgepustet, ganz ohne Schrei und ohne Blut hätte er ihn abgewürgt. In der Tat hat Kleinschmidt Heimaturlaub gehabt, als Weber ermordet wurde. Aus den Akten ist nicht ersichtlich, ob daraufhin gegen Kleinschmidt irgendetwas unternommen worden ist. Kurze Zeit danach ist er jedenfalls fahnenflüchtig geworden.

Am 7. September 1917 trifft der Haumeister Labocki den ihm persönlich bekannten Franz Kleinschmidt im Schutzbezirk Grünthal an. Kleinschmidt ist mit einem Gewehr bewaffnet. Er weiß nicht, dass Labocki Frostschutzmann ist und erzählt ihm, dass er desertiert sei und jetzt gewerbsmäßig wildere. Am nächsten Morgen beobachtet Labocki den Kleinschmidt, wie er in einer Schonung, in der kurz vorher ein Schuss gefallen war, ein Reh zerlegt und die Decke des Tieres verscharrt. Er will ihn festnehmen, aber Kleinschmidt bemerkt den Forstschutzmann und ergreift die Flucht.

Am nächsten Tag erhält Labocki einen Drohbrief von Kleinschmidt. Er kümmert sich nicht groß darum. Als ein Waldbrand gemeldet wird, macht sich Labocki sofort auf den Weg. Kleinschmidt lauert ihm auf. Labocki ist unbewaffnet. Kleinschmidt erklärt dem Labocki, dass er jetzt sterben müsse. Dann schießt er ihm zunächst mit Schrot in den rechten Oberschenkel und anschließend in den linken. Er will dann den schwer verletzten Labocki noch vollends totschießen, lässt aber auf dessen Bitten und Flehen von ihm ab. Labocki hat den Angriff überlebt. Es heißt, er sei inzwischen wieder hergestellt und versehe wieder seinen Dienst.

Am 27. September 1917 abends 8:00 Uhr trifft der Förster Graepelt im Bereich der Försterei Grünthal einen Wilddieb an, der zweimal auf ihn schießt; eine Kugel durchschlägt seinen Rock. Graepelt schießt ebenfalls und verletzt den Wilddieb durch einen Schrotschuss in den rechten Oberarm. Der Wilddieb blutet; die Spuren findet der Graepelt, aber der Kerl entkommt dennoch.

Kleinschmidt gibt später im Gespräch mit Zeugen zu, dass er dieser Wilderer gewesen sei. – Ja, und am 21. September erschießt er dann schließlich den Förster Eisner. Das ist der Stand der Dinge. Zwei Morde, zwei Mordversuche und eine unbekannte Zahl von Brandstiftungen. Und die Fahnenflucht natürlich.

Bei den Unterlagen findet sich auch ein Foto, das Franz Kleinschmidt in seiner Uniform als Landsturmmann zeigt. Er ist offenbar nicht besonders groß. Sein Gesicht verrät eine gewisse Entschlossenheit, denkt Berger. Vielleicht auch Rechthaberei, Arroganz? Schwer zu sagen. Insgesamt unauffällig. Aber nicht unauffällig genug. Wilhelm Berger ist sich fast sicher, dass er diesen Mann schon gesehen hat.

Franz Baumhauer kommt herein, stellt sein Gewehr in die Ecke und betrachtet die Fotografie. »Ist er das?«

Berger nickt.

»Schwein, verdammtes!«, sagt Baumhauer.

»Ich glaube, ich habe ihn gesehen.«

»Den Kleinschmidt? Wo?«

»Neulich in der Kneipe in Lukowo. Wo ich den Sabinacz getroffen habe. Kleinschmidt war einer der Männer, die da ihr Bier getrunken haben.«

»Sicher?«, fragt Baumhauer.

Nein, hundertprozentig sicher ist sich Berger nicht. »Du begibst dich in Gefahr, Wilhelm! Pass auf dich auf! Der Mann macht regelrecht Jagd auf die Beamten. Denk an die Drohbriefe, die der Eisner erhalten hat. Und er macht immer weiter. Auch andere sind inzwischen bedroht worden. Hegemeister Krykant zum Beispiel, Försterei Königsried.«

»Woher weißt du das?«

»Der Marquardt hat das erzählt. Der Krykant hat am 19. September auf einen Wilddieb geschossen, ihn aber offenbar nicht getroffen. Er hat den Vorfall nicht gemeldet. Aber der Drohbrief an Krykant belegt, dass auch das Kleinschmidt gewesen ist.«

Berger schüttelt den Kopf. Warum tut Kleinschmidt das? Er ist nicht einfach nur ein Opfer der Umstände, wie Maria glaubt. Er hat das Gefühl, dass der Mann sich auf diese Weise bewusst in Szene setzt. Er ist ein Täter. Ein aktiver Täter.

»Auch der Graepelt in Grünthal hat einen Drohbrief von Kleinschmidt bekommen. Am 26. September ist das gewesen.«

»Warum?«

»Wegen der Schießerei mit Kleinschmidt.«

»Der Kerl muss doch zu fassen sein«, sagt Berger.

* * *

Wilhelm Berger und Franz Baumhauer sind auf Patrouille. Drei Kilometer südlich von Jatty liegt das Aquädukt. Die Stelle, wo der Große Brahe-Kanal den Bach des Czersker Fließes überquert. Man kann an dieser Stelle den Brahe-Kanal auf einem Steg überqueren. Die meisten Menschen tun dies. Aber Baumhauer weiß, es gibt auch einen Weg unten durch den Tunnel. Dort stehen die beiden Jäger jetzt und rauchen.

»Du magst ihn nicht«, sagt Baumhauer. Es ist eine Feststellung.

Berger nickt. Es ist klar, von wem die Rede ist.

»Ich war gestern mit ihm zusammen auf Patrouille«, sagt Baumhauer. Er muss langsam sprechen, um bei dem Hall in dem Tunnel verständlich zu sein. »Er ist ein Schwein.«

Wilhelm Berger schweigt. Das mag so sein, aber es hilft nichts – sie werden mit dem Mann auskommen müssen; er ist ihr Vorgesetzter.

»Dieser Fall Kopistiecki – weißt du, was er da gemacht hat? – Das hat er mir gestern erzählt: Der Wilderer war verliebt in die Tochter eines Schweinezüchters. Der hatte zwei Töchter, eine hübsche und eine hässliche. Und der Kopistiecki hatte sich natürlich in die Hübsche verguckt. Da hat der Marquardt einen seiner Spitzel hingeschickt, dass er mit der anderen anbändelt. Schuster hieß der. Der Kerl hat dem armen Mädchen vorgelogen, wie heiß und innig er es liebt, und er hat sie gevögelt und dabei immer geguckt, wann wohl endlich der Kopistiecki kommt. Und als der dann da war, da hat er dem Marquardt das mitgeteilt, und dann war es aus mit der angeblichen Liebe. Sie haben den Kopistiecki festgenommen, und der Schuster hat sich aus dem Staub gemacht.«

»Das war nicht sauber«, sagt Berger.

»Nein, das war nicht sauber, Wilhelm! – Und wer so etwas macht, der macht auch noch ganz andere Dinge. Wer mit dem Marquardt zusammenarbeitet, der muss aufpassen, dass er am Ende nicht schmutziger da steht, als der Mörder, den er jagt.«

* * *

Fünf Tage später sind Wilhelm und Maria auf dem Weg nach Karsin. Zwar nicht in vierspänniger Karosse, wie der Brautbitter vorgeschlagen hat, sondern in einem ganz normalen Wagen, der von einem einzigen Pferd gezogen wird, und auch auf die Töchterlein und Söhne haben sie verzichten müssen, aber sie sind guter Laune.

Marquardt hat den Ausflug genehmigt. »Gehen Sie nur ruhig hin«, hat er gesagt. »Auf so einer Hochzeit kommt viel Volk zusammen; da kann man leicht die eine oder andere Bemerkung aufschnappen, und – wer weiß – vielleicht kommt sogar Kleinschmidt persönlich vorbei, und dann nehmen Sie ihn fest.«

Berger glaubt nicht, dass Kleinschmidt sich blicken lassen wird, und er hat auch nicht vor, irgendwelche Leute auszuhorchen. Was das Aufschnappen von Bemerkungen angeht, so wäre er ohnehin ganz auf Marias

Hilfe angewiesen. Theresia ist Kaschubin; vermutlich wird also ganz überwiegend Kaschubisch gesprochen.

Auch Theresia duzt ihn jetzt, genau wie Maria. Der Krieg ist ein großer Gleichmacher. Berger wäre nie darauf gekommen, sich mit einem ihrer Küchenmädchen in Hamburg zu duzen. Oder gar einen Ausflug mit ihm zu unternehmen.

Berger sitzt neben Maria auf dem Kutschbock. Die Fahrt nach Karsin wird eine Stunde dauern. Eine gute Gelegenheit, sich mit der jungen Polin zu unterhalten, hat Wilhelm Berger gedacht. Aber Maria lächelt vor sich hin und schweigt.

Berger räuspert sich. »Du kennst dich gut aus hier in der Gegend«, sagt er.

»Ja«, sagt Maria.

Berger hat sich vor der Fahrt anhand von Marquardts Karte noch einmal vergewissert, wo Karsin liegt, und er hat versucht, sich die verschiedenen Abzweigungen einzuprägen. Maria braucht keine Karte.

»Kommst du eigentlich aus Czersk?«

»Ich komme nirgendwo her«, behauptet Maria. »Ich bin ein Findelkind.«

»Unsinn!«

»Na ja, vielleicht nicht ganz. Sagen wir – ein Waisenkind. Meine Eltern sind gestorben, als ich noch ein kleines Mädchen war.«

»Das tut mir leid.«

»Ach, das braucht dir nicht leid zu tun. Ich kann mich ja gar nicht mehr an sie erinnern. Eine Tante hat mich großgezogen.«

»In Czersk?«

»Nein, in Rittel.«

Damit ist dieses Rätsel also gelöst. Oder nicht? Maria lächelt weiter vor sich hin. Es ist ganz offensichtlich, dass sie sich auf die Feier freut.

»Diese Hochzeit – ich werde kein Wort verstehen können«, sagt Berger.

»Sprich einfach Polnisch!«

»Ich kann kein Polnisch, das weißt du doch.«

Maria lacht. »Polnisch ist ganz einfach! Was brauchst du auf einer Hochzeit schon für Wörter? Hübsches Mädchen heißt *ładna dziewczyna,* und *chcę tańczyć* heißt: Ich möchte tanzen.«

»Tschsch – was?« Es ist unaussprechlich.

»*Chcę tańczyć.* Aber du brauchst gar nichts zu sagen. Du machst einfach alles, was ich auch mache, und wenn du irgendetwas wissen willst, dann fragst du mich. Oder Theresia.«

Berger nickt. »Wie alt ist eigentlich die Theresia?«

»Sechzehn.«

»Ist das nicht reichlich früh, um zu heiraten? – Oder muss sie ...?«

Maria schüttelt den Kopf. »Nein, sie ist nicht schwanger, falls du das denkst. Aber die Mädchen heiraten früh hier in der Gegend. Meist zwischen 16 und 21. – Ich bin also schon eine ziemlich alte Frau nach kaschubischen Vorstellungen, und ich muss sehen, dass ich noch einen Mann abbekomme.«

»Du wirst auf jeden Fall einen Mann abbekommen.«

»Glaubst du?«

Mich zum Beispiel, hätte Wilhelm Berger jetzt sagen sollen, aber er traut sich nicht.

Maria sagt: »Ja, vielleicht. Das wird sich nachher zeigen.«

»Nachher?«

»Wart's ab«, sagt sie. »So eine kaschubische Hochzeit ist anders als alles, was du aus Berlin oder Hamburg kennst.«

Ja, alles ist anders. Am Dorfeingang haben junge Leute ein Seil quer über die Straße gespannt, und Maria muss mit ihnen verhandeln, was die Durchfahrt kosten soll. Wilhelm will schon seinen Geldbeutel zücken, aber Maria hält ihn zurück. Sie hat eine Flasche Schnaps mitgebracht, und das ist offenbar genau das, was die jungen Leute erwartet haben. Jedenfalls hat jeder von ihnen ein Glas oder einen kleinen Becher dabei. Maria schenkt großzügig ein, und sie dürfen passieren. Berger fragt sich, ob der Schnaps wohl aus Eisners Vorräten stammt. Wie auch immer – hier ist er jedenfalls sinnvoll verwendet.

Sie müssen noch zwei weitere Straßensperren auf dieselbe Weise passieren, dann langen sie schließlich vor dem Hochzeitshaus an. Hatten es Maria und Wilhelm bisher geschafft, auf jeden Alkohol zu verzichten, so ist es damit nun vorbei. Wie es der Brautbitter angekündigt hat, wird Wilhelm sofort ein Krug Bier in die Hand gedrückt. Er nippt zurückhaltend daran, sieht aber, dass andere Gäste kräftig zulangen. In der Mitte des Wohnzimmers sitzt Theresia auf einem Stuhl. Sie hat ihre langen Haare zu Zöpfen geflochten, die am Hinterkopf hochgesteckt sind. Sie sieht aus wie eine Märchenprinzessin. Eine der Brautjungfern bringt auf einem Teller den mit roten Bändern verzierten Brautkranz aus Myrte. Eine andere kommt mit einem Teller mit Weihwasser. Eine Frau, die Mutter wahrscheinlich, besprengt den Kranz und setzt ihn der Braut auf, während die Musikanten ein Kirchenlied spielen.

»Wo ist der Bräutigam?«, fragt Berger.

»Den sieht sie erst in der Kirche«, erwidert Maria.

Karsin ist ein langgestrecktes Dorf; um zur Kirche zu gelangen, müssen alle wieder ihre Wagen besteigen, und sie machen sich auf den Weg.

»Jetzt entscheidet sich, ob es eine gute oder eine schlechte Ehe wird«, sagt Maria. Du hast wahrscheinlich gesehen, dass der Wagen der Braut bewacht wird? Wenn nämlich jemand das Stroh umwendet oder gar eine Nadel hineinsteckt, dann wird es eine unglückliche Ehe. Und damit die Frau in der Ehe das Sagen hat, muss sie bei der Trauung ein männliches Kleidungsstück tragen. Und sie muss darauf achten, dass bei der Trauzeremonie ihre Hand oben liegt.«

»Wer glaubt denn an sowas?«, sagt Berger. Wilhelm Berger hat auch so keinen Zweifel daran, dass Theresia das Sagen haben wird, ganz gleich, wessen Hand bei der Trauung oben liegt.

»Wenn die Brautleute den Frieden ihrer Ehe sichern wollen, so müssen sie in der Kirche so eng nebeneinander knien, dass man zwischen den beiden nicht hindurchsehen kann. Wenn aber ein verschmähter Liebhaber der Braut übel will, so steckt er ihr unauffällig eine Nadel in das Kleid. Wenn sie das nicht merkt, so muss sie gleich nach der Hochzeit sterben. Und wenn jemand will, dass die Ehe kinderlos bleibt, so nimmt er ein Vorhängeschloss ...«

»Hör auf«, sagt Berger. »Das ist ja ein fürchterlicher Unsinn.«

»Ja, für dich ist es Unsinn, Aber wenn man daran glaubt, ist es in der Tat fürchterlich.«

Die Braut wird von den Brautjungfern in die Kirche geführt. Die beiden Mädchen haben Blumenkränze im Haar. Der Bräutigam wird dagegen von dem Hochzeitsbitter hereingeführt. Zufall oder nicht – Wilhelm Berger kann sehen, dass die Brautleute ganz eng nebeneinander knieen.

»Siehst du die Kerzen?«, flüstert Maria.

Natürlich sieht Wilhelm Berger die beiden Altarkerzen.

»Derjenige, auf dessen Seite die Kerze mit kleinerer Flamme brennt, der stirbt zuerst.«

Aber soweit Berger das sehen kann, brennen beide Kerzen mit gleich großer Flamme, hell und klar. Alles sieht gut aus für das Brautpaar.

»Sie scheinen Glück zu haben«, raunt Berger.

»Das werden sie auch brauchen«, raunt Maria zurück. »Der Josef, der ist ja Soldat. Er hat jetzt seinen Marschbefehl bekommen. Da haben sie vorher noch schnell geheiratet.«

»Ich wünsche ihnen alles Gute«, sagt Berger betroffen.

* * *

Berger hat gedacht, dass es nach der Trauung direkt zurück zum Hochzeitshaus gehen würde, aber das ist nicht der Fall. Die Hochzeitsgesellschaft macht zunächst Station in einem Gasthaus unmittelbar neben der Kirche, wo getanzt und getrunken wird. Berger ist froh, dass er wenigstens ordentlich gefrühstückt hat. Jetzt allmählich bekommt er doch Hunger.

Erst am späten Nachmittag besteigen sie wieder ihre Kutschen. Der Alkohol hat die Gäste beflügelt, und die jungen Männer liefern sich auf dem Weg zum Hochzeitshaus ein Wagenrennen. Maria will den jungen Burschen aus dem Dorfe in nichts nachstehen, aber der alte Braune, der ihren Wagen zieht, kann nicht lange galoppieren, und so müssen sie nach und nach die anderen Gäste vorbeiziehen lassen. Sie kommen als Letzte vor Theresias Haus an.

Nun beginnt das Festmahl. Es gibt verschiedene Braten, dicken Reis mit Rosinen und Hammelfleischsuppe und natürlich Borscht aus Gerstengrütze mit Gänsefleisch, angereichert mit Pilzen und Pflaumen, dazu saure Sahne. Zu spät, denkt Berger. Obwohl er sich beim Trinken stark zurückgehalten hat, spürt er schon die Wirkung des Alkohols.

Nach dem Essen werden die Tische aus dem Zimmer getragen, und jetzt wird getanzt. Da einige dutzend Personen in dem Wohnzimmer versammelt sind, wird es ziemlich eng. Der Hochzeitsbitter steht in der Mitte und bemüht sich, Ordnung in das Gedränge zu bringen. Seine Aufgabe wird dadurch nicht leichter, dass einige der Anwesenden inzwischen nicht mehr ganz sicher auf den Beinen sind.

Berger tanzt mit Maria. Sie stößt ihn an. »Siehst du die junge Frau da drüben?«

»Wo?«

»Die mit der schwarzen Haube. Das ist Leokadia, die Schwester vom Kleinschmidt.«

Mehrere Frauen haben schwarze Hauben auf, aber Berger ist sich ziemlich sicher, dass er weiß, wen Maria meint. Kleinschmidts Schwester! Aber warum soll sie nicht hier sein? Sie kann doch schließlich nichts dafür, dass ihr Bruder ein Mörder ist.

Der frisch vermählte Ehemann steht mit seiner Braut in der Mitte der Stube, da fliegt plötzlich die Tür auf, und herein kommt der Heiratsvermittler mit einem Händler, der einen großen Geldsack auf dem Rücken trägt. Der Händler sagt, er habe gehört, hier gäbe es etwas zu kaufen.

Erregter Protest aller Anwesenden.

Der Händler kümmert sich nicht darum. Er betrachtet die Braut kritisch von allen Seiten und sagt schließlich, er könne nicht viel für sie geben, da sie Plattfüße habe. Er erntet Buhrufe und Pfiffe. Der Heiratsvermittler sagt dagegen, Theresia sei wunderschön und sehr fleißig. Der Händler behauptet, schön sei sie nicht und sie sei ganz offensichtlich eine faule Schlampe. Er bietet zwanzig Mark. Der Ehemann bietet fünfundzwanzig. Der Händler rasselt mit dem Geldsack, erhöht auf sechsundzwanzig. Der Ehemann zieht nach.

Berger fühlt sich plötzlich beobachtet. Der junge Mann neben Kleinschmidts Schwester hat ihn einen Augenblick lang fixiert. Ist das etwa Kleinschmidt? Das könnte er sein. Das ist jedenfalls der Mann aus der Kneipe in Lukowo. Auf Marquardts Foto hat er anders ausgesehen, aber da hatte er eine Uniform getragen. Und der Bart ...

»Achtundzwanzig!« Der Kaufmann scheint nicht aufgeben zu wollen.

»Neunundzwanzig«, erhöht der Ehemann unverdrossen.

Der Kaufmann hält einen Augenblick inne, sieht den Konkurrenten böse an, dass man fast meinen konnte, es sei ihm ernst mit der Versteigerung, und dann sagt er: »Einhundert.«

Ein Raunen geht durch die Menge. »Einhunderteins«, erhöht der Ehemann. Das mag ungefähr der Betrag sein, der durch die Hochzeitsgabe hereingekommen ist.

»Zweihundert.« Wieder schüttelt der Kaufmann seinen Geldsack, dass es rasselt.

»Zweihunderteins.«

»Nun gib schon auf, du hergelaufener Landköter, du!« Der Händler versetzt dem Ehemann einen Stoß. Der schubbst zurück. Der Händler stößt kräftiger zu, und im Nu sitzt der junge Ehemann auf dem Fußboden. Er springt sofort wieder auf, und nun kommen ihm die Gäste zu Hilfe. Unter großem Geschrei prügeln sie auf den Händler ein, der schließlich seinen Geldsack zurücklässt und zur Tür hinaus flüchtet.

Wilhelm Berger hebt den Geldsack auf. Scherben und rostige Nägel sind darin. Er bindet den Sack zu und wirft ihn dem Händler hinterher.

»Und ich dachte schon, du wolltest dich an der Versteigerung beteiligen!«, scherzt Maria.

Wilhelm schüttelt den Kopf.

»Das wäre auch zu früh gewesen. Deine Stunde kommt noch«,

Wilhelm hofft, dass die besagte Stunde nicht mehr allzu lange auf sich warten lässt; er ist müde und betrunken.

Inzwischen hat die Braut sich wieder auf einen Stuhl mitten in der Stube gesetzt. Eine ältere Frau nimmt ihr den Kranz ab und setzt ihr stattdessen eine weiße Haube auf. Damit ist sie nun für alle deutlich sichtbar vermählt. Ihr Mann gibt ihr einen Kuss.

Während das junge Paar das Zimmer verlässt, sieht Berger sich um. Kleinschmidts Schwester unterhält sich mit einer anderen Frau. Der Mann, der vorhin neben ihr gestanden hat, ist nicht mehr zu sehen.

»Pass auf«, sagt Maria, »jetzt kommt der Barbiertanz!«

Der Barbier und seine beiden Gehilfen, alle in Weiß gekleidet, betreten den Raum. Der Barbier hat einen Kasten mit »Rasiermessern« mitgebracht; es sind ganz offensichtlich dieselben Messer, mit denen sie vorhin den Braten geschnitten hatten. Als Seifennapf und Pinsel hat er einen Wassereimer und Besen dabei. Die Gehilfen schieben eine Schubkarre herein, die sie über Kopf stellen; das ist der Schleifstein. Die Musik spielt eine flotte Melodie, und das Publikum beginnt zu singen. Maria übersetzt:

Jetzt barbier mich, jetzt barbier mich
Aber schneide mich nicht.
Und wer mich doch schneidet,
Den hol doch der Teufel!
Jetzt barbier mich, jetzt barbier mich
Aber schneide mich nicht.

Der Barbier und seine Gehilfen gehen zu diesen Klängen im Zimmer herum und sehen jedem der Männer ernst ins Gesicht. Einen Augenblick lang bleiben sie vor Wilhelm stehen, und der befürchtet schon, dass er das Opfer dieses Scherzes werden soll, aber dann entscheiden sie sich doch für einen anderen.

»Das ist Pjotr«, sagt Maria.

»Wer ist Pjotr?«, fragt Wilhelm. Eigentlich ist es ihm egal.

»Einer der Sabinacz-Söhne.«

»Wer ist Sabinacz?«

»Unser Nachbar!«, raunt Maria.

Richtig. Den hat er ganz vergessen. Pjotr muss sich auf den Stuhl in der Mitte setzen, er bekommt ein weißes Laken umgehängt, und dann wird er mit dem groben Besen eingeseift. Das Wasser in dem Eimer enthält allerdings keine Seife, sondern Ruß, und in Pjotrs Gesicht zeigt sich rasch ein Muster aus roten Striemen und schwarzen Rußstreifen. Er lässt alles mit unbewegter Miene über sich ergehen.

Nun prüft der Barbier das Messer, aber die Schärfe entspricht nicht seinen Anforderungen. Er schleift es eine Weile am Schubkarrenrad, das seine Gehilfen drehen müssen, aber umsonst – die Klinge bleibt stumpf. Er probiert ein zweites Messer aus, aber auch das ist nicht besser. Am Ende nimmt er achselzuckend wieder das Messer, das er zuerst versucht hatte. Die Gäste singen:

Jetzt barbier mich, jetzt barbier mich
Aber schneide mich nicht.

Pjotr sträubt sich. Der Barbier packt kurz entschlossen zu und schneidet seinem Opfer die Kehle durch; Pjotr stürzt röchelnd zu Boden. Einige der Mädchen schreien auf, und selbst Wilhelm, der einen Augenblick lang nicht aufgepasst hat, erschrickt zutiefst. Doch das Blut strömt nicht; es ist nur Marmelade, die der Barbier mit einer geschickten Handbewegung am Hals seines Opfers verstrichen hat.

»Einen Arzt! Schnell einen Arzt!«, rufen die Gäste.

Einer der jungen Männer hat sich als Arzt verkleidet. Er stürzt zur Tür herein, beugt sich über den »Toten«, leckt an der Marmelade und fängt dann an, dem Pjotr aus einem Medizinfläschchen etwas einzuträufeln. Es riecht verdächtig nach Branntwein. Die Medizin tut sofort ihre Wirkung. Der Totgeglaubte richtet sich auf, nimmt dem Arzt die Medizinflasche aus der Hand, trinkt sie mit einem Schluck leer und stürzt sich dann auf den Barbier, der Hals über Kopf Reißaus nimmt.

»Der Arzt«, sagt Wilhelm, »dieser junge Mann, der den Arzt gespielt hat, ist das ...?« Er wendet sich nach Maria um, aber die ist verschwunden.

Wo ist Maria? In dem Gedränge kann er sie nirgendwo entdecken. Auch Kleinschmidts Schwester ist nicht mehr zu sehen. Pjotr tritt auf ihn zu. »Komm, hier, du brauchst einen Schnaps!«, ruft er. Er hält Wilhelm ein Glas hin, das bis zum Rand gefüllt ist. Er ist noch immer rußverschmiert, und die Marmelade tropft ihm auf das Hemd.

Wilhelm nimmt das Glas. »Danke!«

»Zum Wohl!« Auch Pjotr hat ein Glas in der Hand.

Sie stoßen miteinander an und leeren ihre Gläser.

»Jetzt kommt der Schäfertanz«, sagt Pjotr. »Pass auf, jetzt kommt der Schäfertanz.«

In der Tat setzt die Musik erneut ein, und eine Gruppe von jungen Leuten betritt die Stube. Der Schäfer ist unschwer an seinem großen Stab erkennbar. Seine Schafe tanzen ein paar Runden zur Musik. Eines der Schafe ist Maria. Und ein anderes Schaf ist Leokadia. Und Kleinschmidt selber? Jedenfalls keines der Schafe, soviel steht fest. Oder doch? Das letzte Glas Schnaps ist eines zu viel gewesen.

Der Schäfer klopft jetzt mit seinem Stab dreimal auf den Boden. Die Musik endet, und die Paare hören auf zu tanzen und lassen sich los. Der Schäfer macht sich jetzt daran, mit Hilfe seines Stockes die Schafe von den Böcken zu trennen. Schließlich stehen sich die jungen Männer und die Mädchen in zwei Reihen gegenüber.

Der Schäfer nimmt nun ein Schaf bei der Hand und führt es in die Mitte. Wilhelm kann der Handlung nur bedingt folgen, aber der Schäfer versucht offenbar das Schaf an die Böcke zu verkaufen. Er redet lange, preist offensichtlich die Vorzüge dieses speziellen Schafes an und nennt schließlich einen Preis.

Wilhelm fragt Pjotr: »Was sagt er?«

»Er sagt, dass sie gesund ist, gerade Beine hat und viel Wolle gibt.«

Die jungen Leute johlen. Als es um die Wolle geht, zeigt der Schäfer auf einen Körperteil, der bei den Schafen meist nicht besonders intensiv geschoren wird, aber er kann sich schon vorstellen, dass das Mädchen dort ein bisschen Wolle hat.

Die jungen Männer sehen sich das Schaf von allen

Seiten an, befühlen es auch, wobei durch die züchtige Kleidung vermutlich nicht allzu viel zu fühlen ist. Aber Wilhelm wäre jetzt doch gern einer der Schafböcke.

Das Publikum beteiligt sich nicht an dieser Schafsauktion. Wilhelm vermutet, dass auf diese Weise ausgeschlossen werden soll, dass Leute zum Zuge kommen, von denen sich die Mädchen nicht anfassen lassen wollen. Das Mädchen, um das sich die Böcke drängen, wirkt etwas verlegen, ist aber offensichtlich nicht unglücklich mit seiner Rolle.

Der Schäfer scheucht jetzt die Böcke zurück, und die Auktion beginnt. Dabei wird sehr rasch deutlich, welcher der jungen Männer tatsächlich ein Interesse an dem Mädchen hat. Er bekommt den Zuschlag. In dem Augenblick, als der Schäfer mit seinem Stab auf den Boden klopft, lässt er den Stab fallen und greift sich eines der anderen Mädchen. Die Böcke stürzen sich im selben Moment auf die noch nicht vergebenen Mädchen und versuchen, eines zu greifen. Da es sechs junge Männer aber nur fünf Schafe gibt, blieb einer übrig; er nimmt den Stab auf und ist nun in der nächsten Runde der Schäfer.

Ja, dies ist ganz offensichtlich der Hauptspaß des Abends. Der neue Schäfer hat sich entschlossen, Kleinschmidts Schwester zu versteigern. Aber die ist kein Lamm, wie das zarte Mädchen, das in der ersten Auktion an der Reihe gewesen war. Sie lässt sich nicht betasten und schlägt einem der Böcke kurz und heftig auf die Finger, dass er erschrocken zurückfährt. Die Menge lacht. Da ist auch Kleinschmidt. Einer der Böcke ist Kleinschmidt. Nein, das kann nicht sein. Eben ist er noch nicht da gewesen. Wilhelm wischt sich über die Augen. Warum sieht er alles so verschwommen?

Wieder stürzen sich die Böcke auf die kreischenden Schafe. Jetzt hat Berger nicht mitbekommen, wer sich Kleinschmidts Schwester ersteigert hat. Doch, da steht der junge Mann. Das ist jedenfalls nicht Kleinschmidt. Und der neue Schäfer? Den kennt er auch nicht. Die Schafe tanzen mit den Böcken, der Schäfer schlägt auf den Boden, und diesmal ist es Maria, die versteigert werden soll.

Die jungen Männer drängen nach vorn, wollen sie betasten. Maria lässt es mit sich geschehen. Es ist ein komischer Anblick. Maria ist groß, größer noch als Wilhelm Berger, und sie überragt einige der jungen Männer um Haupteslänge. Und der Bock, den er für Kleinschmidt gehalten hatte – nein, das kann nicht Kleinschmidt gewesen sein. Denn Kleinschmidt steht jetzt in der Tür, ganz ohne Zweifel ist das Kleinschmidt, er ist wie ein Jäger gekleidet, winkt seiner Schwester zu und verfolgt die Auktion mit offensichtlichem Interesse.

»Kleinschmidt«, sagt Berger. Er deutet auf den Mann.

Sein Nebenmann nickt. »Ja, ja, Kleinschmidt. Das ist er.« Bewunderung klingt in seiner Stimme mit.

Berger bemerkt, dass die Aufmerksamkeit der Anwesenden sich allmählich verlagert. Nicht mehr die Auktion steht im Mittelpunkt, sondern der Neuankömmling.

»He, Frantek!«, ruft der Junge, der den Schäfer spielt.

Kleinschmidt antwortet: »Was kosten die Schafe?«

Die Antwort des Schäfers kann Wilhelm nicht verstehen. Er stellt sein Glas ab und versucht, sich einen Weg durch die Menge zu bahnen.

»Ich biete Hundert!«, das ist Kleinschmidts Stimme.

»Dieses Schaf ist nicht zu verkaufen!« ruft Berger. Jetzt steht er dem Mörder gegenüber. »Franz Kleinschmidt, ich verhafte Sie ...«

Weiter kommt er nicht. Blitzschnell schlägt Kleinschmidt zu. Berger geht zu Boden. Wutentbrannt rappelt er sich wieder auf, aber Kleinschmidt ist schneller, schlägt ihn erneut zu Boden.

»Diese Auktion ist mir zu hektisch!«, ruft Kleinschmidt. »Ich hole mir mein Schaf später ab!« Er geht gelassen zur Tür hinaus.

Aber da ist Wilhelm Berger wieder auf den Beinen, stürzt hinter ihm her, stolpert nach draußen, kalte Nachtluft schlägt ihm entgegen, er rennt weiter, stolpert wieder, bleibt stehen, sieht sich um. Wo ist Kleinschmidt? Wo zum Teufel ist Kleinschmidt? Der Mann ist verschwunden.

»Du blutest«, sagt jemand.

Maria. Das ist Maria. Sie tupft ihm das Gesicht ab. Wilhelm starrt auf das Taschentuch. Ja, das ist Blut. Er hatte gar nicht gemerkt, dass er sich verletzt hatte.

»Komm«, sagt Maria. »Es ist besser, wenn wir jetzt nach Hause fahren.«

Berger schüttelt den Kopf. »Kleinschmidt. Der zeigt sich hier in aller Öffentlichkeit! Ich muss ihn doch – muss ihn doch festnehmen!«

»Jetzt nicht«, sagt Maria. »Komm.«

* * *

»Au«, sagt Berger.

Maria hat ihm das Pflaster von der Stirn gerissen. »Es heilt besser, wenn es offen liegt«, sagt sie.

»Ich muss mich bei dir entschuldigen. Ich habe mich wie ein Idiot benommen.«

Maria lacht. »Du hast dich wie ein Mann benommen, würde ich sagen. Typisch Mann. Zuviel getrunken und eine Schlägerei angefangen.«

Jedenfalls nimmt sie es ihm offenbar nicht übel. »Du hast nicht weniger getrunken als ich«, stellt Wilhelm Berger fest. »Wie hast du es geschafft, so nüchtern zu bleiben?«

»Glaubst du, ich bin ungeheuer trinkfest? Glaubst du, all die jungen Mädchen auf der Feier sind ungeheuer trinkfest? Sind sie nicht, Wilhelm. Wir lassen uns immer wieder einschenken, weil die Männer das so wollen, aber wenn keiner guckt, schütten wir den Schnaps in die Blumen. Oder sonst irgendwo hin.«

Das hätte er besser auch tun sollen. »Aber sonst war es eine schöne Feier«, sagt er. »Was machst du denn? Au!«

»Halt still! Ich wasche dir das angetrocknete Blut aus den Haaren.«

»Sag mal – was ich mich die ganze Zeit schon gefragt habe: Warum hat mir eigentlich niemand geholfen, den Kleinschmidt festzunehmen?«

»Ach, weißt du, die Förster und die Großgrundbesitzer, die sind nicht so besonders beliebt hier. Das weißt du doch.«

»Aber diese Leute geben doch allen Arbeit.«

»Arbeit geben sie schon, aber sie zahlen schlecht. Sie geben den kleinen Bauern Kredite, aber wenn die Leute die Zinsen nicht zahlen können, kaufen sie ihnen das Land ab, und sie geben ihnen dann Arbeit auf genau diesem Land, das jetzt ihnen gehört. Und sie zahlen nur so viel, wie sie unbedingt müssen. Und wer damit nicht einverstanden ist, der muss gehen. Der wird durch noch billigere Arbeitskräfte aus dem Osten ersetzt. Wenn du hier bei uns arbeiten willst, im Deutschen Reich, dann brauchst erst einmal eine Legitimationskarte. Gebührenpflichtig natürlich. Nach Nationalität getrennt. Wenn du ein Pole bist und aus Russland kommst, kriegst du eine rote Karte. Und darauf steht genau, für wen du welche Arbeit machst. Und du kannst den Arbeitgeber nicht wechseln. Wenn er dich nicht mehr haben will, fliegst du raus und wirst abgeschoben. Und wenn er mit deiner Arbeit nicht zufrieden ist, kriegst du auch kein Geld …«

»Aber das kommt doch wohl nicht so oft vor«, wirft Berger ein, »denn sonst würde ja keiner mehr kommen, um hier zu arbeiten.«

»Es kommt oft genug vor. Und wenn du vielleicht eine Frau bist, und du wirst schwanger, dann fliegst du sowieso raus. Denn es sollen nicht noch zusätzlich polnische Kinder in Deutschland geboren werden. Und es fragt dich dann auch keiner, wer dich vielleicht schwanger gemacht hat.«

»Aber – jetzt im Krieg ist das doch alles vorbei. Jetzt muss es besser geworden sein, denn es herrscht ja Mangel an Arbeitskräften …«

»Jetzt ist es noch schlechter geworden. Jetzt brauchst du gar nichts mehr zu bezahlen. Du nimmst dir einfach russische Kriegsgefangene. Die wollen gar kein Geld, die sind froh, wenn sie etwas zu essen bekommen …«

»So wie Nikolaj?«

»Nein. Das ist etwas anderes. Wir sind gute Arbeitgeber. Nikolaj bekommt Lohn. Den darf er eigentlich nicht kriegen, der muss auf sein Konto bei der Bank des Gefangenenlagers eingezahlt werden, damit er nicht sein Geld nimmt und einfach abhaut. Aber wir kümmern uns nicht darum. Wir geben es ihm direkt in die Hand.«

»Der Eisner?« Berger wundert sich.

»Diese Dinge hat die Frau Eisner geregelt«, sagt Maria. »Sie war immer anständig zu uns. Auf diese Weise war ihr Mann ganz gut zu ertragen.«

»Und Marquardt?«

»Der weiß sowieso nicht, was hier im Haushalt und in der Landwirtschaft passiert. Darum kümmert er sich nicht.«

Hoffen wir, dass das so bleibt, denkt Berger.

Schusswechsel

Grünthal, 26. Oktober 1917

Wilhelm Berger, Förster Graepelt und sein Kommandojäger Bernhard Zastrow sind auf Wilddiebs-Patrouille. Zastrow bleibt plötzlich stehen, sagt kein Wort, sondern weist nur nach vorn. Der Förster reibt sich die Augen. Ist das ein Mensch, der dort geht?

»Da kommt einer«, raunt Zastrow.

Ja, kein Zweifel. Sein Frau hat Recht: Er braucht eine Brille. Graepelt sieht jetzt auch, dass da in großer Entfernung ein Mann auf sie zukommt. Mein Gott, denkt er. Ausgerechnet heute, wo dieser Schönwetter-Polizist m this dabei ist! Er packt Berger am Arm und zerrt ihn na ion. links in das Unterholz. Der andere Kommandojä springt nach rechts in Deckung.

»Er hat ein Gewehr!«, flüstert Berger.

Ja, kein Zweifel, der Ankömmling trägt ein Gewehr über der Schulter. Offenbar hat er die drei Männer noch nicht bemerkt. Dem Aussehen nach könnte das Kleinschmidt sein. Berger entsichert seine Waffe. Durchgeladen ist sie ohnehin schon. Sein Puls rast. Über Kimme und Korn beobachtet er, wie der Unbekannte näher und näher kommt. Keine hundert Meter ist er mehr entfernt.

Graepelt beißt sich auf die Lippen. Ja, das ist der Mann, den er auf Marquardts Foto gesehen hat. Das ist Kleinschmidt. Und der Abstand – keine 50 m mehr. Noch ein paar Schritte, dann kann er ihnen nicht mehr entrinnen.

»Jetzt!« Graepelt springt aus dem Busch. Sein Kommandojäger folgt. Zu früh, denkt Berger.

»Waffe weg!«, ruft Graepelt.

Der Wilderer fährt zusammen, reißt das Gewehr von der Schulter, wirft sich zu Boden. Fast gleichzeitig schießen die Kommandojäger. Der Mann zuckt zusammen, liegt auf dem Weg und rührt sich nicht mehr.

»Getroffen«, stellt Graepelt fest. Seine Finger zittern.

Er selbst jedenfalls hat nicht getroffen; sein Schuss hat eindeutig zu hoch gelegen. Aber das ist unwichtig. Sie haben ihn erwischt, den Kerl, haben ihn endlich erwischt! Mit der Waffe in der Hand treten die drei Männer auf den Wilderer zu. Der liegt ganz still da, und der Fleck im Sand, das ist Blut. Aus und erledigt.

Plötzlich rollt sich der Totgeglaubte zur Seite, springt auf und rennt davon.

»Halt!« Aber der Mann hält nicht an. Nur zwei Meter bis zum rettenden Gebüsch. Graepelt schießt als erster, dann Zastrow und Berger. Zu spät.

»Hinterher!«, schreit Graepelt. Sie rennen los. Bevor sie davon stürzen, registriert Berger noch den großen Blutfleck auf dem Weg, wo der Wilderer gelegen hat. Getroffen haben sie ihn also. Aber nicht gut genug. Jetzt hetzen sie durch den Wald hinter ihm her. Berger und der andere Kommandojäger schießen im Laufen, wenn sie glauben, den flüchtenden Wilderer vor sich zu sehen. Natürlich vergeblich. Sie rennen voraus; Graepelt kann nicht in demselben Tempo folgen, und er kann auch nicht mehr schießen, um die anderen nicht zu gefährden. Schwer atmend bleibt er stehen. Schon sind die Jäger im dichten Wald verschwunden. Vorsichtig sieht Graepelt sich um. Er hat das unbestimmte Gefühl, dass der Verfolgte gar nicht davongerannt ist, dass er viel zu schwer verwundet ist, um einfach davonzurennen, und dass er hier irgendwo im Gebüsch auf ihn lauert. Aber nichts regt sich.

Nach wenigen Minuten kommt Berger mit dem anderen Kommandojäger zurück. Sie sind in Schweiß gebadet. »Der ist weg!«, sagt der eine.

Adolf Graepelt schüttelt den Kopf. »Der ist noch hier«, sagt er leise.

Gemeinsam machen sie sich daran, das Gelände zu durchsuchen. Graepelt weiß, dass das äußerst gefährlich ist. Er denkt an Eisner. Der Mörder hat still im Gebüsch gehockt und den Förster schließlich aus nächster Nähe getötet. Aber diesmal wird ihm das nicht gelingen, diesmal sind sie zu dritt.

»Komm schon raus, du Feigling!«, ruft der Kommandojäger Zastrow, um sich Mut zu machen.

Aber Kleinschmidt lässt sich nicht provozieren. Er zeigt sich nicht.

* * *

Marquardt sagt: »Herr Graepelt, unter diesen Bedingungen kann ich Ihnen nur einen Rat geben: lassen Sie sich versetzen!« Zu viert stehen sie vor dem Forsthaus in Grünthal. Der Drohbrief, den Kleinschmidt in der Nacht an die Gartenpforte genagelt hatte, beweist, wie ernst die Lage ist. Der Mörder ist keineswegs außer Gefecht gesetzt.

Graepelt schüttelt den Kopf. »Das werde ich nicht tun. Ich lasse mich nicht von einem Verbrecher in die Flucht schlagen. Und wir werden ja sehen, wer den anderen zuerst am Kragen hat: er oder ich!«

»Das ist sehr ehrenwert. Aber ich möchte Sie doch bitten, Ihre Entscheidung noch einmal zu überdenken. Der Kleinschmidt hat geschrieben, dass er Sie umbringen will. Und wie wir alle wissen, ist er durchaus in der Lage, das zu tun. Denken Sie an Ihre Familie.«

»Wir bleiben hier«, sagt die kleine Sabine. Sie fasst nach der Hand ihres Vaters. »Wir bleiben doch hier, Papa?«

Graepelt lacht. »Da hören Sie es! So leicht lassen wir uns nicht erschrecken. Wir haben den Kerl getroffen, und der nächste Schuss sitzt noch besser!«

»Die Gefahr ist zu groß. Der Kleinschmidt hat offenbar nur einen Streifschuss abbekommen, das reicht nicht aus, um ihn auszuschalten; das macht ihn nur noch wütender.«

»Dieser Drohbrief – darf ich den mal sehen?«, fragt Berger.

Graepelt reicht ihm den Zettel

Wilhelm Berger liest: *Graepelt, Du musst sterben!* Das ist dieselbe Handschrift, in der auch die Drohbriefe an Eisner verfasst worden waren. Und der Verfasser hat diesmal sogar unterschrieben: Franz Kleinschmidt, Hauptmann der Wilderer-Kompanie.«

»Hauptmann der Wilderer-Kompanie?«, fragt Berger.

Marquardt schüttelt den Kopf. »Soweit wir wissen, ist er allein.«

Graepelt sagt: »Ich lege mich heute Nacht auf die Lauer. Und wenn er kommt, dann schieße ich ihn über den Haufen.«

Marquardt sieht Bernhard Zastrow an: »Sie werden mit dem Herrn Graepelt zusammen Wache halten«, ordnet er an.

Der Kommandojäger nickt.

* * *

Kleinschmidt kommt weder in dieser Nacht, noch einer der folgenden Nächte. Er ist stärker verletzt, als Marquardt glaubt. Er ist bei einem seiner polnischen Freunde untergekommen, und er kann nur hoffen, dass jetzt keine Haussuchung kommt, denn weiter flüchten kann er auf keinen Fall. Er wäre auch nicht in der Lage gewesen, den Drohbrief an Graepelts Pforte anzubringen; das hat sein Freund für ihn getan.

»Dank dir«, sagt Kleinschmidt.

»Das ist das mindeste, was ich für dich tun kann«, erwidert der Waldarbeiter. »Für uns alle bist du ein Held! Ein Befreier aus deutscher Knechtschaft!«

Kleinschmidt lacht. Nicht ohne Grund hat er die Drohbriefe an Graepelt unterschrieben als *Kleinschmidt, Hauptmann der Wildererkompanie*. Sein Freund scheint zu glauben, dass diese Kompanie tatsächlich existiert. Tatsache ist, dass es zwar viele Wilderer gibt, dass die meisten aber nichts voneinander wissen, und dass sie auch nicht zusammenarbeiten.

»Drei Kugeln haben mich getroffen«, sagt er. »Aber sie haben mir nichts anhaben können.«

»Bist du kugelfest?«

»Ja, ich bin kugelfest. Wie viele Schüsse haben sie auf mich abgegeben? Zehn? Zwanzig? Dreimal haben sie mich erwischt, aber das sind alles nur Schrammen, das spielt überhaupt keine Rolle.«

Der Mann macht sich daran, den Verband an Kleinschmidts Oberschenkel zu wechseln. Kleinschmidt beißt die Zähne zusammen; es tut mörderisch weh.

»Das blutet noch immer«, sagt der Waldarbeiter.

Kleinschmidt gibt keinen Kommentar ab.

»Wir probieren etwas anderes. Vielleicht glaubst du nicht daran. Du siehst aus wie jemand, der nicht an solche Dinge glaubt, aber ich kann dir versichern, dass es wirkt. Bei mir jedenfalls hat es gewirkt, als ich mir als Kind das Bein aufgerissen hatte, und also wird es bei dir auch wirken. – Wie heißt du, Frantek?«

»Kleinschmidt. – Wieso? Was soll die Frage?«

»Dein Taufname! Ich brauche deinen Taufnamen.«

»Getauft bin ich als Franz Josef Kleinschmidt.«

»Pass jetzt gut auf, Franz Josef Kleinschmidt!« Der Waldarbeiter beugt sich über das verletzte Bein, streicht mit der Hand über die blutende Wunde und murmelt:

Ich überfahr Dich,
Gott bewahr Dich!
Gott ist der allerhöchste Nam,
Der Flüche fällen kann.
In unseres Herrgotts Garten,
Da stehen drei Rosen:

Die eine heißt ‚Gut',
Die andere ‚Nicht gut',
Die dritte heißt:
‚Steh still Du wildes Blut!'

Der Waldarbeiter haucht auf die Verletzung. »Im Namen des Vaters!« Wieder haucht er auf die Wunde. »Im Namen des Sohnes!« Und ein drittes Mal. »Im Namen des Heiligen Geistes!«

»Amen hast du vergessen«, sagt Kleinschmidt.

Der Waldarbeiter schüttelt den Kopf. Und Kleinschmidt hat auf einmal das Gefühl, dass es ihm wieder besser geht.

»Du kannst noch etwas für mich tun«, sagt Kleinschmidt. »Geh für mich nach Czersk und sprich mit dem Schmied. Ich habe eine Mitteilung für ihn…«

* * *

Der 76jährige Adam Laczkowski, der Schmied von Czersk, ist einer der Polen, die sich mit den Förstern gut stehen. Und der hat nun erfahren, dass der Kleinschmidt in der nächsten Nacht in einem bestimmten Haus am Rande von Karsin übernachten wird.

»Heute Nacht!«, sagt Marquardt. »Heute Nacht schnappen wir ihn.«

Wilhelm Berger nickt. Marquardt hat Recht gehabt gehabt. Er hatte vermutet, dass Kleinschmidt nur im äußersten Notfall im Wald übernachtet, dass er die meiste Zeit aber irgendwo bei seinen Freunden und Bekannten in den benachbarten Dörfern unterkommt. Und diese

Unterkunft muss jeweils in der Nähe des Ortes sein, an dem er wildert. Denn Kleinschmidt kann zwar spielend 20 km oder mehr an einem Tag zu Fuß zurücklegen, aber nicht, wenn er ein erbeutetes Reh auf dem Rücken trägt.

Es ist kurz nach Mitternacht, als sie in Position gehen. Marquardt hat die Kommandojäger aus den umliegenden Förstereien zusammengezogen, insgesamt 12 Mann, und zusätzlich noch zwei Gendarmen aus Czersk. Das Haus, das sie umzingelt haben, ist eine schäbige Hütte. Drinnen brennt kein Licht; dennoch glaubt Wilhelm Berger nicht, dass das Haus leer ist. Ihre Ausstattung ist dürftig. Marquardt und er sind als einzige mit Taschenlampen ausgerüstet.

Marquardt gibt das Zeichen: »Los!«

Die Männer rücken näher an das Haus heran. Marquardt tritt machtvoll gegen die Tür, die sofort nach innen auffliegt, und Berger und er stürmen nach drinnen, die Taschenlampe in der einen Hand, die Pistole in der anderen. Die Hütte besitzt nur einen einzigen Raum. An dem einen Ende schläft die Familie, die jetzt entsetzt hochschreckt. Der Mann, er mag vielleicht 50 Jahre alt sein, starrt entsetzt auf die auf ihn gerichtete Pistole. Seine Frau schreit gellend; die Kinder – es mögen vier oder fünf sein – beginnen zu weinen.«

»Wo ist er?«, ruft Marquardt.

»Was? Wer?« Der Mann hat keine Ahnung, wovon die Rede ist.

»Kleinschmidt! – Wo steckt er, raus mit der Sprache!«

»Ich kenne keinen Kleinschmidt. – Wer seid ihr überhaupt?«

»Polizei. – Los, raus hier, alle raus hier! Das Haus wird durchsucht!«

Die Polen stolpern im Nachtzeug nach draußen. Kleinschmidt ist nicht da. Marquardt sucht im Schein der Taschenlampe nach irgendwelchen Gegenständen, die darauf hindeuten könnten, dass Kleinschmidt hier gewesen sei. Er findet nichts. Besonders argwöhnisch betrachtet er ein Stück Fleisch in der Speisekammer, aber es ist klar, dass er dessen Herkunft nicht wird klären können. Wilhelm Berger bückt sich und hebt eine Zeitung auf. Es ist die *Gazeta Grudziadzka,* aber das besagt gar nichts, die Zeitung ist hier weit verbreitet.

Einer der Gendarmen kommt herein und sagt: »Wir haben draußen alles abgesucht; auf dem Grundstück ist niemand.«

»Danke«, brummt Marquardt mürrisch.

Die nächtliche Aktion ist ein Schlag ins Wasser, und Wilhelm Berger ist klar, dass sie sich damit nicht gerade neue Freunde unter den Polen gemacht haben.

* * *

Der Trick hat gewirkt. Kleinschmidt hatte die falsche Nachricht ausgestreut, und tatsächlich haben die Deutschen bei dieser völlig ahnungslosen Familie in Karsin eine Haussuchung durchgeführt. Er hat es bis zuletzt nicht glauben wollen, aber jetzt steht fest, dass Laczkowski ihn verraten hat. Der Mann ist doch Pole! Es ist nicht zu fassen. Oder hätte man es doch wissen müssen? Immerhin ist der Mann ja ein Freund der Förster. Einer derjenigen, denen die preußischen Beamten erlauben, sich das Brennholz im Wald zusammenzusuchen, wahrscheinlich sogar ohne zu bezahlen. Er wird die Quittung kriegen!

* * *

Dass Kleinschmidt dem Laczkowski aufgelauert hat, erfährt Marquardt erst am nächsten Tage. Kleinschmidt hat den Mann beim Holzsammeln allein im Wald erwischt; er hat ihn zur Rede gestellt, und obwohl der alte Mann bestritten hat, ihn verraten zu haben, hat der Wilderer ihn mit einem dicken Knüppel zusammengeschlagen. Dann hat er gedroht, wenn der Schmied noch einmal mit einem der Förster oder Jäger redet, wird er ihn erschießen.

Als Marquardt kommt, um nach dem Verletzten zu sehen, findet er die Schmiede verschlossen. Das Haus stehe zum Verkauf, erzählen die Nachbarn. Laczkowski sei unterwegs nach Graudenz, wo er Verwandte habe. Nein, er werde nicht zurückkommen.

* * *

Maria hat sich zu Wilhelm Berger in das Zimmer geschlichen. Wie sie es schafft, über den Flur zu gehen, ohne dass die Dielen knarren, ist Berger ein Rätsel. Aber es ist schön, dass sie es geschafft hat, auch wenn sie jetzt nichts weiter tun, als dass sie vollständig angekleidet auf seiner Bettkante sitzen, und miteinander reden.

»Du musst auf dich aufpassen«, sagt Maria.

Berger nickt. »Bis jetzt ist noch keinem der Kommandojäger irgendetwas passiert«, sagt er. »Dieser Kleinschmidt hat es offenbar in erster Linie auf die Förster abgesehen.«

»Hat er das?«

»Offenbar ja. Der Mörder hat dem Eisner regelrecht aufgelauert, hat ihn herankommen lassen, und ihn dann aus nächster Nähe erschossen.«

»Mit Schrot«, sagt Maria.

»Ja, natürlich, mit Schrot. Auf kurze Entfernung ist auch Schrot tödlich.«

»Das mag so sein, aber wenn du das jetzt wärest, dieser Mörder, wenn du jetzt auf Försterjagd gehen würdest – würdest Du dann eine Schrotpatrone verwenden?«

»Nein.« Berger überlegt. »Munition ist schlecht zu beschaffen«, sagt er. »Vielleicht hat er keine bessere.«

»Ja, vielleicht. – Und dann würdest Du also mit einer Flinte hinter einem Busch hocken und warten, dass irgendwann ein Förster vorbeikommt? Dass er vielleicht so nahe vorbeikommt, dass du ihn ohne Schwierigkeiten erschießen kannst?«

»Warum nicht? Die Menschen sind berechenbar. Wir haben alle unsere Gewohnheiten. Das gilt auch für Förster. Die laufen nicht zufällig durch den Wald, sondern benutzen automatisch immer wieder dieselben Wege. Und wenn der Mörder sein Opfer eine Weile beobachtet hat, dann weiß er ganz genau, an welcher Stelle er sich auf die Lauer legen muss, um den Mann zu treffen.«

»Das ist sicher richtig. Aber Eisner war an jenem Abend nicht auf einem seiner normalen Kontrollgänge, sondern er wollte die Wildschweine schießen, die ihm den Kartoffelacker verwüstet hatten. Das hat er vorher noch nie gemacht, und ich denke, niemand konnte das voraussehen.«

»Vielleicht.«

»Nein, ganz sicher!«

»Du glaubst an das Gute im Menschen«, sagt Berger.

»Tust du das nicht auch?«

Berger seufzt. »Ich möchte wohl gern daran glauben«, sagt er. Er greift nach Marias Hand. »Aber was ist mit den Drohbriefen? Er hat dem Eisner viele Drohbriefe geschickt, bevor er ihn erschossen hat. Es war kein zufälliges Zusammentreffen. Es war geplant.«

Maria überlegt. »Weißt du, was ich tun möchte? Ich möchte ihn aufsuchen, den Kleinschmidt, und mit ihm reden. Ich möchte mit diesem Mann reden und hören, was er selbst dazu zu sagen hat.«

Maria hat ihre Hand nicht weggezogen. Berger sagt: »Das wäre viel zu gefährlich. – Aber zum Glück weißt du ja nicht, wo er wohnt.«

»Und wenn ich es nun doch weiß?«

»Dann weißt Du mehr als ich.«

»Ja, vielleicht. Vielleicht erzählt dein Neumann nicht alles, was er weiß!«

»Aber dir?«

»Ich habe gute Ohren«, sagt Maria.

»Bessere als er jedenfalls, wenn er nicht merkt, dass du spät nachts zu mir kommst!«

»Er schläft gut und fest; da nützen ihm die besten Ohren nichts.«

»Ja, wie sagt man: Ein reines Gewissen ist ein sanftes Ruhekissen.«

* * *

Marquardt träumt. Er ist wieder in Dachsberg. Es ist bitter kalt. Da vorn liegt die Hütte des Schweinezüchters. Marquardt weiß, da drin sitzt der Wilderer Kopistiecki, und er wird ihn jetzt festnehmen. Er weiß auch, das wird ein Kampf auf Leben und Tod. Marquardt rennt auf die Hütte zu, der Kopistiecki sieht ihn kommen und stürzt sich auf ihn. Beide gehen zu Boden. Marquardt bemüht sich verzweifelt, dem Mann die Handschellen anzulegen. Eine schafft er, aber mehr geht nicht mit seinen klammen Fingern. Und der Wilderer ist stärker.

»Schuster!«, ruft Marquardt, »Schuster, hilf mir doch!«

Und Schuster kommt. Kopistiecki reißt sich los, schlägt ihm mit der Handschelle auf den Kopf. Schuster stürzt zu Boden. Jetzt dringt der Pole erneut auf Marquardt ein. Der zieht seine Pistole und schießt ihm in den Arm. Kopistiecki brüllt vor Schmerz und ruft seinen Schwiegervater:

»Das Gewehr! Nimm das Gewehr und schieß ihn tot, den Hund!«

Da ist der Schweinezüchter, aber nun ist Schuster wieder auf den Beinen und versperrt ihm den Weg. Der Mann flüchtet ins Haus; Schuster rennt hinter ihm her. Kopistiecki hat mit der gesunden Hand den Lauf der Pistole gepackt und versucht, Marquardt die Waffe zu entreißen. Marquardt drückt ab. Der Wilderer brüllt auf. Marquardt hat ihn in den Oberschenkel getroffen. Endlich kann Marquardt sein Gewehr von der Schulter reißen; er schlägt damit auf Kopistiecki ein, bis dieser schließlich zu Boden stürzt. Jetzt rasch die andere Handschelle. Aus, erledigt.

Nein, noch nicht erledigt! Wo ist der Schweinezüchter? Der Schwiegervater ist ins Haus gerannt, um sein Gewehr zu holen. Schuster hat ihm die Waffe entrissen, aber als Marquardt ins Zimmer stürzt, schlagen Braut, Schwiegermutter und Schwägerin mit allem auf ihn ein, was sie greifen können – Besenstiele, Kochtöpfe. Marquardt duckt sich. Es hilft nichts. Ein Nachttopf zerbirst auf seinem Kopf. Er brüllt, wischt sich die Pisse aus dem Gesicht. Gemeinsam schaffen sie es schließlich, mit den wütenden Weibern fertig zu werden.

Wohin jetzt mit dem Gefangenen? Erst einmal in die Försterei. Marquardt verbindet dem Mörder die Wunden. Keine davon ist lebensgefährlich. Aber an einen Weitertransport nach Thorn ist bei den Schneeverhältnissen und in der Dunkelheit nicht zu denken. Der gefangene Wilderer muss in der Försterei übernachten. Gleich kommen seine Kumpane und holen ihn, denkt Marquardt. Aber es kommt keiner. Wenn es doch bloß endlich Morgen würde! Kopistiecki trägt seine schweren Verletzungen, ohne eine Miene zu verziehen. Marquardt bietet ihm eine Zigarre an; der Wilderer nimmt sie an. Und während er sie genüsslich raucht, sagt er in aller Ruhe: »Marquardt, ich kriege dich! Wenn ich wieder rauskomme aus dem Gefängnis, dann kriege ich dich.«

Marquardt, ich kriege dich! Mit einem Ruck fährt Marquardt in die Höhe. Nur ein Traum, zum Glück nur ein Traum, denkt er. Oder etwa nicht? Mit zitternden

Fingern macht er Licht. Er ist allein in seinem Zimmer, die Tür ist von innen verschlossen, und die Pistole, sie liegt noch immer unter dem Kopfkissen.

Marquardt, ich kriege dich! Daran ist natürlich nicht zu denken. Es ist klar, dass der Förstermörder am Ende hingerichtet wird. Aber noch lebt er. Noch sitzt er lediglich in Thorn im Gefängnis und wartet auf seinen Prozess.

Der Traum gibt Marquardt zu denken. Schneller schießen, denkt er. Du musst in Zukunft schneller schießen. Dieses Handgemenge hätte es ja gar nicht gegeben, wenn er sofort geschossen hätte. Und den Warnschuss hätte er immer noch hinterher abgeben können, wenn der Mörder tot war. Das ist das eine.

Das andere ist die bittere Erkenntnis, dass sich der hohe Einsatz für ihn nicht gelohnt hat. Befördert worden sind andere. Und ihn, Marquardt, haben sie jetzt schon wieder auf ein solches Himmelfahrtskommando geschickt. Schon zum dritten Mal in kürzester Folge. Irgendwann geht das schief. Keine Frage, irgendwann geht das schief.

Seiner Familie hat er nichts von dem jetzigen Auftrag erzählt. Seine Frau hat auch nicht nachgefragt, aber sie hat ihn besorgt angesehen, und als er losgefahren ist, hat sie ihm einen Kuss gegeben und hat gesagt: »Komm heil zurück, Otto!« Und sie hat Tränen in den Augen gehabt. Er wird alles daran setzen, heil zurückzukommen. Einfach alles.

Marquardt zittert am ganzen Körper. Ich habe Angst, denkt er. Mein Gott, was habe ich für eine Angst. Dass nur die anderen nichts davon merken! Ich muss mich zusammennehmen. Ich muss so tun, als hätte ich alles im Griff. Bis jetzt glauben sie es. Das soll auch so bleiben.

Es ist kühl im Zimmer. Marquardt schließt das Fenster, setzt sich an den Tisch, wartet, bis er sich beruhigt hat, und dann beginnt er zu schreiben.

Kgl. Försterei Jatty, den 1. November 1917
Herrn
Kriminal-Inspektor Zillmann
Berlin

Die Mordsache Eisner – 1021 IV Gen. 17 – geht auf das Konto des berüchtigten Wilddiebs Kleinschmidt. Ich habe die Akte Kleinschmidt von der Militärbehörde aus Thorn erhalten. Kleinschmidt schießt auf jeden Forstbeamten, der ihm vor das Gewehr kommt.

Der Fall gibt mir Veranlassung, Euer Hochwohlgeboren um eine schriftliche Bestätigung zu bitten, dass ich im Falle einer Verstümmelung Anspruch auf Pension habe bzw. meine Familie bei meinem Tode einen entsprechenden Anspruch hat, trotzdem ich noch nicht verbeamtet bin.
Mit vorzüglicher Hochachtung
ergebenst
Marquardt, Kriminal-Schutzmann

Marquardt betrachtet sein Werk. *Euer Hochwohlgeboren* hat er geschrieben und *ergebenst*. Das klingt unterwürfig, geradezu kriecherisch, aber das verlangt die Form. Aber der Brief geht an einem Mann, dessen Fähigkeiten er nicht respektiert. Welche Fälle hat der Zillmann denn schon gelöst? Marquardt weiß keinen einzigen. Und während er selbst in ständiger Gefahr Jagd auf Mörder macht, sitzt dieser Bursche faul hinter seinem Schreibtisch in Berlin, spitzt seine Bleistifte an und wartet auf die nächste Beförderung. Marquardt kann nur hoffen, dass der Mann sich wenigstens dafür einsetzt, dass im Fall der Fälle zumindest seine Familie anständig versorgt wird. Aber es hilft alles nichts; der Brief ist notwendig, und er muss jetzt abgeschickt werden.

Marquardt zögert einen Moment. Eigentlich ist es unsinnig, denn die Anschrift ist natürlich in der Behörde bekannt und außerdem auf dem Umschlag vermerkt. Trotzdem schreibt er zur Sicherheit am Ende seines Briefes:

Adresse: Vize-Feldwebel Neumann, Garde-Jäger-Bataillon, Königliche Försterei Jatty, Post Karsin, Kreis Konitz/Westpreußen.

* * *

Berger hat eine Aufforderung erhalten, sich zur Nachuntersuchung in der Sanitätsabteilung des Gefangenenlagers Czersk einzufinden.

»Na, Sie sehen ja wenigstens einigermaßen gesund aus!« Die junge Ärztin lacht.

»Ich soll mich bei Ihnen melden, um den Verband erneuern zu lassen.« Berger hat das Gefangenenlager bisher gar nicht wahrgenommen. Es liegt abseits der Stadt an der Straße nach Lukowo. Auf Wilhelm Berger macht es einen trostlosen Eindruck.

»Na, dann zeigen Sie mir mal ihre Verletzung.«

Berger macht seinen Oberkörper frei.

»Ach«, sagt die Ärztin, »das ist ja eine Lappalie. Da haben Sie wirklich Glück gehabt. – Aufpassen, jetzt ziept es ein wenig!« Schon hat die Frau die Pflaster heruntergerissen.

»Au!«

»Das war eine russische Kugel, stimmt's? – Wenn sie von der Westfront kämen, dann sähe ihre Schulter jetzt anders aus. Aber hier – der Ausschuss ist ja kaum größer als der Einschuss. Das sind die russischen Spitzkugeln, die richten nicht viel Schaden an.«

Berger sagt, dass ihm der Schaden gerade gereicht habe.

»Ja, natürlich, wenn's einen trifft, dann ist das nie besonders angenehm. Aber ich kann Ihnen versichern, es könnte viel schlimmer kommen.«

Berger muss sich eingestehen, dass er darüber noch nicht nachgedacht hat. Aber so viel steht fest, er ist mit einem blauen Auge davon gekommen. Er sieht zu, wie die Ärztin das große Pflaster durch ein wesentlich kleineres ersetzt.

»Von diesem Schuss durch die Schulter werden Sie zwar eine kleine Narbe zurückbehalten, aber das ist auch schon alles. – So, das war's dann. Wenn Sie keine weiteren Probleme haben, dann reißen Sie das Pflaster irgendwann ab, und dann sind Sie wieder gesund.«

Berger sagt: »Wie schaffen Sie es nur, dass sie sich bei all diesem Elend ringsum sich her solch ein sonniges Gemüt bewahren?«

»Vielleicht liegt es daran, dass das, was Sie jetzt als Elend bezeichnen, gar nicht solch ein Elend ist.«

»Dieses Gefangenenlager ...«

»Sie sind neu hier. Sie sehen nur all diese gleichförmigen Baracken in einer Wüste aus Sand, und diese vielen Menschen, die hier eingesperrt sind. Aber das ist alles halb so schlimm. Sicher haben Sie auch gesehen, dass das ganze Lager nur durch einen einfachen Stacheldrahtzaun gesichert ist. Natürlich wird es bewacht, aber wer wirklich von hier flüchten möchte, den könnten wir auf diese Weise nicht aufhalten.«

»Wie viele Gefangene sind hier?«, fragt Berger.

»Zur Zeit ungefähr 10.000.«

»Zehntausend Menschen!« Wilhelm Berger stellt sich vor, was wohl passieren würde, wenn sich diese Masse plötzlich in Bewegung setzte und gegen die Umzäunung des Lagers stürmte.

»Ja. Aber das sind alles einfache Soldaten. Dies ist ein reines Mannschaftslager. Das Lager für die Offiziere ist in Graudenz. Die werden strenger bewacht. Aber hier, diese Leute, die sind doch alle froh, dass sie noch leben, und die haben absolut nicht den Wunsch, an die Front zurückzukehren.«

»In der Försterei in Jatty, wo ich untergebracht bin, haben wir auch einen Kriegsgefangenen, der für uns arbeitet.«

»Sehen Sie? – Der läuft Ihnen auch nicht weg. Es ist ja schließlich nicht sein Krieg. – Nein, unser größtes Problem besteht nicht darin, dass uns die Leute weglaufen; unser größtes Problem besteht darin, sie ausreichend zu verpflegen. Im letzten Winter hatten wir damit erhebliche Schwierigkeiten. Wir haben uns bemüht, so viele Gefangene wie möglich außerhalb des Lagers in Arbeit zu bringen. Und wir haben es geschafft, wie Sie sehen. Die Leute leben noch.«

Sie weiß: Trotz aller Bemühungen sind viele gestorben. Aber den Friedhof zeigt sie Berger nicht.

»Ich wünsche Ihnen weiter viel Glück«, sagt Berger.

Die Ärztin sieht ihn an: »Danke gleichfalls«, sagt sie. »Sie werden es dringender brauchen als ich. Passen Sie gut auf sich auf.« Nach einer kleinen Pause fügt sie hinzu: »Wenn das Pflaster weg ist, dann sind Sie wieder gesund. Reißen Sie es also nicht zu früh ab.«

Berger nickt. Das ist eine Warnung, denkt er. In Wirklichkeit bin ich gesund. Wenn ich das Pflaster abreiße, bin ich gesund. Dann muss ich an die Front. Das Pflaster muss dranbleiben, so lange wie möglich.

* * *

Wilhelm Berger und Maria liegen nebeneinander auf Marias Bett.

»Hast du eigentlich einmal darüber nachgedacht, was du hier tust?«

»Hier in deinem Bett?«

Maria schüttelt den Kopf. »Hier in Jatty.«

»Meine Pflicht«, sagt Berger ohne zu überlegen.

»Deine Pflicht? Das ist zu wenig«, entscheidet Maria. »Tust du denn immer nur, was man dir sagt?«

»Manchmal hat man keine Wahl«, sagt Berger. Dabei ist ihm bewusst, dass er sehr wohl eine Wahl gehabt hätte. Er hätte sich vor dem Fronteinsatz drücken können. Sein Vater verfügte als Geschäftsmann über ziemlich gute Beziehungen. Aber er hatte das nicht gewollt.

Wenn all seine Freunde und Schulkameraden in den Krieg zogen, dann konnte er doch nicht gut zu Hause bleiben.

»Schön. Du bist also nicht zu Hause geblieben, hast dich von deinem Kaiser an die Front schicken lassen, hast dir eine Kugel durch die Schulter jagen lassen …«

»Du ziehst das ins Lächerliche, Maria, aber das ist doch nicht lächerlich. Wir sind schließlich angegriffen worden. Und wenn man angegriffen wird, dann muss man sich verteidigen. Jedenfalls ist das meine Auffassung.«

»Wer ist angegriffen worden«, fragt Maria, »du persönlich?«

»Deutschland ist angegriffen worden. Unser Land.«

»Vielleicht. Ich weiß nicht, ob das wirklich stimmt. Die Zeitungen haben das zwar so geschrieben, aber nicht alles, was in den Zeitungen steht, ist auch richtig. Ich habe mit Niki über diesen Punkt gesprochen, mit Nikolaj, unserem russischen Kriegsgefangenen. Und der sagt, dass Deutschland den Krieg angefangen hat.«

»Wie auch immer«, erwidert Berger, »Ich habe den Krieg nicht gewollt, natürlich nicht, aber es gibt keine Möglichkeit, jetzt einfach aufzuhören. Wir müssen weitermachen, bis wir gewonnen haben.«

»Oder verloren.«

»Oder verloren, ja, aber danach sieht es nicht aus.«

»Aber du bist dir darüber im Klaren, dass es sehr wohl möglich wäre, aufzuhören. Du könntest jetzt sofort aufhören. Franz Kleinschmidt hat diesen Weg gewählt. Und er ist nicht der einzige. Es gibt eine ganze Reihe von Deserteuren, die leben hier in den Wäldern oder halten sich bei Freunden versteckt. Und das sind nicht alles Mörder. Im Gegenteil. Das sind einfach nur Menschen, die es nicht einsehen können, dass sie sterben sollen, nur weil irgendein Kaiser oder Zar das so will.«

»Kleinschmidt ist ein Verbrecher«, sagt Berger.

»Ist er das? Das kommt darauf an, wie du das Verbrechen definiert. Wenn du sagst, jemand, der nicht töten will und auch nicht getötet werden will, ist ein Verbrecher, dann ist das so. Aber wenn du das sagst, dann bist du verrückt, Wilhelm Berger.«

Berger schüttelt den Kopf. »Dieser Kleinschmidt ist doch nicht desertiert, weil er nicht töten will. Und auch nicht, weil er nicht im Krieg sterben will. Er ist abgehauen, weil er wegen Mordes gesucht wird.«

»Ich frage mich, ob du nicht vielleicht etwas zu schnell mit deinem Urteil bist. Was weißt du über Franz Kleinschmidt? Alles, was du über ihn weißt, das hast du von Leuten wie diesem Vize-Feldwebel.«

»Das meiste, was ich weiß, das steht in den Akten.«

»Und wer hat diese Akten geschrieben? Leute wie dieser Neumann. Das zählt für mich nicht. Ich möchte die Wahrheit wissen. Ich will mit dem Mann reden, aus seinem eigenen Mund hören, was sich abgespielt hat.«

»Ja, das hast du gesagt. Aber selbst wenn wir einmal annehmen, dass er bereit wäre, sich mit dir zu treffen – glaubst du denn, er würde dir die Wahrheit sagen? Eher als Neumann?«

»Ja, Wilhelm, das glaube ich. Die Neumanns dieser Welt, das sind Leute, die einfach nur Befehle ausführen. Diese Offiziere und Unteroffiziere – das sind gar keine Menschen, das sind Maschinen ohne Herz und Verstand.«

»Du machst es dir etwas zu einfach …«

»Glaubst du? – Du kannst es dir gar nicht einfach genug machen. Die Russen, die haben das erkannt. Es hat lange genug gedauert. Sie haben sich zusammenschießen lassen im Krimkrieg und im Russisch-Japanischen Krieg und im Weltkrieg, aber jetzt haben sie es begriffen: Der Krieg ist in dem Moment vorbei, wo es keine Offiziere mehr gibt, die sie in den Kampf schicken. Und deshalb lassen sie sich von den Offizieren nichts mehr sagen und übernehmen selbst die Macht.«

Berger denkt an den erschossenen russischen Offizier, den er gesehen hat.

»Das erste, was sie gemacht haben, das war, dass sie den Zaren abgesetzt haben. Das war schon mal ein wichtiger Schritt. Aber das allein hat nicht ausgereicht. Die alten Generäle, die waren immer noch da, und die haben geglaubt, sie könnten trotzdem noch so weitermachen wie bisher. Und sie haben ihre Leute weiter in den Tod geschickt. Dieser General Brussilow, dieser Wahnsinnige.«

»Daran wird sich auch nichts ändern«, sagt Berger. »England und Frankreich werden schon dafür sorgen, dass Russland nicht einfach aufhört.«

»Das glaubst du«, sagt Maria. »Aber das stimmt nicht. Ich habe mit Nikolaj gesprochen. Er hat Post aus der Heimat. Ja, ich weiß, alles wird zensiert, aber seine Leute haben es geschafft, mit einem Paket über das Rote Kreuz einen ausführlichen Brief einzuschmuggeln. Sie sagen, die provisorische Regierung ist am Ende. In den großen Städten, in Moskau und Petersburg, werden die Arbeiter die Macht übernehmen.«

»Das sind Träume«, sagt Berger. Er denkt daran, wie leichtfertig die deutschen Sozialdemokraten jede Chance verspielt haben, den Ausbruch des Weltkrieges zu verhindern. Die Arbeiter sind genauso manipulierbar wie die Bürger. Sie spielen keine Rolle.

»Warten wir es ab«, sagt Maria.

* * *

Hannemann sitzt am Waldrand und wartet. Seiner Frau hat er gesagt, er wolle noch Kaninchen jagen. Er ist sich sicher, dass sie ihm das nicht geglaubt hat. Aber sie hat ihn nur kurz angesehen und geschwiegen. Sie weiß, wenn er sich etwas in den Kopf gesetzt hat, dann lässt er sich nicht davon abbringen. Und Adolf Hannemann hat sich in den Kopf gesetzt, den Mörder Kleinschmidt zur Strecke zu bringen.

Die Gelegenheit ist günstig. Marquardt glaubt, der Kleinschmidt streiche noch immer in der Gegend um Grünthal herum. Er hat Kommandojäger abkommandiert, die Graepelt und seine Familie rund um die Uhr bewachen. Wenn die kleine Tochter in den Garten geht, um die Hühner zu füttern, kommen zwei Soldaten mit Gewehr mit. Völlig übertrieben natürlich. Offenbar hat es aber ausgereicht, um Kleinschmidt aus der Gegend um Grünthal zu vertreiben.

Und nun ist er hier. Jedenfalls glaubt Hannemann das. Vor zwei Tagen hat er in seinem Revier eine Rehdecke sowie den Kopf und die Läufe eines Rehes gefunden – die Dinge also, die der Wilderer nicht gebrauchen kann. Da er keine Schüsse gehört hat, geht er davon aus, dass Kleinschmidt das Reh in einer Schlinge gefangen hat. Aber natürlich ist der Mann bewaffnet.

Erst vor wenigen Tagen hat Hannemanns Kutscher auf der Straße zwischen Neukirch und Konitz einen verdächtigen Radfahrer mit einem Gewehr beobachtet. Kleinschmidt? Vielleicht. Hannemann hat keine Meldung in Jatty gemacht, und seiner Frau hat er erst recht nichts davon erzählt.

Seine Frau. Es gab Dinge, die er ihr einfach nicht erzählen kann. Dazu gehört der Kampf gegen Kleinschmidt. Aber dazu gehören auch die geschäftlichen Transaktionen, die er zum Nutzen des Gutes durchführt. Es wäre ihr nicht Recht, dass er die schlechte Lage der Kleinbauern ausnutzt, um den eigenen Besitz zu vergrößern. Und die Sache mit Maria, die wäre ihr schon gar nicht Recht. Natürlich nicht. Die Negativplatten – wahrscheinlich hätte er sie vernichten sollen. Warum ist diese dumme Gans immer noch hier, obwohl er sie davongejagt hat? Darum wird er sich kümmern müssen, sobald die Angelegenheit mit diesem Kleinschmidt erledigt ist. Er wird dem Marquardt vorschlagen, er solle sich mal ihr Dienstbotenbuch zeigen lassen! Ärgerlich, dass er da nicht gleich drauf gekommen ist.

Hannemann hat lange überlegt, wie er den Wilderer am besten fassen könne. Auf dem Heimweg dürfte es vermutlich am leichtesten sein. Und der führt wahrscheinlich hier vorbei. Natürlich lässt sich nicht ausschließen, dass Kleinschmidt irgendwo in Konitz untergekommen ist. Aber das ist unwahrscheinlich. Er wird dort wohnen, wo er auch wildert. Dass er direkt im Wald lebt, mag Hannemann nicht glauben. Nein, viel wahrscheinlicher ist es, dass Kleinschmidt bei einem der Polen in Krojanten untergekommen ist. Das Dorf liegt kaum mehr als zwei Kilometer von Adlig-Neukirch entfernt.

Das Gebiet rings um das Gut ist überwiegend Ackerland. Es gibt nur wenige Waldstücke, die einem Wilderer ausreichend Beute versprechen. Wenn Kleinschmidt von einem dieser Wälder zurück nach Krojanten will, dann muss er hier vorbeikommen. Genau hier.

Hannemann sitzt auf seinem Jagdstock am Rande einer Kiefernschonung; von hier hat er einen freien Blick in Richtung Westen. In der Ferne kann er den Schornstein der Ziegelei von Krojanten erkennen. Leichter Dunst liegt in der Luft.

Nichts regt sich. Selbst die Kaninchen, die er angeblich schießen will, lassen sich nicht blicken. Hannemann hat sich warm angezogen, aber allmählich wird ihm doch kalt. Es ist immerhin bereits Ende Oktober. Der Mörder kommt nicht. Wahrscheinlich ist es völlig unsinnig hier in der Kälte auszuharren. Kleinschmidt wird doch nicht so dumm sein, wieder und wieder in demselben Gebiet zu wildern und dieselben Wege zu gehen. Am liebsten ginge Hannemann jetzt nach Hause. Aber das geht nicht; er hat mit seiner Frau verabredet, dass sie ihn mit der Kutsche abholen soll.

Das einzige, was er tun kann, ist, sich ein bisschen bewegen. Er erhebt sich und streckt sich. Er stampft ein paarmal mit den Füßen, aber das hilft auch nicht viel gegen die Kälte. Der einzige Trost ist, dass er nun nicht mehr lange warten muss. Auch ohne auf die Uhr zu sehen, weiß Hannemann, dass es jetzt bald fünf Uhr ist. Es beginnt schon zu dämmern, und in Kürze wird das Licht weder zum Jagen noch zum Wildern mehr ausreichen.

Drüben hinter den Hügeln fährt ein Zug vorbei. Hannemann sieht nur die weißen Rauchwolken der Lokomotive. Die Ostbahn, die Hauptverbindung von Berlin nach Ostpreußen, liegt zu tief, als dass er den Zug von seinem jetzigen Standort aus sehen könnte.

Alles ist friedlich. Oder? Nein, jetzt regt sich doch noch etwas. Hannemann hört schräg hinter sich in den Kiefern ein Geräusch, wie es nur ein großes Tier hervorrufen kann, dass durch den Wald streicht. Ein Wildschwein vielleicht. Oder ein Mensch. Eher ein Mensch; die Tiere verstehen sich darauf, unnötiges Geräusch zu vermeiden. Der Administrator überprüft noch einmal, dass seine Doppelflinte geladen ist und dass die Hähne gespannt sind. Ja. Er ist bereit. Soll er nur kommen, der Kleinschmidt!

Nun herrscht wieder Stille. Hat er sich doch getäuscht? Nein, der Wilderer hat offenbar am Waldrand einen Moment innegehalten, um zu überprüfen, ob die Luft rein ist. Jetzt tritt der Mann aus dem Wald heraus, keine dreißig Meter von Hannemann entfernt. Der Beschreibung nach kann es Kleinschmidt sein. Und er hält ein Gewehr in der Hand

Hannemann ist ganz ruhig. »Ich habe ihn«, denkt er. »So oder so – ich habe ihn!« In der Tat – der Wilderer hat keine Chance. Entweder er ergibt sich, oder aber er versucht, Widerstand zu leisten, und in dem Fall wird

Hannemann schießen. Auf diese kurze Entfernung kann er den Mann nicht verfehlen.

Nichts überstürzen, denkt Hannemann. Noch hat der Wilderer ihn nicht bemerkt. Und er kommt mit jedem Schritt näher, er läuft direkt auf ihn zu.

Hannemann lässt den Mann bis auf zwanzig Schritte herankommen. Dann ruft er ihn an: »Waffe fallen lassen! Hände hoch!«

Kleinschmidt fährt zusammen. Er sieht den Administrator, sieht die Waffe, und im selben Moment springt er auch schon zur Seite. Hannemann schießt. Der erste Schuss geht fehl, aber der zweite sitzt im Ziel. Aber Kleinschmidt hat sich hinter einen Wacholder gerettet, und aus der Deckung heraus schießt er zurück. Hannemann will nachladen, erhält einen enormen Schlag gegen die Brust.

Kleinschmidt sieht, dass er getroffen hat, springt auf und rennt davon. Hannemann hinter ihm her. Im Laufen beginnt er, die Waffe neu zu laden. Ich kriege dich, denkt er, ich kriege dich! Aber der Schmerz ist ungeheuerlich. Er kann nicht mehr weiter. Noch drei Schritte, dann bricht der Administrator zusammen.

* * *

Frau Hannemann ist schon unterwegs, ihren Mann abzuholen. Trotz des Lärms, den die Kutsche macht, hört sie die Schüsse. Sie erschrickt zutiefst. Drei Schüsse in unmittelbarer Folge – das heißt, dass mindestens zwei Leute geschossen haben. Sie hält die Pferde an. Aber jetzt herrscht Stille. Der Schall trägt weit in dem offenen

Gelände, und Frau Hannemann hat keine Vorstellung, in welcher Richtung und wie weit entfernt die Schüsse gefallen sind. Sie kann nichts tun, als zum vereinbarten Treffpunkt weiterzufahren.

Aber am Treffpunkt ist niemand. Sie wartet einen Augenblick, dann beginnt sie erst leise, dann immer lauter nach ihrem Mann zu rufen. Keine Antwort. Sie widersteht der Versuchung, sich sofort selbst auf die Suche zu machen. Sie weiß, dass ihre Chancen, ihn in der Dunkelheit zu finden, äußerst gering sind. In großer Hast fährt sie zum Gut zurück.

»Klein«, ruft Frau Hannemann. »Klein, wo stecken Sie? Helfen Sie mir!«

Der stellvertretende Verwalter erschrickt, als er hört, was geschehen ist. Klein lässt sofort eine zweite Kutsche anspannen, ruft alle Arbeiter und Kriegsgefangenen zusammen, und mit mehr als 20 Mann machen sie sich auf die Suche. Aber es ist aussichtslos. Zwar haben sie Laternen aus dem Gut mitgebracht, und sie schwärmen in verschiedene Richtungen aus und rufen nach dem Administrator, aber sie erhalten keine Antwort. Vom Weg her sieht es aus, als schwebte ein Schwarm verspäteter Glühwürmchen über die nächtliche Heide.

»Mein Gott«, sagt Frau Hannemann. »Mein Gott!«

Das ist alles planlos, denkt Klein. So erreichen wir nichts! Er fährt mit der Kutsche zum Bahnübergang. Aber der Bahnwärter hat in seinem Haus gesessen und gelesen. Er hat weder die Schüsse gehört, noch irgendwelche verdächtigen Personen gesehen. Er hat überhaupt nichts gesehen außer dem Schnellzug nach Königsberg. Klein kehrt zum Ausgangspunkt zurück.

Als sie ihn kommen hören, leuchtet ihm einer der Knechte mit der Laterne ins Gesicht.

»Habt ihr in?«, fragt Klein.

Nein, sie haben den Administrator nicht gefunden.

»Herr Klein«, sagt einer der Männer, »es ist aussichtslos. Wir können nichts machen. Im Dunkeln finden wir nichts.«

»Wir müssen weiter suchen«, widerspricht die Frau. »Bitte. Wenn mein Mann hier irgendwo angeschossen liegt, dann müssen wir ihn finden.«

»Weitermachen!«, ordnet Klein an.

Aber so sehr sie auch suchen, sie finden den Administrator nicht. Es dauert bis zum nächsten Morgen, bis einer die Leiche entdeckt.

Kgl. Försterei Jatty,
den 1. November 1917
Herrn
Kriminal-Inspektor Zillmann
Berlin

In der Mordsache Eisner – 1021 IV Gen. 17 – ergänze ich meinen Bericht vom 27.10.1917 dahin, dass bereits ein neuer Mord von einem Wilddieb ausgeführt worden ist, und dass auch hier Kleinschmidt als Täter infrage kommt.

Hannemann, ein 60 Jahre alter Herr, war am 26. 10. nachmittags um vier ein halb Uhr zum Ansitz auf wilde Kaninchen gegangen. Seine Frau, die ihn abholen wollte, hörte kurz hintereinander drei Schüsse fallen, fand ihren Mann aber nicht am verabredeten Treffpunkt. Auch ein bis in die späte Nacht ausgedehntes Suchen der Gutsarbeiter war resul-

tatlos. Erst anderen Tages, am 27. Oktober vormittags 9:00 Uhr, fand man Hannemann erschossen auf. Ein Schrotschuss aus naher Entfernung hatte die linke Hand getroffen und die Hauptschlagadern zum Herzen zerrissen.

Hannemann hatte den Schuss, auf seinem Jagdstuhl sitzend, aus einer Entfernung von nur 20 Schritt erhalten. Die Splitter seines zerschossenen Fernglases lagen an dieser Stelle. Der Wilddieb hatte sich ihm jedenfalls pirschend genähert, war von Hannemann angerufen worden und hatte dann, schnell hinter einem Wacholderbusch Deckung nehmend, auf Hannemann gefeuert. Auch Hannemann hatte zweimal geschossen. Beide Läufe seiner Collath-Doppelflinte waren abgeschossen, die leeren Patronenhülsen lagen am Ansitz.

Hannemann war dann noch dem fliehenden Wilderer 20 Schritte nachgeeilt und hatte versucht, sein Gewehr von neuem zu laden. Während des Laufens war aber seine Verblutung eingetreten, und Hannemann war tot zusammengestürzt. Es ist mit Sicherheit anzunehmen, dass auch der Wilderer Schussverletzungen erhalten hat, denn Hannemann war ein ganz hervorragender Schütze. Auf meine Anregung hin sind hier ansässige Ärzte verständigt worden.

Mit vorzüglicher Hochachtung
ergebenst
Marquardt, Kriminal-Schutzmann.

Die Wahrheit?

Grünthal, 13. November 1917

Es ist ein kalter Novembermorgen. Wilhelm Berger sitzt neben Graepelt auf dem Kutschbock. Graepelt hat seinen Drilling dabei, der geladen neben ihm steht. Berger hat seinen Karabiner hinten auf die Ladefläche gelegt, da ihn die Waffe beim Kutschieren stört. Die beiden Männer unterhalten sich über das Wetter, das zu kalt ist für die Jahreszeit und über den langen Winter, der ihnen bevorsteht, und von dem sie beide hoffen, dass er nicht so schlimm ausfallen möge wie der letzte.

Berger vermeidet es, das Thema Kleinschmidt anzusprechen. Er will den Förster nicht unnötig beunruhigen. Aber es bleibt ihm nicht verborgen, dass Graepelt nervös ist. Immer wieder blickt er nach links und rechts, so als erwarte er, dass der Mörder plötzlich aus dem Gebüsch springen würde, um ihn zu erschießen. Berger sieht geradeaus; er muss sich darauf konzentrieren, die Kutsche zu lenken. Das ist für ihn eine ungewohnte Tätigkeit, aber in den Monaten, die er jetzt hier in Westpreußen ist, hat er es gelernt, mit Pferd und Wagen umzugehen.

Der Dienst in Grünthal ist härter als in Jatty. Adolf Graepelt achtet peinlich genau darauf, dass alle amtlichen Vorschriften eingehalten werden. »Wir müssen mit gutem Beispiel vorangehen«, sagt er. »Für uns darf es keine Sonderrechte geben. Die Bediensteten sollen sehen, dass wir genauso unter dem Krieg leiden wie sie.«

Die Försterei Grünthal ist kleiner als Jatty. Graepelt betreibt keine Landwirtschaft. Seine Frau, seine kleine Tochter und er sind damit normale Versorgungsbeanspruchte und erhalten nur 40 Gramm Fett, genau wie Berger. Und im Unterschied zu Jatty bekommen sie hier keine Butter, sondern eine Art minderwertiger Margarine.

Jetzt sind sie unterwegs, um die Verteilung von Waldstreu zu beaufsichtigen.

»Waldstreu?«, fragt Berger.

Der Förster nickt. »Laub und Tannennadeln – alles das, was im Wald am Boden herum liegt, das wird eingesammelt und als Einstreu in den Viehställen genutzt.«

Berger wundert sich. »Wenn man Laub und Nadeln entfernt – ist das nicht schlecht für den Waldboden?«

»Ja, natürlich ist das schlecht. Wenn man diese oberste Bodenschicht wegnimmt, dann entzieht man dem Waldboden die Nährstoffe. Stickstoff vor allem. Aber in Notzeiten ist es schon immer so gewesen, dass man auch auf die Streu zurückgreifen musste. Wir kämpfen dagegen an, aber was seit Jahrhunderten üblich ist, das kann man nicht auf einen Streich abschaffen. Und schon gar nicht in einer solchen Krise, wie wir sie heute haben. Und bevor die Leute zur Selbsthilfe greifen, ist es jedenfalls besser, wenn wir ihnen die Möglichkeit bieten, auf legale Weise Streu zu kaufen.«

Ja, das ist sicher besser.

»Halten Sie einmal an!«, verlangt Graepelt plötzlich.

Berger hält.

»Ich denke, ich werde einmal ein kleines Stück zu Fuß gehen«, sagt Graepelt. »Wenn ich hier durch das Dickicht gehe, dann schneide ich ein ganzes Stück ab. Sie fahren um die Waldspitze herum und warten dort auf mich. – Sie kommen doch allein mit der Kutsche klar, oder?«

»Ja, natürlich. – Aber ich weiß nicht, ob es eine gute Idee ist, wenn wir uns trennen!«

»Ach, Herr Berger, da machen Sie sich mal keine Sorgen. Ich habe ja mein Gewehr, und ich bin es gewohnt, auf mich selbst aufzupassen.«

Der Förster nimmt seinen Drilling in die Hand und macht sich auf den Weg. Berger sieht ihm nach, wie er im Wald verschwindet. Hätte er ihn zurückhalten sollen? Und – hätte Graepelt sich von ihm zurückhalten lassen? Wahrscheinlich nicht.

* * *

Wilhelm Berger fährt weiter. Er umrundet die Waldecke. Er bemüht sich, die Pferde so zu lenken, dass die Kutsche nicht zu sehr in den lockeren Sand gerät. Gleichzeitig lauscht er, aber er hörte nichts als das Trappeln des Pferdes. Den Mann, der mitten auf dem Weg steht, sieht er erst, als er fast heran ist. Wilhelm Berger hält das Pferd an. Der Mann trägt zwar einen grünen Lodenmantel, aber er ist deutlich kleiner als Graepelt, und das Gewehr, das er in der Hand hält, ist auf Berger gerichtet. Der Mann ist Kleinschmidt.

»Wo ist Graepelt?«

»Zu Hause.« Jetzt kommt es darauf an, Zeit zu gewinnen. Es kann nicht allzu lange dauern, bis Graepelt aus dem Wald heraus kommt, und gemeinsam werden sie mit dem Wegelagerer schon fertig werden.

»Zu Hause?«, fragt Kleinschmidt argwöhnisch. »Das kann ich gar nicht glauben. Für heute ist der Verkauf von Streu angesagt. Da kann doch der Förster nicht zu Hause bleiben!«

Der Lauf des Gewehres zielt genau auf Bergers Brust. Seine eigene Waffe liegt unerreichbar hinter ihm. Ganz ruhig bleiben, denkt er, ganz ruhig bleiben! »Was soll er machen?«, sagt er. »Das Rheuma hat ihn erwischt; er kann sich nicht bewegen. Ein anderer Förster kommt von Czersk her rüber und regelt den Verkauf.«

»Von Czersk? Du lügst, du Hund!«

»Du siehst doch, dass ich nicht lüge«, widerspricht Berger. »Dies ist Graepelts Kutsche, ich fahre damit zum Streuverkauf, und ich fahre ohne den Förster. Oder siehst du Graepelt hier irgendwo?«

Der Mann schüttelt den Kopf. »Wenn ein anderer Förster den Verkauf macht – warum fährst du dann hin? Und – ein Förster von Czersk soll das sein, der hierherkommt? Was denn für ein Förster?«

Berger schüttelt den Kopf. »Darüber hat Graepelt nicht mit mir gesprochen.«

»So, hat er nicht?«

Die Lage wird allmählich brenzlig. Berger ist klar, dass Kleinschmidt ihm nicht glaubt. Aber was soll er tun? Er kann nur weiter lügen, so gut es geht.

»Ich kenne dich«, sagt Kleinschmidt. »Ich habe dich schon irgendwo gesehen, und das war nicht in Grünthal. Und du, du bist auch nicht der Kutscher vom Graepelt. Den Kutscher kenne ich auch, der ist viel älter als du! – Das war auf der Hochzeit, wo ich dich gesehen habe. Du bist einer dieser Kommandojäger, habe ich Recht?«

»Der alte Kutscher ist krank. Ich muss ihn vertreten.«

»Krank? Das klingt ja gerade so, als hättet ihr alle die Pest in Grünthal!«

Berger zuckt mit den Achseln. »Da kann man nichts machen!«

»Du hast meine Frage noch nicht beantwortet«, sagt der Mann. »Warum bist du mit der Kutsche unterwegs, wenn dein Förster gar nichts mit dem Verkauf zu tun hat?«

»Ich muss zum Schmied«, behauptet Berger. »Der Max, der hat ein Eisen verloren.«

»Du lügst!«

»Guck doch nach«, schlägt Berger vor. »Am linken Hinterbein fehlt das Eisen, und die anderen müssen auch erneuert werden.« Jetzt, denkt er! Wenn der Kerl jetzt wirklich nachguckt, dann schnappe ich mir den Karabiner und schieße ihn über den Haufen!

Kleinschmidt zögert. Schließlich sagt er: »Der braucht kein Eisen mehr!« Er hebt das Gewehr und schießt dem Pferd zweimal in den Hals. Das Tier bricht sofort zusammen, und fast reißt es im Fallen die Kutsche um. Berger springt erschrocken vom Wagen. Er muss sich in Sicherheit bringen, weil das sterbende Tier mit den Beinen wild um sich schlägt.

Kleinschmidt hat indessen nachgeladen. »Die nächsten Kugeln sind für Graepelt«, sagt er. »Das kannst du ihm gerne ausrichten!«

Jetzt steht die Kutsche zwischen Berger und Kleinschmidt. Berger tastet nach dem Gewehr. Aber bevor er die Waffe greifen kann, hat Kleinschmidt sich umgedreht und ist mit wenigen Sätzen im Wald verschwunden.

* * *

Keine Minute, nachdem die Schüsse gefallen sind, stürzt der Förster aus dem Wald heraus. »Das Pferd! Er hat es einfach abgeknallt!« Graepelt ist fassungslos.

Graepelt hat ganz offensichtlich befürchtet, einen toten Kommandojäger vorzufinden, aber auch ein totes Pferd ist kein schöner Anblick. Berger ist jedenfalls unversehrt.

»Hinterher!« Graepelts Stimme zittert. »Der Kerl kann noch nicht weit gekommen sein!«

Berger hält den wütenden Förster zurück. »Nein! So geht das nicht. Wenn wir blindlings in den Wald stürmen, dann schießt er uns ab. Er braucht sich ja nur hinter einem Busch zu hocken, genau wie bei Eisner.«

»Lassen Sie mich sofort los!«

Berger lässt nicht los. »Wir informieren Marquardt«, sagt er. »Alles Weitere muss er regeln. Das ist Polizeiarbeit.«

»Wahrscheinlich haben Sie Recht«, seufzt Graepelt resignierend.

* * *

Marquardt sichert am Tatort wieder Reste von zwei Papierpatronenpfropfen Er schickt das Material nach Berlin. Die Untersuchung ergibt, dass das Papier aus folgenden Veröffentlichungen stammt: Nummer 34 der *Danziger Zeitung* vom 21.1.1917 und Seite eins des 283. Bandes der Vergissmeinnicht-Bibliothek der besten Romane: »*Die Eisjungfrau*« von R. Woop, Verlag moderner Lektüre GmbH Berlin S.14 Dresdener Str. 88/89.

Marquardt seufzt. Die Kollegen in Berlin haben wahre Wunder an Detektivarbeit vollbracht. Jetzt müssen sie nur noch eine *Eisjungfrau* finden, bei der die erste Seite fehlt. Oder ein zerfleddertes Exemplar der *Gazeta Grudziądzka* mit dem richtigen Datum. Oder zwei passende Exemplare. Leider ist die *Gazeta Grudziądzka* hier weit verbreitet. Und die Veröffentlichungen der Vergissmeinnicht-Bibliothek sind Hefte mit Papiereinband. Massenartikel.

Die wichtigsten Informationen gehen fast unter in der Fülle der Details: Wer diese Veröffentlichungen erworben hat, kann vermutlich fließend Deutsch und Polnisch. Und er hat die beiden Zeitungen entweder viele Monate aufbewahrt, oder er hat die Patronen vor langer Zeit hergestellt. Vielleicht besitzt er noch Patronen aus derselben Produktion?

* * *

Leokadia hat sich gemeldet. Wo kann er sich mit ihr treffen? Wo ist es sicher genug? Franz Kleinschmidt hat lange überlegt und sich dann für die Steinkreise bei Odry entschieden. Für den größten der Steinkreise.

Ein magischer Ort! Und auf jeden Fall weit genug entfernt von der nächsten Försterei. Kein Mensch kann sie hier entdecken; sie werden völlig ungestört sein. Kleinschmidt fühlt sich so sicher, dass er sogar ein Feuer anzündet. Jetzt muss er nur darauf achten, dass die Flammen nicht zu hoch schlagen.

Außerdem kann es nichts schaden, sich die magische Wirkung der Kreise zu Nutze zu machen. Der Wilderer zückt das kleine, zerlesene Büchlein und spricht im Schein des Feuers die entscheidende Formel:

Haben mich zwei böse Augen überwacht,
So überwachen mich drei gute Augen,
Das eine ist Sopher,
Das andere ist Sepher,
Das dritte ist Sipur.
Die behüten mir mein Blut und Fleisch,
Mein Mark und Bein und alle Adern groß und klein,
Die sollen alle in Gottes Namen behütet sein.

Als er den Spruch zum dritten Mal wiederholt hat, hört er auch schon, wie sich jemand seinem Lagerplatz nähert. Leokadia, denkt er. Das ist Leokadia. Er ist sich sicher, dass niemand anders hierher kommen wird, aber dennoch zieht er sich lautlos ein Stück weit unter die Kiefern zurück, nimmt den Drilling zur Hand und beobachtet, was weiter geschieht.

Leokadia hat gewusst, dass er hier sein würde, aber dennoch fährt sie zusammen, als ihr Bruder plötzlich aus dem dunklen Wald tritt. Er lacht. »Wer in ehrlicher Absicht kommt, braucht sich nicht zu erschrecken!«

»Frantek, du redest Unsinn. Du weißt sehr gut, dass die Ehrlichkeit niemanden vor Gewalt schützt.«

»Keine Sorge. Ich bin nicht gewalttätig. Nicht immer jedenfalls. – Du wolltest mich sprechen?«

»Du hast Maria eine Nachricht zukommen lassen?«

»Woher weißt du das?«

»Ich weiß es einfach. – Was willst du von ihr?«

»Ihr die ganze Geschichte erzählen. Das war doch deine Idee, wenn ich mich recht entsinne. Und jetzt setze ich sie um. Wenn Maria mehr wissen will, soll sie hierher kommen, zu dieser Stelle. In einem Monat oder zwei. Ich werde auf sie warten.«

»Mehrere Monate lang?« Leokadia lacht.

»Nein. Jedes Mal, wenn Vollmond ist. Hier, in diesem Steinkreis. Aber nur, wenn sie allein kommt. Ohne Polizei. Ohne Förster. Und auch ohne dich, mein Schwesterherz.«

»Du bist verrückt«, sagt Leokadia.

»Dann bin ich eben verrückt«, entgegnet Kleinschmidt. »Was mischst du dich ein? Gönnst du einem einsamen Mann, der im Wald lebt, und der ständig auf der Flucht ist, nicht ein bisschen Spaß? Diesem Mann hier? Ich bin dein Bruder.«

»Du darfst das nicht tun, Frantek.«

»Sie ist eine kleine Wildkatze. Warum soll ich nicht ihr Kater sein?«

»Sie tut nur so, als ob sie eine Wildkatze ist. In Wahrheit schläft sie mit den Förstern. Und mit den Kommandojägern.«

»Quatsch«

»Was denkst du denn, warum sie in Adlig-Neukirch

schließlich rausgeflogen ist? Weil die Frau Hannemann dahinter gekommen ist, was gespielt wird.«

»Woher hast du das?«

Leokadia zuckt mit den Achseln. »Es ist so offensichtlich, Frantek. Jeder Blinde sieht das.«

»Das glaube ich nicht.«

»Und kaum ist sie bei Hannemann rausgeflogen, ist sie bei dem alten Förster in Jatty ins Bett geschlüpft.«

»Unsinn.«

»Der alte Förster ist weg, aber jetzt hat sie sich den Kommandojäger vorgenommen, diesen Berger.«

Franz Kleinschmidt schüttelt den Kopf.

»Was glaubst du denn, warum die Maria ihn mit zu dieser Hochzeit nach Karsin genommen hat? Den einzigen Deutschen auf der ganzen Feier! Du hast doch dabei gestanden. Hast du nicht gemerkt, wie sie ihn anhimmelt?«

»Nein.«

»Wenn es hart auf hart kommt, steht sie nicht auf deiner Seite. Wenn es ihr einen Vorteil bringt, liefert sie dich ans Messer.«

»Dazu gehören zwei«, brummt Kleinschmidt.

Seine Schwester zuckt mit den Schultern.

»Bist du nur gekommen, um dieses Kätzchen anzuschwärzen?«, fragt Kleinschmidt.

»Nein. Nicht nur deswegen. – Frantek, ich mache mir Sorgen um dich. Hör auf mit diesem Leben.«

Franz Kleinschmidt schüttelt den Kopf. »Ich kann nicht mehr aufhören.«

»Doch, das kannst du. Was du tust, ist zu gefährlich. Du musst aufpassen, dass du am Leben bleibst!«

»Ich pass schon auf. Mir kann nichts passieren. Jemand, der das *7. Buch Mose* in der Tasche hat …«

»Red keinen Unsinn, Frantek!« Seine Schwester ist jetzt wirklich ärgerlich. »Du solltest lieber erst einmal die fünf Bücher Mose lesen, die in der Bibel stehen, dann weißt du, was du tun darfst und was du lassen musst! Das 2. Buch Mose zum Beispiel. Die zehn Gebote. Du sollst nicht töten!«

»Ich töte nur wenn es nötig ist. Und was dieses Buch angeht …«

»Du weißt, dass da nichts als großer Unsinn drin steht. Das hat mit der Bibel überhaupt nichts zu tun.«

»Mag sein. Aber darauf kommt es gar nicht an. Ich habe dieses Buch in Tuchel teuer gekauft. Und es ist sein Geld wert. Die Zaubersprüche – sie wirken tatsächlich! Wie oft haben sie auf mich geschossen, die Herren Förster und Jäger und Polizisten? Zehnmal? Zwanzigmal? Und ich bin immer noch am Leben!«

»Du hast Glück gehabt. Wie viele Menschen hast du jetzt getötet?«

»Drei. Da ist erst einmal der Weber. Danach dann der Eisner …«

»Du hast ihn also getötet und – anschließend den Sarg aufgebrochen und dem Mann den Kopf abgeschnitten?«

»Ja, natürlich.«

»Du Narr!«

»Das musste sein. – Du hast ihn ja nie kennengelernt, aber dieser Mann – die Leute sagen, er ist ein *niełop*.«

»Ein Vampir?«

»Ja, ganz sicher. Alle sagen es. Er ist in einer Neumondnacht geboren, heißt es, und er hat bei seiner Geburt schon Zähne gehabt. Das ist ganz typisch für einen *niełop*.«

»Woher hast du denn diesen Unsinn?«

»Ich habe mich umgehört. Die Leute sagen das.«

»Die Leute!« Leokadia schüttelt den Kopf. »Eisner kommt aus Berlin, das hast du selbst gesagt. Keiner der Leute hier ist bei seiner Geburt dabei gewesen! – Manchmal zweifle ich an deinem Verstand, Frantek.«

»Ich habe mehr Verstand als du denkst, auch wenn ich nur zur Mittelschule gegangen bin.«

»Dann setze ihn ein und hör auf mit dem Morden!«

»Ich kann nicht mehr aufhören«, erwidert Kleinschmidt. »In dem Augenblick, als dieser verdammte Hilfsförster tot vor mir im Gras gelegen hat, da habe ich gewusst, dass ich nicht mehr zurück kann. Ich hatte zwar einen Moment lang gedacht, vielleicht geht alles gut, vielleicht redet der Spitza nicht, vielleicht weiß er gar nicht, wie ich heiße, kann mich nicht beschreiben – alles sinnlos. Ein paar Tage später bin ich dann doch desertiert. Und damit habe ich den letzten Weg zurück verbaut.«

»Hast du nicht, Frantek. Wenn du jetzt einfach aufhörst. Wenn du den nächsten Förster, den du triffst, einfach in Frieden lässt. Wenn ein Jahr lang nichts passiert, dann vergessen sie dich. Und wenn dann der Krieg vorbei ist, dann haben die Menschen sowieso andere Sorgen. Die Russen werden Polen nicht zurückbekommen. Es wird ein unabhängiges Polen geben. Und dort werden auch Förster gebraucht …«

»Ja, vielleicht.«

»Für die meisten Polen bist du gar kein Mörder, sondern ein Freiheitsheld. Wie der Wilhelm Tell für die Schweizer.«

»Ich weiß nichts von einem Wilhelm Tell.«

»Auch der war ein Mörder. Und ist dennoch der Schweizer Nationalheld. Wenn du in Zukunft nicht mehr mordest, sondern stattdessen lieber mit Menschen redest. Etwas aufbaust, statt etwas zu zerstören. Mit den Polen, den Kaschuben, mit all denen, die deine Freunde sind. Und wenn du denen etwas vom neuen Polen erzählst, dann werden sie am Ende dafür sorgen, dass du deinen Platz bekommst, der dir zusteht.«

»Ach, Schwester, du machst dir Hoffnungen! – Du hast keine Ahnung, wie es in meinem Inneren aussieht. Da ist etwas kaputt gegangen, als ich den Weber umgebracht habe, und es kann nie wieder heil werden. Ich war entsetzt, als der Mann tot war. Einfach entsetzt. Aber dann, beim nächsten Mal, als dieser Labotzki, dieses Schwein, mich hereinlegen wollte, da war es schon ganz anders. Und ich habe es genossen, ihm in die Beine zu schießen, das war ein unglaublich befriedigendes Gefühl. Wie er vor mir im Staub gelegen und um sein Leben gewinselt hat. Da habe ich gesehen, dass ich stark bin, wenn ich nur will. Und da habe ich gespürt, dass ich weitermachen muss, bis sie alle tot sind, diese elenden Blutsauger. Weber, Eisner, Hannemann. Und dieser Polizist aus Berlin ist der Nächste. Und dann der Graepelt.«

»Die Leute sagen, du hast auch diesen Bethke vom Pferd geschossen. Diesen Verwalter in Lindenthal.«

»Habe ich nicht.«

»Es heißt aber, du hast es selbst gesagt.«

»Da habe ich gelogen.«

»Warum?«

»Aus purer Angabe.«

Seine Schwester schüttelt den Kopf. »Frantek, reiß dich zusammen. Du kannst umkehren. Du kannst aufhören damit. Reiß dich zusammen!«

Kleinschmidt schüttelt den Kopf. »Ich bin zu einer Art Tier geworden«, sagt er. »Ich kann nicht mehr zurück.«

»Doch, du kannst es«, beharrt Leokadia.

Kleinschmidt schüttelt den Kopf. »Ich glaube nicht. – Mir ist kalt, Schwesterherz, mir ist einfach nur noch kalt.«

Hinterhalt

Karsin, 26. Dezember 1917

Berger und Maria fahren am Zweiten Weihnachtstag zu Theresia nach Karsin. Es liegt bisher kaum Schnee, so dass sie mit Pferd und Wagen fahren können. Bis zuletzt hat Theresia gehofft, dass ihr Mann Urlaub bekommt, aber daraus ist nichts geworden. Dennoch sind alle guten Mutes. An der Ostfront schweigen die Waffen. Es heißt, dass es jetzt Frieden geben wird, innerhalb von wenigen Wochen.

Auch auf der Tucheler Heide scheint Friede zu herrschen. Seit über einem Monat hat es keine Zwischenfälle mehr gegeben. Fast scheint es, als wollten auch die Räuber und Mörder die Weihnachtsruhe einhalten.

Wilhelm Berger hatte befürchtet, dass Maria die Feiertage mit ihren Verwandten in Rittel verbringen würde. Stattdessen fährt sie jetzt mit ihm nach Karsin. Theresia begrüßt sie:

»Seid mir willkommen! – Und fröhliche Weihnachten!«

»Fröhliche Weihnachten. – Ich hatte gehofft, dass ich dir Schokolade mitbringen könnte«, sagt Maria. »Ich weiß doch, wie gerne du die magst. Als ich in Marienwerder gewesen bin, da habe ich versucht, welche zu kriegen.«

»Und?«, fragt Theresia.

»Die Leute in den Läden haben mich ausgelacht. Schokolade gibt es schon lange nicht mehr.«

Ja, natürlich. Die Seeblockade durch die Engländer ist lückenlos.

»Dafür haben wir Schlagsahne!«, ruft Theresia. Einen Augenblick lang glaubt Wilhelm Berger, es wäre wahr. Aber die weißliche Masse, die Theresia triumphierend aus der Speisekammer holt, ist nicht ganz so weiß, wie man es von Schlagsahne erwarten sollte, und auch die Konsistenz ist anders.

»Was ist das?«

»Probier's!«, sagt Theresia.

Es ist ziemlich süß.

»Falsche Schlagsahne«, sagt Theresia. »Man macht sie aus Grieß, Zucker und Wasser. Und einer halben Zitrone, nicht zu vergessen. Die Zitrone ist das Schwierigste. Aber ich habe eine gekriegt in Marienwerder. Der Rest ist einfach. Wasser, Zucker und Zitrone werden gekocht, dann streut man den Grieß hinein.«

»Umrühren nicht vergessen!«, ergänzt Maria.

»Umrühren, ja, natürlich. Und dann mit dem Schneebesen schlagen, bis das Ganze steif und schaumig ist. Bei Kälte geht es natürlich besser als bei Hitze.«

»An Kälte haben wir ja zum Glück keinen Mangel«, sagt Wilhelm Berger.

Die jungen Frauen lachen. In Wirklichkeit ist es nicht lustig. In den meisten Haushalten geht das Brennholz zur Neige. Berger hat gesehen, dass Theresia von außen zur Wärmedämmung Streu gegen das Haus gehäuft hat, und die Wände sind von innen mit Zeitungen beklebt, um sie besser zu isolieren. Es sind deutsche Zeitungen.

»Hast du die alle gelesen?«, fragt Berger.

Theresia nickt.

»Du sprichst gut Deutsch.«

Theresia schüttelt den Kopf. »Nicht so gut wie Maria. Aber ich habe es in der Schule gelernt, viele Jahre. – Warte, ich zeige es dir!«

Sie geht an den Schrank und kommt mit einem zerlesenen Bändchen zurück. *Ferdinand Hirt's Schreib- und Lesefibel für den Regierungsbezirk Marienwerder.* Berger blättert darin. Theresia nimmt ihm das Buch aus der Hand. Sie liest vor:

Unser Kaiser heißt Wilhelm der Zweite. Er wohnt in Berlin. Die Gemahlin unseres Kaisers heißt Auguste Viktoria. Sie ist unsere Kaiserin. Wir beten für unseren Kaiser und seine Gemahlin.

»Betest du für unseren Kaiser und seine Gemahlin?«, fragt Berger

»Nein. Aber vielleicht sollte ich wieder damit anfangen? Damit er endlich Schluss macht mit dem Krieg?«

»Ich denke, wir sollten heute nicht über Politik reden«, sagt Maria.

»Sollen wir stattdessen ein Weihnachtslied singen?«, fragt Theresia.

»Ich kann nicht singen«, behauptet Berger.

Maria lacht. »Du hättest sowieso nicht mitsingen können. Ich glaube, Theresia will uns ein kaschubisches Lied vorsingen; das kannst Du sowieso nicht.«

Theresia schüttelt den Kopf. »Das Lied ist polnisch«, sagt sie. »Aber es heißt *‚Kaschubische Weihnachten'*.«

Witaj Jezuniu! witaj kochanie,
O pożądany od wieków Panie:
Z Kaszub w szopie stajem, pokłon ci oddajem,
Przed tobą czołem bijewa społem.

Sei gegrüßt Jesuskind, sei gegrüßt Liebling
O Du seit Jahrhunderten heiß ersehnter Herr
Im kaschubischen Stall verneigen wir uns vor Dir
Mit dem Haupt bis auf den Boden

Theresia hat eine wunderschöne Stimme. Maria ist dicht an Wilhelm herangerückt und flüstert ihm den übersetzten Text ins Ohr.

Wärst Du in der Kaschubei geboren,
Hätte man Dich nicht auf Heu gebettet!
Eine Matratze hättest Du bekommen,
Kissen auch von feinsten Daunen.

Rührei mit fetter Wurst hättst Du zu essen,
Mein Kleiner und nicht Viehfutter!
Bier aus Tuchel oder aus Gostyn
Hättest Du im Überfluss.

Theresia macht eine Pause und sagt: »Gebratenes kann ich euch leider nicht bieten, aber ein Butterbrötchen, das hätte ich schon noch. Und ein Fläschchen Bier aus Tuchel wird sich sicher auch auftreiben lassen.«

»Ich jedenfalls hätte gegen ein Glas Bier nichts einzuwenden«, sagt Maria.

Berger nickt zustimmend. Er hat nicht gedacht, dass Theresia so arm dran ist. Aber ihre Schwangerschaft ist so weit fortgeschritten, dass sie nicht mehr in Jatty arbeiten kann. Er wird sich darum kümmern, dass sie ihr Fleisch und Kartoffeln zuschicken.

Zum Abendbrot hättest du Pfannkuchen bekommen,
Kutteln auch und dazu Teigtaschen
Und Erbsen mit Speck, Rüben mit Hammelfleisch
Und gebackene, gemästete Wachteln und Tauben.

Doch in Bethlehem bei den verdammten Juden,
Die statt Dir nur ihre eigenen Kinder mästen
Geben sie Dir kein Stückchen leckeres Fleisch,
Auch wenn sie sehen, wie Du verhungerst.

Ach, o Herr, es war vom Schicksal so bestimmt.
Wir geben Dir unsere besten Wünsche,
Wir opfern Dir unsere Herzen,
Unsere armselige Gabe, verachte sie nicht.

Maria wischt sich eine Träne aus dem Auge. Dann kommt Theresia mit dem Bier, und die melancholische Stimmung ist vorüber.

»Ich hoffe, du wirst dich nicht wieder betrinken«, sagt Maria zu Wilhelm.

Berger wird rot.

»Ja«, sagt Theresia ganz ernst, »jedes Mal wenn er bei mir im Haus ist, betrinkt er sich ganz fürchterlich.«

Wilhelm Berger ist nur ein einziges Mal in diesem Haus gewesen, und das war bei Theresias Hochzeit.

»Ich hatte ja auch allen Grund, mich zu betrinken«, sagt er. »Bei den aufregenden Besuchern, die du hattest!«

»Ich hatte Kleinschmidt nicht eingeladen«, sagt Theresia. »Aber bei so einer Feier sind die Türen des Hauses weit offen.«

»Wahrscheinlich hast du ihn seit jenen Tagen nicht mehr gesehen«, mutmaßt Berger.

»Nein. Der lässt sich hier nicht mehr blicken.«

Berger hat den Eindruck, dass Theresia ihrer Freundin Maria einen verschwörerischen Blick zuwirft. Warum? Maria reagiert nicht darauf. Wahrscheinlich hat er sich getäuscht.

* * *

Es hat angefangen zu schneien. Paul Marquardt und der Jäger Franz Baumhauer sind von der Försterei Königsried aus auf Entenjagd gegangen. Marquardt stapft vorweg, Franz hinterher. Er flucht leise vor sich hin. Was für eine dumme Idee, bei diesem Wetter auf die Jagd zu gehen! Aber Marquardt hat sich nicht davon abbringen lassen. Er ist sich sicher, dass es am Schwarzwasserfluss Enten gibt, und was wäre schöner, als eine Ente als Sonntagsbraten!

Plötzlich bleibt Marquardt stehen, so unverhofft, dass Franz beinahe auf ihn aufläuft. Der Polizist deutet mit ausgestrecktem Arm schräg nach vorn. Und jetzt sieht auch Franz, dass dort in großer Entfernung ein Mensch geht. Er kommt auf sie zu. Marquardt springt nach links in das Stangenholz; Franz folgt ihm.

»Kleinschmidt?«, flüstert er.

Marquardt greift zum Fernglas. Nein, das ist nicht Kleinschmidt. Das kann nicht Kleinschmidt sein. Der Fremde, der dort auf sie zukommt, trägt eine Russenmütze und einen braunen Russenmantel. Ganz offensichtlich ein Kriegsgefangener, der aus dem Lager geflohen ist. Diese Gefangenenlager werden nicht allzu gut bewacht. Es kommt immer wieder vor, dass einzelne Russen flüchten. Aber weit können sie nicht kommen; sie halten sich eine Weile in den Wäldern der Umgebung auf, und wenn sie hungrig genug sind, dann kehren sie meist freiwillig in das Lager zurück.

»Komm!«, sagt Marquardt. Keine Gefahr. Aber in dem Augenblick sehen sie beide, dass der Mann einen Rucksack bei sich trägt, der sicher nicht zur Ausrüstung der russischen Armee gehört, und obendrein hält er ein Gewehr in der Hand.

»Runter!«

Die beiden Männer werfen sich in den Schnee. Marquardt sieht jetzt, dass der Fremde nicht direkt auf sie zukommt, sondern dass er sich weiter nach links hält. Schräg durch den Stangenwald ist es kaum möglich, einen sicheren Schuss abzugeben.

»Nach links!«, ruft Marquardt. »Kommen Sie mit, Franz, wir müssen nach links; wir schneiden ihm den Weg ab.«

Nach wenigen Schritten sind Marquardt und Franz durch dichtes Unterholz vor den Blicken des Wilderers geschützt. Sie rennen jetzt um das Dickicht herum, so schnell sie nur können. Schwer atmend bleiben sie schließlich im Schutz einiger Kiefern stehen. Geschafft, denkt Marquardt. Sie haben es tatsächlich geschafft, dem Kerl den Weg abzuschneiden. Jeden Moment muss er vor ihnen aus dem Unterholz treten. In ihren verschneiten Mänteln sind sie kaum zu erkennen, solange sie sich nicht bewegen. Und Franz und er rühren sich nicht. Marquardt überprüft seine Waffe. Sie ist durchgeladen und entsichert. Und da ist Kleinschmidt. Ja, kein Zweifel, der Fremde ist doch Kleinschmidt.

In einer Entfernung von knapp 70 m tritt der Mann aus dem Unterholz. Marquardt geht in Anschlag. Kleinschmidt scheint völlig sorglos. Jetzt sind es höchstens noch 50 m. Näher wird der Mann nicht kommen. Marquardt drückt ab. Nichts geschieht. Noch einmal! Wieder nichts. Nicht gezündet. Elende Kriegsware! Rasch wirft Marquardt die Patrone aus und lädt erneut. Aber nun ist die Gelegenheit verpasst, und Kleinschmidt ist auf der anderen Seite der Lichtung im Unterholz verschwunden.

»Warum hast du nicht geschossen?«, ruft Marquardt. Der Jäger muss doch gesehen haben, wie er sich vergeblich mit seinem Gewehr abmühte!

Franz schüttelt den Kopf. »Das ist Mord«, flüstert er. »Ohne Anruf schießen, das ist Mord!«

Marquardt hört es nicht oder will es nicht hören. »Los, schnell! Wir gehen außen herum um den Jagen, und dann nehmen wir ihn in die Zange!«

Marquardt rennt los. Jetzt kommt es darauf an, dass sie schnell genug sind. Natürlich hat Kleinschmidt den viel kürzeren Weg; er geht ja geradewegs durch den Wald. Aber er ist auf der Pirsch, er hat keine Eile. Also haben sie eine Chance. Marquardt schafft es tatsächlich, das Dickicht rechtzeitig zu umrunden. Er geht hinter einem Wacholderbusch in Stellung. Wo bleibt Franz? Egal, der wird schon kommen.

Da ist Kleinschmidt! Marquardt kann sein Glück nicht fassen. Er hat die Entfernungen und die Winkel richtig abgeschätzt! Der Wilderer ist nur etwa 75 m von ihm entfernt. Und er wird noch näher kommen. Gleich. Aber jetzt bleibt der Mann stehen und sieht sich in aller Ruhe um. Marquardt rührt sich nicht. Soll er schießen? Nein, besser abwarten. Und tatsächlich – als der Wilderer nichts Verdächtiges sieht, schleicht er langsam weiter.

Jetzt habe ich dich, denkt Marquardt. Jetzt habe ich dich! Ein Halbmantelgeschoss auf diese Entfernung – das ist tödlich! Marquardt zielt auf die Brust des Wilderers und schießt.

Getroffen! Der Mann stürzt vornüber zu Boden, schlägt mit Armen und Beinen um sich und rührt sich nicht mehr. Marquardt atmet auf. Das ist geschafft! Er erhebt sich und klopft sich den Schnee aus dem Mantel. Kein Zweifel, der Mann ist tot. Marquardt sieht sich um. Wo bleibt der Jäger?

Plötzlich scheint es Marquardt, als habe der Körper vor ihm im Schnee sich bewegt. Nein, das ist unmöglich. Oder? Die Entfernung ist zu groß, als dass er Einzelheiten erkennen könnte, aber so viel steht fest: der Mann ist nicht tot, er bewegt sich, tastet nach seinem Gewehr.

»Waffe weg!«, schreit Marquardt.

Kleinschmidt reagiert nicht. Rasch nachladen! Nein, das ist die falsche Patrone. Schrot. Wo stecken die verdammten Kugeln? Auch nicht in der linken Tasche! Verdammt, er hat nichts als Schrotpatronen in der Tasche. Er hat Enten schießen wollen; auf eine Schießerei mit Kleinschmidt ist er nicht eingerichtet.

»Baumhauer!«, ruft Marquardt. »Schieß doch! Schieß ihn ab!«

Nichts tut sich. In dem Augenblick schießt Kleinschmidt. Die Kugel schlägt knapp links neben Marquardts Kopf in eine Kiefer. Der Polizist lässt sich fallen und kriecht hinter den Baumstamm.

»Knall ihn ab, Baumhauer! – Wo bleibst du denn?«

Es ist ganz aussichtslos, auf Schrotschussweite an den Wilderer heranzukommen. Wenn keine Hilfe kommt, ist er verloren. Marquardt fragt sich, was für eine Munition Kleinschmidt verwendet. Wenn das ein Militärgewehr ist, mit dem er schießt, und wenn das die normale Infanteriemunition ist, die er verwendet, Vollmantelgeschosse also, dann gibt es keine Rettung, dann werden seine Kugeln den Baum glatt durchschlagen. Hat Kleinschmidts Schuss eben den Stamm durchschlagen? Marquardt schielt nach oben, kann es aber nicht feststellen.

Wieder fällt ein Schuss. Marquardt zuckt zusammen, aber die Kugel geht fehl. Wo bleibt nur dieser verdammte Franz? Plötzlich begreift Marquardt, dass der Mann Reißaus genommen und ihn im Stich gelassen hat. Und jeden Moment kann Kleinschmidt herankommen und ihm den Rest geben. Selbst wenn er keine Infanteriemunition dabei hat, wäre es ein leichtes, sich außerhalb der Schrotschuss-Entfernung zu halten und sich ihm dennoch so weit zu nähern, dass er ihn gefahrlos erledigen könnte.

Oder hat er den Mann doch entscheidend getroffen? Liegt Kleinschmidt dort drüben im Schnee und verblutet? Wie dem auch sei – allmählich wird es dunkel. Wenn es ihm gelingt, bis zur Dunkelheit hier auszuhalten, dann hat er eine Chance. Im Dunkeln kann auch der beste Kunstschütze nichts mehr sehen. Und so viel steht fest: Kleinschmidt ist kein Kunstschütze. Seine beiden Kugeln haben ihn verfehlt.

Marquardt friert. Er hat sich zwar für die Entenjagd warm angezogen, aber für längeres Liegen im tiefen Schnee ist er nicht ausgerüstet. Er beschließt, es zu wagen und sich vorsichtig zurückzuziehen. Es ist jetzt so dunkel, dass er nicht mehr sehen kann, ob Kleinschmidt da drüben noch liegt oder nicht. Zentimeter um Zentimeter kriecht Marquardt rückwärts. Schließlich rollt er sich zur Seite, springt auf und rennt um sein Leben.

Nichts geschieht. Niemand verfolgt ihn, niemand schießt hinter ihm her. Er ärgert sich, dass er nicht schon eher versucht hatte, sich davon zu machen. Wertvolle Zeit ist verloren. Noch mehr ärgert er sich aber über die Feigheit des Jägers Franz.

* * *

Als Marquardt in der Försterei eintrifft, ist Franz noch nicht da. Egal, darauf kommt es jetzt auch nicht mehr an. Marquardt steckt neue Munition ein, dann rennt er wieder los. Es ist inzwischen fast vollständig dunkel, aber es schneit nicht mehr, und die Schneedecke sorgt dafür, dass man sich noch immer orientieren kann. Es bereitet Marquardt keine Mühe, zu dem Ort zurückzufinden, an dem er sich das Gefecht mit Kleinschmidt geliefert hat. Jagen 204. Genau wie er vermutet hat.

Marquardt spürt eine gewisse Unruhe, als er das Gelände abgeht. Er ist sich nicht ganz sicher, ob Kleinschmidt nicht doch hier noch irgendwo auf der Lauer liegt. Wenn er ernsthaft verwundet ist, ist es durchaus denkbar, dass er noch immer hier im Wald steckt. Aber nichts tut sich. Marquardt kann sich ungestört umsehen. An der Stelle, wo Kleinschmidt gelegen haben muss, gibt es ein paar dunkle Flecken im Schnee, sonst nichts. Blut? Nein, kein Blut, sondern etwas anderes. Stofffetzen?

Marquardt begreift, dass er hier im Augenblick nichts ausrichten kann. Im Gegenteil: Er ist gerade dabei die Spuren am Tatort nachhaltig zu verwischen. Er muss zurück zur Försterei; er muss für morgen früh eine groß angelegte Suche organisieren, und wenn Kleinschmidt dann noch irgendwo im Wald liegt, dann werden sie ihn schon finden.

* * *

Der Jäger kommt erst anderthalb Stunden nach Marquardt. Er sieht blass aus. »Ich habe mich in der Dämmerung verlaufen«, behauptet er. Aber er kann Marquardt dabei nicht ins Gesicht sehen.

Marquardt ist außer sich. »Verlaufen? Das ist das Dümmste, was ich je gehört habe! Wie lange sind Sie jetzt hier schon als Kommandojäger tätig? Sechs Monate? Oder noch mehr? – Egal, die Zeit hat jedenfalls allemal ausgereicht, dass sie hier in der Gegend jeden Weg und jeden Steg kennen müssen!«

»Herr Kommissar, das ist richtig, aber bei dem vielen Schnee und bei der Dunkelheit sah das alles ganz anders aus.« Seine Stimme zittert. Franz ist sich bewusst, dass Marquardt diese Angelegenheit nicht auf sich beruhen lassen wird.

Dass Franz ihn mit Herr Kommissar anredet, ärgert Marquardt noch zusätzlich. Trotz all seiner unbestreitbaren Erfolge hat er es bisher nur zum Kriminal-Schutzmann gebracht. »Herr Baumhauer, Sie sind ab sofort vom Dienst suspendiert. Ich werde Sie wegen dieser erbärmlichen Feigheit Ihrem Bataillon zur Bestrafung melden und ablösen lassen.«

»Herr Marquardt, ich bitte Sie …«, ruft Franz verzweifelt, aber Marquardt wendet sich ab und verlässt das Zimmer.

* * *

Marquardt hat noch in der Nacht per Telefon verschiedene Förstereien alarmiert; Berger und zwei weitere Kommandojäger treffen am frühen Morgen mit einem Fuhrwerk in Königsried ein. Berger begrüßt den unglücklichen Franz.

»Ich nehme an, du hast es schon gehört«, sagt Franz.

Berger nickt. »Es tut mir leid«, sagt er.

»Das ist nett, Wilhelm, dass du das sagst. Du kannst mir glauben, dass ich mich gewaltig ärgere. Vor allem über Marquardt, dieses arrogante Arschloch. Er selbst hat nicht den Mut aufgebracht, den Kleinschmidt anzurufen, bevor er geschossen hat, und mir wirft er dafür Feigheit vor. Dabei ist er noch viel feiger als ich! Er hat versucht, diesen Mann zu ermorden, Wilhelm! Er steht mit Kleinschmidt auf einer Stufe.«

»Du bist erregt«, sagt Wilhelm.

»Ja, ich bin erregt, aber was ich gesagt habe, das gilt. Für mich hat das keine Bedeutung mehr, weil ich jetzt abgelöst werde, und wahrscheinlich schicken sie mich direkt an die Front, und das ist wahrscheinlich das Ende. Aber für dich ist es wichtig. Wir haben gemeinsam über den Kerl gelacht und unsere Witze über ihn gemacht, aber es ist nicht zum Lachen. Er ist gefährlich. Pass gut auf dich auf, Wilhelm!«

»Ich werde ihn im Auge behalten«, verspricht Berger. »Und ich wünsche dir jedenfalls alles Gute!«

* * *

Die Nachsuche zeigt, was geschehen ist. Marquardts Kugel hat einen kleinen Kiefernstamm gestreift und ist daher aus der Richtung gekommen. Die dunklen Flecken, die er gestern bemerkt hatte, sind Stofffetzen, offensichtlich von Kleinschmidts Mantel und Rucksack. Es findet sich auch Blut, aber nicht viel; es sieht nicht so aus, als sei Kleinschmidt ernsthaft verletzt worden. Zum Glück hat Marquardt gestern nicht alle Spuren zertrampelt. Und zum Glück hat es weder weiter geschneit noch getaut, so dass es möglich ist, Gipsabgüsse von den Fußspuren anzufertigen. Marquardt verfolgt die Fährte bis an den Rand von Czersk. Wenn er doch nur einen Spürhund hätte!

Am Nachmittag präsentiert Marquardt den Kommandojägern das Ergebnis der Spurensicherung: »Dies sind die Spuren, die wir bei der Leiche des ermordeten Försters Eisner in Jatty vorgefunden haben, und dies hier sind die Spuren, die wir heute im Jagen 204 gesichert haben.«

Die Gipsabgüsse liegen nebeneinander auf dem Tisch der Försterei. Schon bei oberflächlicher Begutachtung ist klar, dass die Abdrücke von denselben Schuhen stammen müssen. Beide Male Kleinschmidt. Die Beweise sind lückenlos.

»Glückwunsch«, sagt Berger.

»Danke. Aber das Ergebnis ist zu mager, das reicht nicht aus. Das reicht einfach nicht aus.«

»Herr Marquardt, da ist noch ein anderer Punkt, den ich ansprechen möchte. Die Sache mit dem Franz Baumhauer ... «

Marquardt reagiert gereizt. »Was ist damit?«

»Ich frage mich, ob Sie Ihre Entscheidung nicht noch einmal ...«

»Halten Sie den Mund, Berger! Ich habe entschieden.«

»Ich frage mich, ob Sie Ihre Entscheidung nicht noch einmal überdenken sollten.«

»Halten Sie den Mund, jetzt rede ich!«

Auch Berger ist jetzt wütend. »Ich frage mich, ob es nicht feiger ist, auf einen Straftäter ohne Anruf zu schießen, oder ...«

Marquardt schüttelt den Kopf, wendet sich wortlos ab.

* * *

»Endlich Frieden!« Maria kommt mit der Zeitung gelaufen.

»Was?« Wilhelm Berger blickt auf.

»Hier, hier steht es! Gestern haben sie in Brest-Litowsk den Friedensvertrag unterzeichnet. Der Krieg ist zu Ende. Hier im Osten jedenfalls. Nun wird alles wieder besser, auch hier bei uns.«

»Ja, das ist ein erster Schritt«, sagt Berger. Er glaubt nicht daran, dass sich so rasch etwas ändern wird.

»Weißt du was ich machen werde?« Maria strahlt.

»Du wirst dich betrinken«, sagt Berger.

»Dummkopf! – Nein, wenn der Krieg jetzt wirklich zu Ende ist, dann werde ich auswandern. Ich gehe nach Amerika.«

»Nach Amerika?« Davon hat sie noch nie etwas gesagt.

»Ja, natürlich. Hier in Westpreußen ist alles viel zu eng und klein. Hier hat sich die letzten 100 Jahre nichts geändert, während draußen in der Welt unendliche Fortschritte gemacht wurden. Und ich will daran teilhaben. Ich habe Zeitschriften und Bücher gelesen über Amerika, und ich weiß, dass dort die Zukunft liegt.«

»Aber in Amerika spricht man Englisch, hast du das auch bedacht? Du kannst Polnisch und Deutsch, aber das wird nicht reichen.«

»Dann werde ich eben Englisch lernen. Man kann alles lernen, man muss es nur wollen. Und in Amerika leben viele Polen. Millionen von Polen. In Chicago zum

Beispiel. Ich werde nach Chicago gehen.«

»Kennst du denn jemanden in Chicago?«

Maria schüttelt den Kopf. »Aber du könntest natürlich mitkommen. Wenn du mitkommst, dann kenne ich jedenfalls schon einen!«

Ist das ernst gemeint? Wilhelm weiß bei Maria nie genau woran er ist. »Ich glaube, ich werde mir die Sache noch einmal gründlich überlegen müssen«, sagt Berger.

»Ich frage dich nur einmal«, erwidert Maria. »Und zwar jetzt. Und ich verlange von dir, dass du dich entscheidest.« Hoffnungsvoll sieht sie ihn an.

Berger schüttelt den Kopf. »Es wäre sehr schön«, sagt er. »Aber das geht nicht. Du kannst nicht nach Amerika fahren, jedenfalls nicht heute, und ich schon gar nicht. Der Krieg im Osten ist zu Ende, aber das heißt noch lange nicht, dass der gesamte Krieg vorbei ist. Im Gegenteil – das bedeutet wahrscheinlich, dass der Krieg für mich erst richtig losgeht. Denn wie ich die Generäle kenne, werden sie jetzt versuchen, auch im Westen den entscheidenden Sieg zu erringen. Bevor es zu spät ist. Sie haben nicht viel Zeit dafür, denn mit jeder Woche kommen mehr amerikanische Truppen nach Europa. Vielleicht sind es schon jetzt zu viele, und wir können sie gar nicht mehr schlagen.«

»Du glaubst also nicht, dass es jetzt auch im Westen Frieden geben wird?«, fragt Maria, plötzlich ernüchtert.

Berger schüttelt den Kopf. Er hat Urlaub vom Krieg. Noch. Er fragt sich, wie lange es dauern wird, bis für ihn der Frieden zu Ende ist. Bis sie ihn holen werden.

Räuber

Konitz, 6. März 1918

Es wird März, und der Schnee schmilzt, ohne dass sie einen weiteren Kontakt mit Kleinschmidt gehabt hätten. Aber die Wilderei nimmt wieder zu; immer häufiger werden sie jetzt alarmiert, weil wieder irgendwo geschossen worden ist, und es ist in den Dörfern die Rede davon, dass es inzwischen eine ganze Wilderer-Kompanie gäbe, und Kleinschmidt sei der Anführer. Einen der Männer haben sie jetzt geschnappt. Keinen Wilderer im engeren Sinne. Der Mann hat Eisenbahnzüge ausgeraubt.

»Sie sind also Dreweck?«

Der Mann in der Zelle nickt. Kleinschmidts Kumpan ist einem Polizisten in Zivil aufgefallen, der im Bahnhof Rittel auf einen Zug gewartet hat. Er hat kurzerhand seine Dienstwaffe gezogen und den Mann festgenommen. Dreweck war unbewaffnet; er hat keinen Widerstand geleistet.

»Sie wissen, was man ihnen vorwirft?«

Der Häftling spuckt aus. »Dies und das«, sagt er.

»Lassen Sie die Kindereien«, sagt Berger.

Marquardt sagt: »Dies ist ein preußisches Gefängnis. Hier wird nicht auf den Boden gespuckt.«

Dreweck lacht.

»Das Lachen wird ihnen schon noch vergehen!«

»Glauben Sie?«

»Ja, da bin ich mir ganz sicher. – Herr Dreweck, ihnen wird vorgeworfen, Mitglied in einer Bande von Dieben und Mördern gewesen zu sein.«

»Gewesen zu sein, ja, das ist der richtige Ausdruck! Ich bin ausgetreten aus diesem Verein!«

Marquardt ist nicht zu bremsen. »Sie sind ausgetreten?« Berger beißt sich auf die Lippen. Er weiß, was jetzt kommen wird.

»Ja, allerdings. Der Kaiser und seine Mörderbande, die deutsche Armee, die kann mir gestohlen bleiben! An deren Verbrechen nehme ich nicht teil! Ich habe kein Interesse daran, anderen Menschen ihr Land zu rauben, und ich habe nicht die Absicht, andere Menschen zu erschießen. Schon gar nicht meine polnischen Landsleute, die das Unglück haben, auf der anderen Seite der Grenze gelebt zu haben, und die deshalb für Russland kämpfen müssen.«

»Herr Dreweck, das will ich mir alles gar nicht anhören«, ruft Marquardt ärgerlich. »Sie sind Deutscher; ihre Papiere besagen eindeutig, dass Sie deutscher Staatsbürger sind, und damit haben Sie alle Rechte und alle Pflichten, die wir anderen Deutschen auch haben. Und eine der ältesten Pflichten, die jeder brave Deutsche hat, die besteht darin, dass er bereit ist, erforderlichenfalls das Vaterland mit der Waffe in der Hand zu verteidigen. Diese Pflicht haben Sie verletzt, gröblich verletzt, noch dazu im Krieg, und darauf kann es unter normalen Umständen nur eine Antwort geben: die Todesstrafe.«

»Ich bin Pole.«

»Das können Sie zwar behaupten, aber das nützt Ihnen überhaupt nichts. Die Rechtslage ist eindeutig.«

»Die Rechtslage erkenne ich nicht an.«

Marquardt schüttelt den Kopf. »Das ist doch alles sinnlos!« Er macht Anstalten, das Zimmer zu verlassen.

Berger hält ihn zurück. »Herr Dreweck«, sagt er, »was Sie da sagen, das sind alles schöne Worte, die aber letzten Endes nichts zählen, wenn es um die Frage geht, ob Sie erschossen werden, oder ob Sie weiterleben dürfen. Und wenn ich Ihnen einen persönlichen Rat geben darf, dann ist es dieser: Sehen Sie zu, dass Sie am Leben bleiben! Wenn Polen als ein unabhängiger Staat neu entstehen soll, dann braucht das Land lebendige Polen, keine Toten!«

Dreweck schweigt. Schließlich sagt er: »Das hat doch alles keinen Sinn mehr. Ganz gleich, was ich jetzt noch sage oder mache, ich werde sowieso erschossen.«

»Ist das wahr?«, wendet sich Berger an Marquardt.

Marquardt nickt.

»Ist es nicht so«, fragt Berger, »dass in besonderen Fällen auch Begnadigungen ausgesprochen werden können?«

»In besonderen Fällen, ja.«

Erleichtert registriert Berger, dass Marquardt mitspielt. »Und ein solcher besonderer Fall könnte zum Beispiel vorliegen, wenn ein Deserteur aktiv mithilft, eine ganze Serie von Morden aufzuklären?«

»Ja, das wäre denkbar. – Aber die Entscheidung müsste natürlich das zuständige Gericht treffen.«

»Herr Dreweck, sollten wir nicht versuchen, diesen Weg zu gehen?«

»Sie meinen, dass ich meine Freunde und Kameraden verrate?«

»Ich meine, dass Sie alles tun sollten, um Ihr Leben zu retten. – Sie sind ein Freund der starken Worte, Herr Dreweck, aber die helfen niemandem weiter. Uns nicht und Ihnen auch nicht. Lassen Sie uns doch einfach einmal ein paar Fragen stellen, und dann können Sie immer noch selbst entscheiden, wie es weitergehen soll, und ob Sie uns helfen wollen oder nicht.«

Dreweck zögert, sieht von einem zum anderen. Schließlich sagt er: »Fragen Sie!«

»Wir wissen zum Beispiel, dass Sie seit einigen Monaten mit Franz Kleinschmidt zusammen gewildert haben.«

»Ist das eine Frage?«

»Nein, das ist eine Feststellung.«

»Eine Feststellung, die aber nicht richtig ist. Wir waren zusammen, aber ich habe nicht gewildert. Das war Kleinschmidts Sache. Was wir gemeinsam durchgeführt haben, das sind ein paar Diebereien zum Nachteil der Deutschen Reichsbahn.«

Marquardt lacht.

»Da gibt es gar nichts zu lachen, das sind Tatsachen.«

»Herr Dreweck, vielleicht ist es am einfachsten, wenn Sie uns einfach erzählen, wie es wirklich gewesen ist.«

»Ja. Wir haben in Guttowitz gewartet, bis ein Güterzug kommt. Wenn das Signal auf Halt stand, sind wir aufgesprungen, haben jeder einen Waggon aufgebrochen und dann bei der Weiterfahrt zwischen Guttowitz und Rittel alles herausgeworfen, von dem wir glaubten, dass wir es gebrauchen könnten. Und an der Strecke haben dann unsere Freunde gestanden und haben alles eingesammelt.«

»Das waren dann die Leute von der Wildererkompanie«, vermutet Berger.

»Das waren unsere Freunde. Wilderer sind wahrscheinlich auch mit dabei gewesen. Jedenfalls kannte ich Leute, die dann dafür gesorgt haben, dass wir die Dinge zu Geld machen konnten.«

»Es ging also nicht nur um Lebensmittel?«

»Nein, natürlich nicht. Es ging um alles, was wir irgendwie verkaufen konnten. Nicht nur hier in Rittel und Czersk, sondern auch in Graudenz und Marienwerder. In einigen Fällen sogar bis nach Danzig und bis nach Berlin.«

»Ein richtiges Großunternehmen«, stellt Berger fest. Es soll bewundernd klingen. Hoffentlich hält Marquardt den Mund.

»Ja, ich muss sagen, wir waren nicht schlecht organisiert. Und wenn nicht zufällig dieser Geheimpolizist auf dem Bahnhof gestanden hätte, dann würde das heute noch laufen.«

Es ist kein Geheimpolizist gewesen, aber das ist jetzt unwichtig. »Herr Dreweck, wir haben gehört, dass Sie bei einer Freundin in Czersk untergekommen waren. Hat der Kleinschmidt da auch gewohnt?«

Dreweck schüttelt den Kopf. »Der doch nicht! Der hat sein Quartier ganz oft gewechselt, hat manchmal bei irgendwelchen Freunden geschlafen …«

»Es heißt, er soll Freunde in Karsin haben«, wirft Berger ein.

»Davon weiß ich nichts«, behauptet Dreweck.

Berger schüttelt den Kopf. »Denken Sie noch mal nach«, sagt er. »So ein großer Kerl ist das.«

»Der Boleslaus? Meinen Sie den? Schwarzes Haar und Schnurrbart? – Ja, der ist wirklich groß. So 1,85 m, würde ich sagen. Kann sein, dass der aus Karsin stammt.«

»Und dort übernachtet der Kleinschmidt?«

»Das weiß ich nicht. Manchmal vielleicht, dann aber auch wieder einige Nächte im Wald.«

»Im Wald? Wissen Sie, wo?«

»Ja, natürlich. Er hat immer sehr geheimnisvoll getan mit seinen Unterkünften, aber ich bin ihm mal nachgegangen, weil ich sehen wollte, wo das denn nun wirklich ist.«

»Und wo ist das wirklich?« Berger tut so, als sei diese Information völlig nebensächlich.

»Irgendwo nördlich von Rittel.«

»Irgendwo?«

»Na ja, ich weiß nicht, wie ich das beschreiben soll. Aber hinführen könnte ich Sie auf jeden Fall.«

Berger kann Marquardts Unruhe förmlich spüren. Er hofft, dass der Mann ihn jetzt nicht unterbricht. »Ja, mal sehen, vielleicht kommen wir da mal drauf zurück«, sagt Berger leichthin. »Was ich aber wirklich gerne wissen würde, das ist, ob dieser Kleinschmidt bewaffnet ist.«

»Bewaffnet? Der Kleinschmidt? – Mann, Sie haben vielleicht Humor! Der Mann ist ja geradezu ein wandelndes Waffenlager. Dauernd läuft er mit diesem Drilling herum, und in der Tasche hat er eine Browning-Pistole und meistens auch noch einen Trommelrevolver.

Und die setzt er auch ein, wenn ihm einer in die Quere kommt.«

»So wie der Eisner.«

»Nee, das war er nicht.«

»Ach, hören Sie auf, jetzt wollen Sie mir einen Bären aufbinden!«

»Glauben Sie doch, was sie wollen! Fest steht jedenfalls, dass der Kleinschmidt mir gesagt hat, den Eisner habe er nicht erschossen. Das mit dem Hannemann, das sei er gewesen, aber das mit den Eisner nicht. Und er wusste auch, wer das war, der den Eisner umgelegt hat. Den Namen hat er mir aber nicht genannt.«

»Das kann ich gar nicht glauben.«

»Das ist aber so. Der Kleinschmidt, der hat mich nicht angelogen. Was er gemacht hat, das hat er auch zugegeben. Zum Beispiel die Sache mit dem Oberamtmann Bethge.«

»Oberamtmann Bethge? Was ist das für eine Geschichte?« Den Fall kennt Wilhelm Berger nicht.

»Bei Graudenz ist das gewesen. Domäne Lindenthal. Dieser Oberamtmann, der wollte den Kleinschmidt verhaften, und der Kleinschmidt, der hat ihn vom Pferd geschossen.«

»Und wann ist das gewesen?«

»Das genaue Datum weiß ich nicht. Aber das muss irgendwann im letzten Herbst gewesen sein. Im November wahrscheinlich.«

Berger sieht Marquardt an. Der zuckt mit den Achseln. Das werden sie nachprüfen müssen.

»Und das mit dem Labotzki, das ist er auch gewesen.«

»Ja, das wissen wir. – Herr Dreweck. Im Augenblick haben wir keine weiteren Fragen. Aber ich denke, wir werden in nächster Zeit noch einmal auf Sie zukommen.«

Der Pole zuckt mit den Achseln. Aber Berger ist sich sicher, dass er ihnen weiter helfen wird, so gut er kann. Ob er sein Leben damit retten kann, steht allerdings auf einem anderen Blatt.

Als sie das Gefängnis verlassen, legt Marquardt ihm die Hand auf die Schulter. »Kompliment, Herr Berger«, sagt er. »Das haben Sie richtig gemacht. Wenn der Krieg vorbei ist – vielleicht sollten Sie Polizist werden.«

»Ja, vielleicht.« Über das, was nach dem Krieg sein würde, hat Wilhelm Berger sich bisher kaum Gedanken gemacht.

* * *

Eine Woche später sind Marquardt und Berger eine Hoffnung ärmer. Dreweck ist nicht in der Lage, ihnen das angebliche Versteck Kleinschmidts zu zeigen. Auch seine sonstigen Aussagen haben sie inzwischen überprüft; vieles davon ist offenbar frei erfunden. So ist zum Beispiel der Oberamtmann Bethge am 14. November 1917 morgens um 7:00 Uhr in der Nähe seines Gutes mit einer Armeepistole, Kaliber 9 mm, in den Rücken geschossen worden. Er ist tot vom Pferd gestürzt und von seinen Angehörigen gefunden worden, nachdem das Pferd reiterlos in den Hof gelaufen kam. Zwei Männer sind in der Nähe der Mordstelle gesehen worden; die Beschreibung passt nicht auf Kleinschmidt. Und, was noch viel schwerwiegender ist, am 14. November gegen 7:00 Uhr morgens hat Kleinschmidt unter den Augen Wilhelm Bergers Graepelts Pferd erschossen. Da der Mann nicht gleichzeitig an zwei so weit voneinander entfernten Orten gewesen sein kann, kommt Kleinschmidt als Mörder Bethkes nicht in Frage. Dagegen scheint es so gut wie sicher, dass er Eisner erschossen hat: schließlich läuft Kleinschmidt seitdem mit dem Drilling Eisners herum.

Marquardt verfügt inzwischen über 50 Kommandojäger. Die Hoffnung, den Südteil des gefährdeten Gebietes mit wenigen Posten abriegeln zu können, hat er aufgeben müssen. Inzwischen weiß er, dass der Große Brahe-Kanal zwar 15 m breit ist, aber nur 80 cm tief. Jedes Kind kann ihn an jeder beliebigen Stelle durchqueren.

Wenn man davon ausgeht, dass das Gebiet, in dem sich der Kleinschmidt herumtreibt, nur ungefähr 500 km^2 groß ist, dann haben sie jetzt für alle zehn Quadratkilometer einen Mann im Einsatz. Nein, für alle zwanzig Quadratkilometer, wenn sie weiterhin Doppelstreife gehen. Hat er bisher die Patrouillen auf die frühen Morgenstunden und auf die späten Abende konzentriert, so lässt er jetzt zu allen Tages- und Nachtzeiten Streifen gehen. Nach menschlichem Ermessen ist es so gut wie sicher, dass Kleinschmidt ihnen in kürzester Frist ins Netz gehen wird.

* * *

Es wird allmählich dunkel. Paul Marquardt sitzt im Schein der Petroleumlampe im Wohnzimmer der Försterei Jatty. Vor sich auf dem Tisch hat er das Schreiben ausgebreitet, das er heute früh erhalten hat. Das Ergebnis der Untersuchung der Patronenpfropfen. Er hat gehofft, dass diese Untersuchungen ihm den Beweis liefern würden, dass Kleinschmidt tatsächlich der Mörder sei. Bis jetzt haben sie nur Kleinschmidts Prahlereien, aber wenn er diese vor Gericht widerruft, stehen sie fast mit leeren Händen da. Dem muss vorgebeugt werden. Ein direkter Beweis ist besser als jedes Geständnis. Aber dies hier – das bringt ihn auch nicht weiter.

Noch einmal liest er den Text des Briefes:

Berlin, den 25. März 1918

Meine hiesigen Nachforschungen, den eigentlichen Empfänger jener Preisliste zu ermitteln, aus dessen Besitz vermutlich die Blätter herrühren, welche zur Herstellung der Papier-Patronenpfropfen verwendet worden sind, hatte folgendes Ergebnis:

Ein Stück des dazu verwendeten Papiers ist, wie ich festgestellt habe, aus einem Waren-Katalog, den die Firma Jonas & Co im Jahre 1914 herausgegeben hat. Die Firma stellt unter anderem Grammophon-Schallplatten her. Ich weise noch besonders darauf hin, dass die nach 1914 herausgegebenen Kataloge mit der fraglichen Abbildung, die sich auf den Papierschnitzeln fand, nicht mehr versehen sind.

Bei der Firma Jonas & Co, Belle Alliancestrasse No. 12 eingehende Katalogbestellungen werden nicht registriert. Es wird davon abgesehen, die außerordentlich große Anzahl von

Interessenten (im letzten Vierteljahr waren etwa 100.000 Anfragen nach Katalogen zu bearbeiten) in eine besondere Kartothek aufzunehmen, da die Ausgaben in keinem Verhältnis zu den eingehenden Bestellungen stehen. Laufen Waren-Bestellungen ein, so werden dieselben nach den Wohnorten ihrer Auftraggeber in eine zu diesem Zwecke angelegte Kartothek eingetragen. Die anliegende Aufstellung von Anschriften in Westpreußen ist den registrierten Ortsbestellungen der letzten Jahre entnommen.

Nowak, Kriminalschutzmann 2989

Tüchtiger Mann, dieser Nowak, aber ein Schriftsteller ist er jedenfalls nicht. Marquardt muss den Brief zweimal lesen, bis er den Sinn erfasst hat. Die Adressen, an die diese Kataloge verschickt worden sind, sind nicht registriert. Nur die Anschriften der Kunden, die am Ende tatsächlich etwas gekauft haben. Das ist ein Bruchteil der Leute, die den fraglichen Katalog erhalten haben. Und trotzdem – besser als gar nichts. Marquardt überfliegt die Liste. Sie enthält die Anschriften von 38 Personen.

Registrierte Warenbestellungen bei der Firma Jonas & Co.

Karsin, Kreis Konitz
Merk, Victor, Lehrer, bestellt am 10.11.16

Karsin – das käme wohl in Frage, aber der Lehrer, noch dazu ein Deutscher – nein, den konnte er sich nicht als Kumpanen des Mörders Kleinschmidt vorstellen. Weiter.

Niederkrug, Post Schüttenwalde, Kreis Tuchel

Vier Kunden in Niederkrug. Nein, der Ort ist bisher im Zusammenhang mit den Förstermorden nie genannt worden Außerdem lagen die Bestellungen zu lange zurück. 1912 – fünf Jahre.

Czersk in Westpreußen
Von Zielkowski, T., Musketier, Friedrichstr. 22,
bestellt am 23.11.17, i. Fa. Perteck
Zyrowinski, A., Ecke Friedrichstr. 9,
bestellt am 28.7.16
Theil, Emma, Frau, Amtstr. 10,
bestellt am 6.11.17
Theil, Karl, Bürogehilfe, Friedrichstr. 11a,
bestellt am 12.3.17, durch Sprenger empfohlen
Sprenger, Vinzent, Bürogehilfe, Friedrichstr. 11a,
bestellt am 16.2.17
Sprenger, Franz, Verwaltungsgehilfe, Mühlenstr.,
bestellt am 9.2.17
Stanbach, A., Frau, Lager-Lazarett II,
bestellt am 4.12.17

Das ist offenbar die Ärztin, die den Berger untersucht hat. Die zählt nicht. Weiter.

Ossowski, Josef, Besitzer, Marktstr. 24,
bestellt am 4.12.17
Maier, Wladislaus, Maurer, Cossabucher Str. 16,
bestellt am 11.9.17
Mürkowski, Josef, Arbeiter, Berliner Str. 32,

bestellt am 6.9.17
Maasch, Karl, Friseur, Bahnhofstr. 2,
bestellt am 14.12.13
Liedtke, Ernst, Kanzlist, Gerichtstr. 9,
bestellt am 13.12.17
Von Lipinski, Fräulein, Friedrichstr. 11a,
bestellt am 25.4.17
Federau, Friedrich, Maschinist, Freistadt 11, b
estellt am 23.11.15
Schmilowski, Emil, Lokomotivführer, Amtstr. 1,
bestellt am 2.9.16
Arndt, Fritz, Friseur, Friedrichstr. 19,
bestellt am 26.4.17
und so weiter

Kaum zu glauben. Czersk hat ungefähr 7000 Einwohner. Haben die alle nichts Besseres zu tun, als Grammophon zu hören? Und was sind das alles für Leute? Marquardt rätselt einen Augenblick darüber, wozu die Firma Perteck einen Musketier beschäftigt – bis er darauf kommt, dass das in Wirklichkeit ein Volontär ist, genau wie der Franz Kurdelski.

Czersk – das ist immerhin ein richtiger Ort mit Straßennamen und Hausnummern. Aber nicht einmal die Straßennamen können diese Burschen richtig schreiben. Cossabucher Straße? Kossobuter Straße? Gibt es nicht. Der Ort, nach dem diese Straße benannt ist, heißt in Wirklichkeit Kossabude, und die Straße dementsprechend Kossabuder Straße.

In Czersk kommt nun wirklich eine ganze Reihe von Personen in Frage. Haussuchungen, denkt Marquardt.

Oder zumindest Befragung der Leute. Aber wer soll das machen? Sie haben nicht genug Personal. Nach wie vor ist ihre beste Chance, den Kleinschmidt bei einer ihrer Streifen zu erwischen.

Aber so oft sie auch Streife gehen, Kleinschmidt geht ihnen nicht ins Netz.

* * *

Es ist früh dunkel geworden. Marquardt und Berger sind von ihrer Streife nach Jatty zurückgekehrt und sitzen jetzt beim Schein der Petroleumlampe beim Abendbrot.

Kleinschmidt hat die Rückkehr der Männer bemerkt; jetzt steht er unter den hohen Eichen am Rande der Försterei Jatty. Er kann nicht in das Zimmer hinein sehen; das Fenster ist zu hoch. Kleinschmidt fragt sich, ob er auf die Eiche hinaufsteigen soll.

In diesem Augenblick öffnet sich die Tür, und eine junge Frau tritt ins Freie. Maria. Kleinschmidt pfeift leise. Maria stutzt, blickt auf, aber sie kann den Mann im Schatten der Eichen nicht erkennen. Kleinschmidt pfeift noch einmal. Maria stellt den Eimer ab und geht zögernd in die Richtung, aus der sie den Pfiff gehört hat. Da sie aus dem Hellen kommt, kann sie Kleinschmidt nicht sehen.

»Ist da jemand?«

Kleinschmidt packt sie und hält ihr die Hand vor den Mund. »Keinen Laut!«, zischt er.

Maria hätte geschrien, wenn sie nur gekonnt hätte. Sie versucht, sich loszureißen, aber der Wilderer hält sie eisern fest. »Willst du wohl aufhören!«

Maria sieht ein, dass sie gegen den kräftigen Mann nichts ausrichten kann. Notgedrungen gibt sie ihren Widerstand auf. Für den Moment jedenfalls.

»Wenn du vernünftig bist, passiert dir nichts.« Kleinschmidt nimmt die Hand von ihrem Mund.

»Sie sind wahnsinnig!«, sagt Maria leise. »Das ganze Haus ist voller Jäger. Wenn die spitz kriegen, dass Sie hier draußen herumlungern, dann machen die ein Sieb aus Ihnen!«

Kleinschmidt lacht. »Glaubst du wirklich? Glaubst du wirklich, sie würden schießen, wenn ich dich hier im Arm halte?«

»Ja, das glaube ich.« Maria denkt an den schießwütigen Marquardt.

»Nun, ich glaube das eher nicht. Wir werden ja sehen, wer am Ende Recht behält. – Was ich von dir wissen will, was ist, wie viele Jäger nun tatsächlich im Haus sind.«

»Sechs Mann«, behauptet Maria.

Kleinschmidt kneift ihr in den Arm. »Du sollst die Wahrheit sagen!«

»Das ist die Wahrheit! – Au! Au, au!«

Kleinschmidt hat fester zugegriffen. »Wer – ist – da – drin?«

Maria antwortet nicht.

Kleinschmidt verpasst ihr eine Ohrfeige. »Ich lasse mich nicht zum Narren halten! Von den Förstern nicht, von den Jägern nicht, und von dir schon gar nicht. – Ich weiß, wie viele Jäger hier sind, verstehst du? Keine sechs Mann. Aber ich will es von dir hören, aus deinem eigenen Munde. Und wenn ich die Wahrheit aus dir herausprügeln muss!«

Zuzutrauen wäre es ihm. »Es sind zwei«, sagt Maria rasch. »Der Marquardt und der Berger.«

»Der Marquardt! – Er heißt also nicht Neumann?«

»Nein, er heißt Marquardt. Das wissen Sie doch.«

»Ja, das weiß ich. – Zwei Männer sind zurzeit im Forsthaus. Da trifft es sich gut, dass ich meinen Drilling dabei habe. Das heißt, ich habe einen Schuss mehr, als ich brauche.«

Woher weiß Kleinschmidt, dass nur zwei Jäger da sind? Gibt es unter den Hausangestellten jemand, der ihm Informationen zuspielt? Nein, wahrscheinlich lauert der Mann schon eine ganze Weile hier unter den Bäumen und hat beobachtet, wie die beiden von ihrer Streife zurückgekommen sind. Offenbar gibt es viele Dinge, die Kleinschmidt nicht weiß. Wann gehen die Jäger auf Streife? Wann kehren sie zurück? Sind sie auch nachts draußen? Weichen sie irgendwann von ihren üblichen Rundwegen ab? Kleinschmidt fragt und fragt.

Maria weiß auf viele seiner Fragen keine Antwort, aber sie tut so, als sei sie bestens informiert.

»Sind Sie zufrieden?«, sagt sie am Ende.

»Ich bin noch lange nicht zufrieden«, erwidert Kleinschmidt. »Du gefällst mir, Maria, das habe ich schon damals gedacht, als wir zusammen im Schrank gesessen haben. Ich will mehr von dir, viel mehr!« Mit der einen Hand hält er sie fest gepackt, mit der anderen versucht er, ihr unter den Rock zu greifen. »Was die Förster gekriegt haben, das will ich auch!«

Maria tritt nach ihm. Gleichzeitig schreit sie, so laut

sie kann. Kleinschmidt hält ihr den Mund zu. In diesem Augenblick wird im Forsthaus die Tür geöffnet, und Berger kommt heraus. Maria beißt Kleinschmidt in die Hand, dass er sie loslassen muss, und sie rennt los. Wieder schreit sie. Jetzt kommt auch Marquardt nach draußen, und er hat ein Gewehr in der Hand.

»Kleinschmidt!«, ruft Maria. »Da draußen ist Franz Kleinschmidt!«

Marquardt steht an der Hauswand und gibt einen Schuss in Richtung Wald ab, in die Richtung, in der er Kleinschmidt vermutet. Aber Kleinschmidt hat sich längst davon gemacht. Maria fällt Wilhelm Berger um den Hals. Sie weint.

* * *

»Wie genau ist das gewesen?«, will Marquardt wissen. Sie stehen im ersten Morgenlicht im Garten vor der Försterei.

»Also, ich bin nach draußen gegangen, um das Spülwasser auszuschütten«, sagt Maria. »Und wie ich zur Tür herausgekommen bin, da hatte ich gleich das Gefühl, da ist jemand.«

»Aber gesehen haben Sie niemand?«

»Nein, es war ja dunkel. Aber dann habe ich ihn gehört. Er hat gepfiffen.«

»So etwa?« Berger pfeift auf zwei Fingern.

Maria schüttelt den Kopf. »Nein, nicht so laut. Und dann habe ich gerufen: Ist da jemand? Und als niemand geantwortet hat, da bin ich in die Richtung gegangen, in der ich den Pfiff gehört hatte.«

»Und das war wo genau?«

»Da drüben, unter der Eiche.«

»Also nicht irgendwo am Waldrand, sondern hier im Garten der Försterei?«

»Ja, natürlich. Ich habe erst gedacht, es wäre einer der Kommandojäger, der sich einen Scherz erlauben wollte. Aber als ich dann näher gekommen bin, da habe ich gemerkt, dass es keiner der Jäger war. Es war Kleinschmidt. Er hat mich bedroht.«

»Mit einer Waffe?«

»Ja.« Berger registriert, dass sie den Bruchteil einer Sekunde gezögert hat mit ihrer Antwort. Marquardt scheint es nicht bemerkt zu haben.

Maria sagt: »Er hat gesagt, ich solle dem Förster ausrichten, dass er jetzt komme, um ihn zu holen. Er wollte mich festhalten, aber ich habe mich losgerissen. Und ich habe geschrien, und dann sind Sie herausgestürzt, und er, er ist davon gerannt.«

»Über den Zaun?«

»Ich weiß nicht.« Es ist offensichtlich, dass der Zaun zu hoch ist, als dass man ihn ohne weiteres überspringen könnte.

Marquardt nimmt den Zaun näher in Augenschein. Er pfeift durch die Zähne. »Hier, seht ihr das?« Er weist auf die Zaunlatten.

Zu sehen ist nichts, aber Marquardt nimmt die Latten und schiebt sie mühelos zur Seite. »Der Kerl hat sich hier einen privaten Eingang geschaffen.«

Vor allen Dingen einen privaten Ausgang, denkt Berger. Durch dieses Loch im Zaun kann er blitzschnell verschwinden, während seine Verfolger erst den Umweg durch die Gartenpforte nehmen müssen. Einer der Jäger holt Hammer und Nägel und klopft die Latten wieder fest.

* * *

Marquardt ist klar, dass Kleinschmidt jetzt versucht, den Spieß umzudrehen. Während bisher die Förster und Polizisten Jagd auf den Wilderer gemacht haben, sieht es jetzt so aus, als mache der Wilderer Jagd auf den Polizisten.

Die folgenden Tage finden sich immer wieder an den Bäumen ganz in der Nähe der Försterei Zettel mit Morddrohungen. Marquardt und Berger gehen morgens noch früher und abends noch später auf Patrouille, aber es gelingt ihnen nicht, Kleinschmidt beim Anbringen der Zettel zu erwischen. Und wenn sie des Abends spät alles abgesucht und nichts gefunden hatten und am nächsten Morgen früh zurückkommen, dann sind die nächsten Botschaften da.

»Er ist hier in der Nähe«, sagt Marquardt. »Das macht er nicht von Czersk aus. Das ist nicht möglich. Er steckt hier irgendwo im Wald. Ich begreife nicht, dass wir ihn nicht finden können.« Er kontrolliert zum wiederholten Mal die Zaunlatten. Aber alle sind festgenagelt, wie es sich gehört.

Der nächste Patrouillengang ist auf morgens 3:00 Uhr angesetzt. Als die beiden anderen Kommandojäger Marquardt und Berger aus der Försterei abholen wollen, steht direkt neben der Pforte ein Mann. Er hält ein Gewehr in der Hand. Doch bevor die beiden Jäger reagieren können, hat der Mann sie entdeckt und ergreift die Flucht. Sie schießen hinter ihm her – ohne Ergebnis. Marquardt flucht. Er holt wieder die Gipsabdrücke von Kleinschmidts Fußspuren hervor, und der Vergleich zeigt, auch dies ist Kleinschmidt gewesen.

Marquardt hat Angst. Aber er gibt es nicht zu. Er schreibt einen Brief nach Hause: *Ihr sollt wissen, dass ich euch alle lieb habe.*

* * *

Kleinschmidt hat keine Angst. Er ist mit sich und der Welt zufrieden. Jetzt sitzt er in einer Schilfhütte an einem kleinen See südlich von Charlottenthal und wartet auf Marquardt. Er weiß, dass der Polizist auf seinen Patrouillengängen unmittelbar an dieser Hütte vorbeikommen muss. Zwar geht der Mann nur selten allein auf Streife, manchmal aber doch.

Neulich hat Marquardt die Hütte untersucht. Kleinschmidt hat von sicherem Versteck aus zugesehen, wie der Polizist hinein und wieder heraus gegangen ist. Da hätte er ihn schon haben können. Aber die Entfernung war für einen sicheren Schrotschuss etwas zu weit. Und außerdem war dieser Berger mit dabei, und der Kommandojäger war natürlich auch bewaffnet, und mit zwei Bewaffneten will sich Kleinschmidt nur ungern anlegen. Jedenfalls nicht unvorbereitet.

Jetzt sieht alles anders aus. Inzwischen hat er Zeit genug gehabt, sich einen Plan zurechtzulegen. Selbst wenn sie zu zweit kommen – sie werden stehenbleiben und ein hervorragendes Ziel bieten. Hier, dies ist genau die richtige Stelle. Er nimmt einen Knüppel und schreibt mit großer Schrift in den Sand des Weges: »Das war Kleinschmidt!« Wenn es doch schief gehen sollte, kann er immer noch durch das dichte Schilf am Seeufer verschwinden.

Kleinschmidt geht zurück in Richtung der Schilfhütte. In dem Augenblick kommt ein Junge den Weg entlang. Kleinschmidt winkt ihm zu.

Der Junge fragt: »Was machst du da?«

»Ich will angeln«, erwidert Kleinschmidt.

»Mit dem Gewehr?«

»Nein, mit der Angel natürlich.«

Der Junge läuft weiter.

* * *

Sie stapfen zu dritt nebeneinander durch den Wald. Marquardt, Berger und Filip, der Knecht aus Jatty. Marquardt geht rascher als sonst, macht einen nervösen Eindruck.

»Da vorn kommt jemand«, sagt Berger.

»Tatsächlich.« Marquardt nimmt das Gewehr von der Schulter. Aber es ist nur ein Junge, der ihnen entgegen kommt, höchstens zehn Jahre alt. Marquardt hält ihn an.

»Na, mein Sohn, was willst Du uns denn erzählen?«

Es ist offensichtlich, dass der polnische Junge sich am liebsten davongemacht hätte. Aber er traut sich nicht, wegzulaufen.

»Hast du irgendetwas gefunden? Irgendeinen Zettel an einem Baum?«

Der Junge starrt Marquardt an. Wahrscheinlich versteht er gar kein Deutsch.

»Zettel?«, fragt Marquardt. Er zeichnet mit dem Zeigefinger ein Quadrat in die Luft. »Zettel? Zettel an Baum?«

Der Junge schüttelt den Kopf, sagt irgendetwas auf Polnisch. Der Knecht fragt auf Polnisch nach. Eine kurze Diskussion, dann deutet der Junge in die Richtung, in die die Männer gehen wollen. Noch einmal fragt der Knecht. Der Junge nickt.

»Was ist los?«, will Marquardt wissen.

Filip sagt: »Da vorn gibt es eine Schilfhütte am See, und der Junge sagt, dass da drin ein Mann mit einem Gewehr ist.«

»Sicher?«

Der Mann nickt.

»Meine Herrschaften«, sagt Marquardt, »ich glaube, jetzt haben wir ihn.«

Der Junge macht sich aus dem Staub.

* * *

Da vorn liegt die Schilfhütte, keine 20 m vom Weg ab. Marquardt hält die anderen zurück, beobachtet die Hütte mit dem Fernglas. Nichts rührt sich. Der Knecht kennt die Hütte. Er weiß, dass sie gelegentlich von Fischern genutzt wird. Sie hat zum Weg hin weder Tür noch Fenster.

»Wir sind zu wenige«, sagt Marquardt. »Zu wenige jedenfalls, um den Kerl auszuräuchern. Berger, wir beide bleiben hier und behalten die Hütte im Auge. Und

Sie laufen zurück zur Försterei und telefonieren Verstärkung heran.«

Der Knecht macht sich auf den Weg.

Marquardt und Berger setzen sich auf einen umgestürzten Baumstamm und warten. Sie sind weit genug von der Hütte entfernt, dass man sie von dort nicht sehen kann, während sie ihrerseits die Hütte klar im Blick haben.

Es ist ein wunderschöner Frühlingsmorgen. Wilhelm Berger fragt sich, wie dieser Morgen enden wird. Steckt Kleinschmidt wirklich in dieser Hütte? Wird er versuchen, aus dem Versteck auszubrechen, und werden sie ihn in einem Kugelhagel zu Boden strecken? Oder wird es dem Wilderer gelingen, ihnen aufs Neue einen Streich zu spielen? Im Augenblick sind sie nur zu zweit. Kleinschmidt ist schon mit mehr Leuten fertig geworden. Wenn er sich nun doch zum See hin aus der Hütte heraus schleicht – ist es möglich, dass er unten am Seeufer entlang kriecht, im Schilf, so dass sie ihn nicht sehen können? Unwahrscheinlich. Nein, Kleinschmidt sitzt in der Hütte und wartet ab.

Nein, das macht keinen Sinn. Kleinschmidt ist nicht in der Hütte. Die Hütte ist leer. Viel wahrscheinlicher ist, dass Kleinschmidt den Jungen beauftragt hat, sie hierher zu führen, und dass er selbst irgendwo im Hinterhalt liegt und seinerseits darauf lauert, Marquardt und seine Helfer abzuschießen.

»Ich sehe nach«, sagt Berger.

»Was?« Marquardt schreckt hoch.

»Ich sehe nach, ob er wirklich drin ist. Geben Sie mir Feuerschutz.«

»Sie bleiben hier, Berger! – Darauf lauert der Kerl doch nur, dass er uns einzeln vor die Flinte kriegt!«

Berger schüttelt den Kopf. Aber Marquardt lässt nicht mit sich reden. Die Geduld der beiden Männer wird auf eine harte Probe gestellt. Wieder und wieder sieht Marquardt auf die Uhr. »Jetzt müssen sie aber allmählich mal hier sein«, murmelt er. Und, als sich nach einer weiteren halben Stunde nichts getan hat: »Wo bleiben sie denn? Herrgott noch mal, wo bleiben sie denn?«

Es dauert fast drei Stunden, bis die Männer endlich kommen. Zwei Förster und drei Kommandojäger; mehr hat der Knecht nicht zusammengebracht. Sie verteilen sich so, dass sie sich nicht gegenseitig behindern, wenn sie die Hütte unter Feuer nehmen. Dann endlich ist es soweit.

Marquardt ruft mit lauter Stimme: »Kleinschmidt, kommen sie raus! Sie sind umstellt! Nehmen Sie die Hände über den Kopf und kommen sie aus der Hütte!«

Nichts tut sich.

»Los, rauskommen! Wenn Sie nicht augenblicklich rauskommen, wird geschossen!«

Nichts.

»Feuer!«

Marquardt schießt als erster. Die anderen folgen, und jetzt fällt Schuss auf Schuss. Sie haben sich nicht abgesprochen. Soweit Berger das sehen kann, schlagen die meisten Schüsse halbhoch in die Schilfhütte ein. Berger zielt tief. Er platziert seine Schüsse so, dass er sie über die ganze Breite der Hütte verteilt. Aber wenn Kleinschmidt sich wirklich hier versteckt hält, ist es immer noch möglich, dass sie ihn nicht getroffen haben.

»Feuer einstellen!«

Die Männer laden nach. Auch Berger schiebt einen neuen Ladestreifen in seinen Karabiner und lädt durch. Jetzt kommt der kritischste Teil des Unternehmens. Auch wenn inzwischen jeder glaubt, dass die Hütte leer ist, können sie sich doch nicht sicher sein. Sie müssen rein und nachsehen.

Marquardt winkt Berger heran. »Wir beide gehen rein«, sagt er. »Ihr gebt uns Feuerschutz. Aber denkt daran, dass wir beide da drin sind. Geschossen wird nur, wenn ihr ein klares Ziel habt.«

Marquardt und Berger gehen um die Hütte herum. Die Schilfhütte hat keine Tür; der Eingang steht offen. Niemand zu sehen. Berger tritt rasch ein und sieht nach oben. Es steckt auch niemand unter dem Dach.

»Der Vogel ist ausgeflogen!«

Berger nickt.

Zwar ist deutlich erkennbar, dass noch vor kurzer Zeit jemand hier gewesen ist. Er hat sogar Feuer gemacht, was in einer Schilfhütte ziemlich riskant ist, aber er hat keine Spuren hinterlassen, die sich eindeutig als Beweis für Kleinschmidts Anwesenheit deuten ließen. Doch sehen sie jetzt, dass die Rückwand der Schilfhütte eine Art Sehschlitz aufweist, durch den man den Weg beobachten kann, ohne selbst gesehen zu werden. Von hier aus könnte man mühelos jeden niederschießen, der vorüber kommt.

Einer der Jäger ruft: »Können Sie mal kommen?«

Er steht auf den Weg und deutet auf etwas, das jemand hier in den glatten Waldboden gekratzt hat. Die Schrift ist nicht leicht zu lesen, nicht zuletzt, weil der

Junge inzwischen darüber hinweggegangen ist, aber es lässt sich dennoch zweifelsfrei rekonstruieren, was hier gestanden hat: *Das ist Kleinschmidt gewesen!*

Marquardt schüttelt den Kopf. Diese Inschrift hat ganz offensichtlich einem doppelten Zweck gedient. Zunächst einmal sollte sie denjenigen aufhalten, der den Weg entlang kam – Marquardt nämlich. Der wäre auf einer seiner Patrouillen unweigerlich hier entlang gekommen, und er wäre ebenso unweigerlich hier stehen geblieben, um zu lesen, was da im Sand stand. Es wäre ein Leichtes für Kleinschmidt gewesen, das stehende Ziel zu treffen. Und dann hätte der tote Polizist genau neben der Inschrift gelegen: *Das ist Kleinschmidt gewesen!*

»Was für ein Satan«, flüstert einer der Kommandojäger.

Hauptmann

15. April 1918

Hegemeister von Prabutzki, der Förster von Laska, ist mit seinem ältesten Sohn auf Wilddiebs-Patrouille. Werner von Prabutzki ist gerade 17 Jahre alt geworden. Sein Berufsziel steht fest: er will Förster werden. Dem Hegemeister gefällt das. Der Junge ist inzwischen offizieller Forstlehrling. Auf diese Weise ist es möglich gewesen, ihn zunächst einmal vom Wehrdienst freizubekommen, denn Förster sind im Augenblick ebenso knapp wie Soldaten. Die Ausbildung dauert zwei Jahre; bis dahin ist hoffentlich der Krieg vorbei.

So eine Wilddiebs-Patrouille ist nicht besonders aufregend. Am Anfang hat der Junge noch geglaubt, jeden Augenblick würden sie auf einen Wilderer treffen. Das ist nicht passiert. Stattdessen gehen sie Tag für Tag mit ihren Gewehren durch den Forst, und wenn sie einmal einem einsamen Spaziergänger begegnen, dann ist das kein Wilderer. Jedenfalls haben sie noch nie jemand getroffen, der eine Waffe mitführte. Auch jetzt ist alles ruhig. Die Sonne scheint; es ist später Nachmittag.

In dem Augenblick fällt ein Schuss.

Die beiden Forstmänner bleiben stehen. Beide nehmen ihre Gewehre von der Schulter. Der Schuss ist in nicht allzu großer Entfernung gefallen, aber es ist schwierig, die genaue Richtung zu schätzen. Da kracht es zum zweiten Mal.

»Da drüben links ist das!«

Ja, das hat der Junge auch gemerkt. Sie laufen los.

»Den kriegen wir!«, ruft Werner. »Den kriegen wir!«

Oder er uns, denkt der Hegemeister, aber das sagt er nicht. Der Junge läuft zu schnell; sein Vater hat die größte Mühe, mit ihm Schritt zu halten. Hintereinander hasten sie ein breites Gestell entlang. Es ist klar, dass sie auf diese Weise ein deutliches Ziel bieten. Aber das lässt sich nicht ändern. Die Schüsse sind in mehreren hundert Metern Entfernung gefallen, und wenn sie sich nicht beeilen, dann ist der Wilderer weg.

Jetzt allmählich kommen sie allerdings in den Bereich, in dem es gefährlich wird.

»Vorsicht!« ruft von Prabutzki. Der Hegemeister ist inzwischen zehn Schritte hinter seinen Jungen zurückgefallen. Was macht der Junge? »Nach links«, ruft er. »Runter vom Weg!«

Da kracht es. Der Junge greift sich an den Kopf und stürzt zu Boden. Der Hegemeister hechtet in Deckung und gibt in rascher Folge drei Schüsse ab in die Richtung, in der er den Wilderer vermutet. In einiger Entfernung knacken Äste. Der Mann rennt davon. Von Prabutzki schießt noch einmal, dann springt er auf: »Was ist passiert«, fragt er. »Werner, bist du verletzt?« Zu seinem Entsetzen sieht er, dass der Junge noch immer am Boden liegt. »Mein Gott, Werner, so rede doch! – Bist du verletzt?«

Nein. Alles ist gut gegangen. Erleichtert registriert der Alte, dass sein Sohn sich bewegt. Er erhebt sich und klopft den Staub und die Tannennadeln von seiner Kleidung. Dann sammelt er seinen Hut wieder ein. »Verdammter Mist!«

Der schöne neue Forsthut hat ein Loch bekommen. Zwei Löcher. Der Wilderer hat dem Jungen den Hut vom Kopf geschossen.

»Bist du verletzt?«, fragt von Prabutzki noch einmal.

Sein Sohn schüttelt den Kopf. Aber als er sich mit der Hand durch die Haare fährt, hat er Blut an den Fingern. Die Kugel hat die Kopfhaut gestreift.

Der Hegemeister begutachtet die Verletzung. »Das war knapp«, sagt er. »Mein Gott, das war knapp!«

Beide sind sich darüber im Klaren, dass das nur dieser Kleinschmidt gewesen sein kann.

* * *

Am nächsten Morgen macht sich von Prabutzki zusammen mit seinem Sohn und einem Kommandojäger auf die Nachsuche. Von Prabutzkis Frau hat verlangt, dass der Junge zu Hause bleibt, aber er hat dies abgelehnt. Die Schramme auf dem Kopf sei keine ernsthafte Verletzung. Das einzige, was seine Mutter für ihn tun könne sei, die Löcher in dem Hut zu stopfen.

Von Prabutzki fragt sich, ob er den Marquardt anrufen soll. Aber er entscheidet sich schließlich dagegen; er ist sich sicher, dass er mit dieser Angelegenheit allein fertig wird. Auf die Hilfe irgendeines Besserwissers aus Berlin kann er gut verzichten.

»Das muss die Stelle gewesen sein.« Der Hegemeister weist auf den sandigen Weg vor ihnen.

Sein Sohn schüttelt den Kopf. »Etwas weiter noch«, sagt er.

Sie gehen ein paar Schritte weiter.

»Hier.«

Möglich. In dem lockeren Waldboden sind keine deutlichen Stiefelabdrücke zu erkennen. Die drei Männer suchen das angrenzende Waldstück ab, aber sie finden nichts. Keine Spuren von Kleinschmidts Anwesenheit.

»Da kommt jemand«, sagt der Kommandojäger.

Die von Prabutzkis blicken auf. Ja, tatsächlich, da kommt jemand den Waldweg entlang.

»Wer ist das denn?«, fragt der Kommandojäger. Er nimmt sein Gewehr von der Schulter.

Der Hegemeister zuckt mit den Achseln. Den Mann kennt er nicht.

»Wo kommen Sie denn her?«

Der Fremde bleibt stehen. »Von Schodno«, sagt er.

»Und wohin des Weges?«

»Ich bin unterwegs nach Wielle. – Das ist doch der richtige Weg, oder?«

Von Prabutzki nickt. Das ist zwar nicht der übliche Weg, aber es ist eine Abkürzung. Wenn er selbst nach Wielle wollte, würde er das genauso machen. Der Mann ist ordentlich gekleidet, als einziges Gepäck trägt er einen kleinen Rucksack bei sich. Er fragt sich, ob sie den Rucksack kontrollieren sollten.

Diese Entscheidung wird ihm abgenommen. Der Fremde sagt: »Sie sind wahrscheinlich unterwegs, um nach Wilderern zu suchen? – Nun, ich habe jedenfalls auf meinem Wege keinen gesehen. Und ich bin auch kein Wilderer. Wollen Sie in meinen Rucksack schauen?«

»Nicht nötig«, wehrt von Prabutzki ab.

Aber der Fremde hat schon seinen Rucksack von der Schulter genommen und öffnet ihn. Darin ist nur seine Marschverpflegung: ein Stück Brot und eine Ecke Käse.

»Tut mir leid, dass wir Sie behelligt haben«, sagt von Prabutzki.

»Aber ich bitte Sie – das ist doch nicht der Rede wert! Man kann nicht vorsichtig genug sein heutzutage.« Der Mann verabschiedet sich höflich.

Der Kommandojäger starrt ihm nach. »Ein Deutscher ist das nicht«, sagt er.

»Nein«, sagt von Prabutzki. »Das habe ich auch gemerkt. Wahrscheinlich ein Pole. Aber sein Deutsch ist fehlerfrei.«

* * *

Als die drei Männer kurz nach Mittag von ihrem Ausflug zurückkommen, entschließt sich von Prabutzki doch vorsichtshalber bei Marquardt anzurufen. Aber in Jatty geht keiner ans Telefon. Als der Hegemeister schon aufgeben will, nimmt schließlich doch jemand ab. Der Mann spricht nur gebrochen Deutsch. Von Prabutzki versucht es mit den paar Brocken Polnisch, die er beherrscht, aber auch damit kommt er nicht weiter. Als er schließlich das Gespräch beendet, weiß er nicht, ob er seine Nachricht nun übermittelt hat oder nicht.

Das klärt sich erst, als bei Einbruch der Dunkelheit eine Kutsche bei der Försterei vorfährt. Darin sitzt Paul

Marquardt. Er kann sich zwar nicht vorstellen, dass Kleinschmidt jetzt plötzlich so weit im Norden jagt; Laska liegt fast 10 km von Odry entfernt, und weiter nördlich als Odry ist Kleinschmidt bisher noch nie gesehen worden, aber da der Knecht am Telefon nicht alles verstanden hat, will er doch lieber nach dem Rechten sehen. Und fest steht schließlich, dass der Förster beschossen worden ist.

Der Hegemeister berichtet, was ihnen passiert ist. Marquardt legt die Fotografie Kleinschmidts auf den Tisch. Er hat sie an alle Förstereien verteilt, in deren Umgebung der Mörder bisher tätig gewesen ist, aber Laska gehört nicht dazu.

Von Prabutzki starrt auf das Foto. Er ruft seinen Sohn herbei: »Hier, guck dir das an!«

Der Sohn wirft nur einen kurzen Blick auf das Foto. »Das ist er«, sagt er. »Das ist der Mann, dem wir heute im Wald begegnet sind.«

»Kein Zweifel«, bestätigt auch sein Vater. »Er trug natürlich Zivil, und er sah insgesamt deutlich gepflegter aus als auf dieser Aufnahme, aber ich bin mir sehr sicher, dass das der Mensch ist, den wir heute früh kontrolliert haben.«

Mein Gott, denkt Marquardt, wieder haben wir ihn fast gehabt, und wieder ist er uns durch die Lappen gegangen.

* * *

»Wir müssen das Suchgebiet erweitern«, sagt Marquardt. »Ich werde morgen gleich noch einmal mit Marienwerder telefonieren. Fünfzig Jäger sind noch immer nicht genug. Wir brauchen mehr Leute. Ich will versuchen, noch mehr Kommandojäger zu bekommen. Je mehr Leute wir haben, desto schneller kriegen wir ihn.«

Marquardt ist mitten in der Nacht von Laska nach Jatty zurückgefahren und hat Berger geweckt. Er ist sich darüber im Klaren, dass Berger ihm auch nicht viel helfen kann, aber er braucht jemand, mit dem er reden kann.

»Wenn er jetzt im Norden tätig ist«, sagt Berger, »dann wäre es vielleicht sinnvoll, die Leute abzuziehen, die am weitesten im Süden eingesetzt sind.« Wilhelm Berger zögert, als er diesen Vorschlag macht. Jatty liegt ganz offensichtlich weit im Süden; wenn dieser Stützpunkt aufgegeben werden sollte, würde er von Maria getrennt.

»Etwas anderes wird uns auf die Dauer wohl kaum übrig bleiben«, bestätigt Marquardt. »Aber nicht sofort. Wir können jetzt nicht einfach all unsere Leute nach Norden schicken. Denken Sie an Graepelt in Grünthal. Den hat er mit dem Tode bedroht. Den können wir nicht allein lassen.«

»Es kann natürlich sein«, beeilt sich Wilhelm Berger zu sagen, »dass das alles nur ein Trick ist. Dies ist das erste Mal, dass der Kleinschmidt sich in aller Öffentlichkeit gezeigt hat. Es sieht ja geradezu so aus, als ob er erkannt werden wollte. Es wäre durchaus möglich, dass er uns einfach nach Norden locken will.«

»Ja, das ist möglich.« Marquardt seufzt. »Andererseits ist es auch möglich, dass wir ihn durch unsere verschärften Kontrollen in den letzten Wochen aus seinem angestammten Revier vertrieben haben, und dass er jetzt ganz weit nach Norden geht. In Richtung Danzig zum Beispiel.«

»Gibt es denn dort überhaupt Wälder?«, fragt Berger.

»In der Stadt natürlich nicht, aber westlich davon schon. Und die Zusammensetzung der Bevölkerung ist so ähnlich wie hier. Das heißt, der Kerl könnte sich dort ebenso frei bewegen wie in der Umgebung von Czersk. Und – was das Schlimmste wäre – in dem Falle ist nicht mehr Marienwerder zuständig, sondern Danzig. Das heißt, wir haben es mit anderen Staatsanwälten und anderen Verwaltungsbeamten zu tun. Hier läuft im Augenblick alles reibungslos – aber dort? Wir müssten ganz von vorn anfangen.«

»Als er zuletzt gesehen wurde, war Kleinschmidt allerdings auf dem Weg nach Süden«, gibt Berger zu bedenken. »Er hat gesagt, er wolle nach Wielle.«

Marquardt lacht. »Mein lieber Berger, wenn dieser Kerl sagt, dass er nach Wielle will, dann können Sie getrost davon ausgehen, dass das der einzige Ort auf der ganzen Welt ist, an dem er mit Sicherheit nicht ist.«

* * *

Zum Ablassfest auf dem Kalvarienberg zu Wielle sind am Palmsonntag, dem 24. März über 1000 Menschen zusammengeströmt. In Zeiten wie diesen ist die Kirche für viele der einzige Trost. Wunder gibt es selten. Und dass dieses Heiligtum mitten im Krieg gebaut werden konnte, das ist eines der seltenen Wunder. Landeigentümer hatten der Kirche das Land geschenkt, und nun sind schon vor zwei Jahren hier die ersten Kapellen geweiht worden. Die Menschen strömen die Stufen am Warmen See hinauf.

Jubel brandet auf. Es dauert einen Moment, bis der Pfarrer begreift, dass der Jubel nicht Gott oder dem Heiligtum gilt, sondern einem Mann, der wie ein Förster gekleidet ist. Er kennt diesen Mann glaubt er, und aus dem, was die Menschen rufen, schließt er, dass es sich um Kleinschmidt handeln muss.

Kurz entschlossen dreht er um und geht durch die Menge auf Kleinschmidt zu.

Der zieht seinen Hut: »Gott segne Sie, Herr Pfarrer!«

»Dies ist eine kirchliche Prozession, Herr Kleinschmidt. Ich erwarte von Ihnen, dass Sie diese Zeremonie nicht stören. Wenn nicht aus Respekt vor der Kirche, dann doch wenigstens aus Respekt vor den Gläubigen, die hierhergekommen sind, um Gott näher zu sein.«

»Auch ich bin hierhergekommen, um Gott näher zu sein.« Kleinschmidt blickt zu Boden.

»Frantek, Frantek!«, ruft einer der Umstehenden.

Der Pfarrer ignoriert den Zwischenruf. Er sagt: »Nein. – Was immer ihre Absicht gewesen sein mag, das, was Sie hier tun, das ist etwas anderes. Sie verwandeln diese friedliche kirchliche Prozession in eine politische Kundgebung.«

»Das liegt mir fern!« Kleinschmidt blickt auf, sieht den Pfarrer eine Sekunde lang triumphierend an, dann senkt er wieder den Blick.

»Herr Kleinschmidt, ich möchte Sie bitten, die Prozession zu verlassen. Wenn Sie die Nähe zu Gott suchen, dann kommen Sie zu mir in die Kirche. Kommen Sie allein, und beichten Sie ihre Sünden.«

»Dazu ist es längst zu spät«, murmelt Kleinschmidt.

Der Pfarrer widerspricht. »Dazu ist es nie zu spät. – Ich glaube zu wissen, dass Sie schwere Schuld auf sich geladen haben. Und ich glaube zu wissen, dass es Ihnen kaum gelingen wird, der irdischen Gerechtigkeit zu entgehen. Aber es gibt nicht nur die irdische Obrigkeit, sondern über allem thront Gott. Und seine Gerechtigkeit geht über alles. Er wird Sie anhören, und wenn Sie bereit sind, Buße zu tun, dann ist er auch bereit, Ihnen zu vergeben.«

»Herr Pfarrer, das sind schöne Worte. Aber schöne Worte genügen nicht mehr. Wir Polen, wir haben die Geduld verloren. Wir wollen nicht auf die himmlische Gerechtigkeit warten; wir wollen Gerechtigkeit jetzt und heute!«

»Herr Kleinschmidt, ich bitte Sie noch einmal, diese Prozession zu verlassen.«

Kleinschmidt zögert. Der Pfarrer hat das Gefühl, dass der Wilderer abzuschätzen versucht, was geschehen würde, wenn er bliebe. In diesem Fall gab es keine andere Möglichkeit, als die Prozession abzubrechen. Fast eine Minute lang stehen sie sich gegenüber; die hünenhafte Gestalt des Pfarrers gegen den kleinen Wilddieb.

»Ich gehe«, sagt Kleinschmidt schließlich. »Ich gehe, und alle, die wie ich für die Freiheit Polens und für die irdische Gerechtigkeit sind, die mögen mir folgen!« Er wendet sich um und geht auf dem Weg zurück, auf dem er gekommen ist. Der Pfarrer registriert erleichtert, dass es nur ein paar Dutzend Männer sind, die dem Kleinschmidt ins Dorf folgten.

* * *

Auf dem Jahrmarkt in Wielle geht es hoch her. Es hat sich rasch herumgesprochen, dass Kleinschmidt hier ist, dass Kleinschmidt sich in aller Öffentlichkeit zeigt. Mehr und mehr Leute strömen herbei. Kleinschmidt genießt das Aufsehen, das er erregt. Schließlich steigt er auf einen Tisch, so dass alle ihn sehen können.

»Hier bin ich!«, sagt er. »Und für alle, die mich noch nicht kennen sollten: Ich bin Franz Kleinschmidt, Hauptmann der Wildererkompanie.«

Jubel brandet auf.

»Die deutsche Polizei hat einen Preis auf mich ausgesetzt. 8000 Mark soll derjenige erhalten, der mich den Behörden ausliefert. Hier stehe ich; hier stehen 8000 Mark. Und ich glaube, jeder von euch weiß, wo hier in Wielle der Polizeiposten ist. Wer sich also die 8000 Mark verdienen möchte, der mache sich auf den Weg und zeige mich an!«

»Frantek, Frantek!«, rufen die Männer. Niemand macht sich auf den Weg.

»Wer aber ein echter Mann ist und ein echter Pole …«

»Oder Kaschube!«, ruft jemand.

»Wer ein echter Pole oder Kaschube ist, der bleibe hier. Der trinke sein Bier mit mir, und wenn er Mut hat, dann folge er mir in die Wälder, um gegen die Deutschen zu kämpfen, für ein freies Polen.«

Erneuter Jubel.

»Und alle denjenigen, die vielleicht kleinmütig sind, und die sich nicht trauen, den Kampf aufzunehmen, denen sage ich: Habt keine Furcht!« Er zieht ein kleines, stark zerlesenes Buch aus der Tasche und hält es hoch in die Luft. »Seht her! Ich habe mehr als der Herr Pfarrer von Wielle und als alle anderen Pfaffen bis hin zum Papst! Was ich hier in der Hand halte, das ist das siebte Buch Mose, und wer das besitzt, der ist kugelfest. Der kann nicht erschossen werden; dem gehört das ewige Leben.«

Wieder braust Jubel auf.

»Es gibt nur fünf Bücher Mose«, sagt jemand in die sich anschließende Stille hinein.

»Nur fünf Bücher? – Das ist das, was die Pfaffen euch weismachen wollen! Den Gegenbeweis halte ich hier in der Hand! Und wer mir nicht glaubt, dass dieses Buch so wirkt, wie ich es beschrieben habe, der mache die Probe aufs Exempel!« Kleinschmidt zieht seine Pistole. »Hier, du da, du Zweifler! Nimm meine Pistole und schieße mich über den Haufen – wenn du kannst!«

Der Mann schüttelt den Kopf.

»Was zögerst du? Nimm die Pistole und schieß!«

Als der Mann sich noch immer nicht traut, nimmt einer der anderen kurzerhand die Waffe in die Hand, legt auf Kleinschmidt an und schießt. Eine Frau schreit auf. Kleinschmidt steht unverletzt auf dem Tisch und lacht. Er lässt sich die Pistole zurückgeben.

»Wer das siebte Buch Mose besitzt, der ist unbesiegbar!«

»Ja, Frantek hat recht, wir sind unbesiegbar«, ruft

ein anderer. Er beginnt zu singen: »Noch ist Polen nicht verloren ...«

Die anderen stimmen ein:

»Noch ist Polen nicht verloren,
solange wir leben.
Was fremde Übermacht uns nahm,
Holen wir uns mit dem Säbel zurück.«

Die Begeisterung kennt keine Grenzen. Da die wenigsten Anwesenden die zweite Strophe kennen, singen sie einfach die erste Strophe noch einmal: »Noch ist Polen nicht verloren!« Kleinschmidt singt laut mit. Wer ist die Frau, die da geschrien hat? Er hat das Gefühl, dass das Maria gewesen sein könnte, aber er kann sie unter den Anwesenden nicht erblicken.

Plötzlich ruft jemand: »Polizei!«

»Die sollen nur kommen!«, ruft einer der Männer. Aber Kleinschmidt steigt vom Tisch, schwenkt zum Abschied seinen Hut und verschwindet in der Menge.

* * *

Im Hochgefühl seines Triumphes macht sich Kleinschmidt auf den Weg zurück in sein Versteck. Er ist nur mit dem Browning bewaffnet, aber er hat inzwischen die blinden Patronen gegen echte ausgetauscht. Auf dem Weg kommt ihm ein einsamer Radfahrer entgegen. Es ist nur ein Junge. Keine Gefahr, denkt Kleinschmidt.

Der Junge hat Schwierigkeiten, im lockeren Sand die Balance zu halten. Er konzentriert sich voll auf sein Rad und hat kaum einen Blick für Kleinschmidt, der inzwischen stehen geblieben ist. Er kennt den Jungen. Der ist in eine grüne Försteruniform gekleidet. Es ist der Sohn von Prabutzki.

Kleinschmidt hält den Jungen an. »Na, junger Mann, wo willst du denn hin um diese Zeit?«

»Ich bringe einen Brief zur Försterei Laska«, sagt der Junge. Er sieht Kleinschmidt ins Gesicht und erschrickt. Das ist der Mann, der auf ihn geschossen hat!

Kleinschmidt sieht ihn spöttisch an. »Briefträger. Das ist die richtige Art von Tätigkeit für dich«, sagt er.

Der Junge wird rot. »Ich bin Forstlehrling.« Seine Stimme zittert.

»Lehrling – ja, das passt. Du musst noch eine Menge lernen. – Gib mir mal deinen Hut!«

»Meinen Hut?«

»Her damit!«

Der Junge gibt Kleinschmidt seinen Hut. Kleinschmidt dreht ihn in der Hand: »Na, wie ich sehe, hat deine Mama die Löcher ja schon zugestopft.«

Der Junge weiß nicht, was er machen soll. Sein Herz schlägt ihm bis zum Hals.

Kleinschmidt zieht seine Pistole, zielt damit auf die Brust des Jungen. »Nach Laska willst Du? – Das trifft sich gut. Da fährst du jetzt hin, und dann erzählst du den Herrschaften, sie sollen sich in Acht nehmen. Wenn sie die Suche nach mir nicht einstellen, dann schieße ich das nächste Mal drei Finger breit tiefer. – Hast du mich verstanden?«

Der Junge nickt.

»Und jetzt sieh zu, dass du Land gewinnst!«

* * *

Von diesen Ereignissen weiß Wilhelm Berger nichts, als er am Abend von seiner Patrouille zurückkommt. Maria hat ihm Brot und auch Wein hingestellt. Das tut sie nur, wenn Marquardt nicht da ist. Berger ist sich sicher, dass der Wein noch aus den Vorräten Eisners stammt, aber er fragt nicht nach.

Auf dem Tisch liegt die Zeitung von gestern. Ungläubig starrt Berger auf die Schlagzeilen. *Die große Stunde im Westen* steht da. Kein Zweifel, der lang erwartete deutsche Angriff an der Westfront hat begonnen.

Berger schenkt sich ein zweites Glas Wein ein und überfliegt den Artikel. Der Text enthält wenig Konkretes, dafür viele blumige Formulierungen. *Der Geist der Truppen ist von freudiger Siegeszuversicht getragen.* Na schön. Vielleicht klappt es ja wirklich. Vielleicht ist dies tatsächlich der erhoffte Durchbruch, der nun endlich auch den Frieden im Westen bringt.

»Gibt es etwas zu feiern?« Berger hat nicht bemerkt, wie Marquardt hereingekommen ist.

»Ja«, sagt er geistesgegenwärtig. »Den deutschen Sieg im Westen.« Er weist auf die Zeitung.

»Schade nur, dass wir hier aus Westpreußen nichts Gleichwertiges zu melden haben! Ich habe schlimme Dinge gehört, Berger, schlimme Dinge!«

Die Ereignisse in Wielle und die erneute Begegnung Kleinschmidts mit dem Forstlehrling hat sich schnell herumgesprochen.

Marquardt murmelt: »Ein reiner Zufallstreffer. Er ist

kein Kunstschütze! Ganz und gar nicht! Sonst würde ich heute nicht mehr hier sitzen. Sonst hätte er mich im Februar getroffen. Und kugelfest ist er auch nicht; ich habe ihn doch selbst angeschossen!«

Marquardt nimmt die Flasche ohne zu fragen, schenkt sich auch ein Glas Wein ein. Seine Hand zittert. Es ist offensichtlich, dass er erschüttert ist. Nicht nur wegen Kleinschmidt.

Es gibt Ärger mit Berlin. Der Polizei-Sekretär Perdelwitz hat Marquardt ein ausführliches Schreiben geschickt. In der Reisekostenabrechnung Marquardts seien gewisse Unstimmigkeiten entdeckt worden. In der Rubrik *Strecke, die mit der Eisenbahn, nebenbahnähnlichen Kleinbahn oder dem Schiff zurückgelegt werden kann* fanden sich angeblich unrichtige Angaben. Die Fahrt Marienwerder – Rittel zum Beispiel. Marquardt hatte sie mit 140 km veranschlagt. Der Polizei-Sekretär schreibt, in Wahrheit seien es 139,5 km! Und warum sei er überhaupt bis Rittel gefahren? Wäre es nicht günstiger gewesen, in Czersk auszusteigen? Hier bestand Klärungsbedarf.

Marquardt seufzt. Nicht zum ersten Mal muss er seiner Verwaltung den Unterschied zwischen Bahnkilometern und der tatsächlich zurückgelegten Entfernung erläutern. Und für den reibungslosen Ablauf der Ermittlungen vor Ort ist es zwingend erforderlich, in Eigenverantwortung Entscheidungen zu treffen. Dazu gehört auch die Entscheidung, an welchem Bahnhof man aussteigt …

Marquardt legt den Federhalter zur Seite. Es ist doch alles sinnlos. Zum Teufel mit der Verwaltung! Zum Teufel mit der preußischen Korinthenkackerei! Das ganze Kaiserreich ist vollkommen verrottet, erstarrt in der formelhaften Anwendung irgendwelcher Vorschriften. Schluss damit! Wenn er wieder in Berlin ist, wird er in die SPD eintreten.

* * *

Der Hegemeister Labotzki ist von seinen schweren Verletzungen genesen und hat vor zwei Wochen seinen Dienst wieder aufgenommen. Jetzt ist er unterwegs, um Fichtenstämme zu markieren, die geschlagen werden sollen. Er hat den Drilling übergehängt.

Plötzlich tippt ihm jemand auf die Schulter. Labotzki fährt herum.

»Kleinschmidt!«

Ja, es ist Kleinschmidt. Und er hat eine Pistole in der Hand. »Das hättest du nicht gedacht, was?« fragt er boshaft. »Nein, das hättest du nicht gedacht, dass du mich hier noch einmal triffst!«

»Nein, das hätte ich nicht gedacht.« Labotzki bemüht sich vergeblich, die Angst in seiner Stimme zu unterdrücken.

»Und ich habe auch nicht gedacht, dass ich dich hier treffen würde. Ich hatte gedacht, dass ich dir ziemlich deutlich gesagt habe, dass ich Leute nicht mag, die mit den deutschen Förstern zusammenarbeiten. Und ich dachte, ich hätte dir damals eine deutliche Lektion erteilt.«

»Frantek, ich bitte dich …«

»Ja, bitte mich ruhig. Das ist immer gut, das höre ich

gern. Aber das reicht mir nicht aus, Labotzki. Schöne Worte reichen mir nicht aus. Schöne Worte sind schnell gesagt, aber wenn ich dir den Rücken zudrehe, dann nimmst du dein Gewehr und schießt mich über den Haufen.«

Labotzki schüttelt stumm den Kopf. Jetzt ist es aus, denkt er. Jetzt ist es endgültig aus.

»Fang bloß nicht an zu heulen«, sagt Kleinschmidt. »Das kann ich nicht leiden. Gib mir dein Gewehr, Labotzki. Schön langsam und vorsichtig!«

Labotzki beginnt mit zitternden Fingern, das Gewehr von der Schulter zu ziehen.

»Lass es einfach fallen, und dann tritt ein paar Schritte zurück!«

Der Hegemeister lässt das Gewehr fallen. Zögernd geht er ein paar Schritte rückwärts. Kleinschmidt tritt vor und hebt das Gewehr auf. »Ist das dein Drilling?«, fragt er.

Labotzki schüttelt den Kopf.

»Labotzki, du hast Glück«, sagt Kleinschmidt. »Du hast großes Glück, dass heute Sonntag ist und dass es mir gut geht, aber dieses Glück gibt es nur einmal. Du gehst jetzt nach Hause, packst deine Sachen und verschwindest aus der Gegend. Sofort. Und wenn ich dich noch jemals irgendwo im Wald antreffe, ganz gleich, ob mit Gewehr oder ohne, dann wirst du kein Glück mehr haben, denn dann schieße ich dich tot. Hast du das verstanden?«

»Ja.«

»Und glaub nicht, dass du mich an der Nase herumführen kannst. Ich werde es sehr schnell erfahren, wenn du doch hier bleibst, wenn du dich einfach irgendwo versteckst und glaubst, dass ich dich dort nicht finde. Ich finde dich. Ich und meine Leute. Ich bin Hauptmann der Wilderer-Kompanie, uns gehört der ganze Wald, uns gehört die ganze Tucheler Heide, und wer uns nicht gehorcht, der bekommt seine Quittung.«

»Ja.«

»Sag: Jawohl, Herr Hauptmann!«

»Jawohl, Herr Hauptmann.«

* * *

»Ich habe gehört, der Labotzki ist weg«, sagt Berger.

Paul Marquardt nickt. »Ja. Ich konnte es nicht verhindern. Leider. Ich habe ihm versichert, dass er von mir allen Schutz bekommt, den er haben will. Dass er einen Kommandojäger zugewiesen bekommt, oder auch zwei. Aber er hat sich nicht überreden lassen.«

»Er hätte sich doch beurlauben lassen können. Warum hat er das nicht gemacht?«

»Weil er Angst hat. Er hat solche entsetzliche Todesangst, dass er sich auf gar nichts mehr einlässt.«

»Das ist schlecht«, sagt Berger. »Solche Dinge sprechen sich herum. Allmählich verliert die Bevölkerung das Vertrauen in uns.«

»Das hat sie längst verloren. Die Lage ist viel schlechter, als Sie denken. Als die letzten Drohbriefe hier aufgetaucht sind, hatte ich den Gemeindevorsteher in Lossini gebeten, Erkundigungen einzuziehen. Das ist dem Kleinschmidt sofort gemeldet worden. Der Gemeindevorsteher hat umgehend selbst einen Drohbrief bekommen. Er hat den Vorfall nach Czersk gemeldet. Aber offenbar hat dieser Kleinschmidt selbst auf dem Amt in Czersk seine Leute. Das Ergebnis waren neue Drohbriefe an den Mann in Lossini und an den Amtsvorsteher in Czersk. Inzwischen bekomme ich das Amt in Czersk gar nicht mehr ans Telefon. Wenn die von der Vermittlung hören, dass ich sie anrufen will, lassen sie sich verleugnen. Und in Lossini redet sowieso keiner mehr mit mir.«

Davon hast du uns nichts erzählt, denkt Berger. Wir müssen zusammenarbeiten, uns gegenseitig vollständig vertrauen, aber du, du kochst immer noch dein eigenes Süppchen.

»Er ist uns immer einen Schritt voraus. Man könnte fast glauben ...«

»Dass er hier jemanden sitzen hat, der ihn über all unsere Pläne und über die neuesten Entwicklungen auf dem Laufenden hält?« Berger schüttelt den Kopf. Nein, das ist gar zu unwahrscheinlich.

Marquardt zuckt mit den Achseln. »Wahrscheinlich hat er einfach nur Glück. Und das einfache Volk glaubt, er hätte eine ganze Wilderer-Kompanie hinter sich. Dabei wissen wir ganz sicher, dass er allein arbeitet. Der Mann ist ein Einzeltäter.«

»Wir müssen ihn fassen«, sagt Berger.

»Früher oder später kriegen wir ihn, das ist keine Frage.«

Berger nickt.

»Aber darauf können wir nicht warten. Wir müssen die Menschen schützen, die auf unserer Seite sind, die sich für uns exponiert haben.«

»Davon sind nicht mehr viele übrig.«

»Einige sind es schon noch. Aber einer davon ist der exponierteste von allen: Adolf Graepelt.«

Wilhelm Berger ahnt, dass er wieder nach Grünthal abkommandiert werden wird – diesmal für längere Zeit.

* * *

Wenige Tage später kommt der nächste Brief aus Berlin. Marquardt reißt ihn auf, er wird kreidebleich. Es ist die Kopie eines Schreibens des Polizeipräsidenten an den Innenminister.

»Hier, lesen Sie«, sagt Marquardt zu Berger. »Es ist vorbei.«

Berger liest:

An den Minister des Inneren
Berlin, N.W.7
Unter den Linden 72/73

Ich muss mit aller Entschiedenheit die Rückberufung des Kriminalschutzmanns Marquardt nach Berlin fordern. Da dieser nach den Ausführungen des Herrn Regierungspräsidenten zu Marienwerder noch immer weiter zu den Streifen zwecks Ergreifung des Kleinschmidt verwendet wird, befindet er sich ständig in großer Lebensgefahr. Es wäre meines Erachtens eine unbillige Härte gegenüber dem Beamten, der sich bereits länger als sieben Monate auf seinem schwierigen Posten befindet, ihn noch länger der drohenden Gefahr auszusetzen, erschossen zu werden. Dies wäre meines Erachtens selbst dann nicht gerechtfertigt, wenn der Beamte wirklich unentbehrlich wäre.

An eine solche Unentbehrlichkeit glaube ich aber nicht. Es ist nicht einzusehen, warum die Rolle, die Marquardt bei den bisherigen Fahndungsmaßnahmen gespielt hat, in Zukunft nicht nach entsprechender Vorbereitung und Einarbeitung von einem der in großer Zahl zur Verfügung stehenden Forstbeamten und Soldaten übernommen werden könnte. Es ist die höchste Zeit, dass er sofort wieder im reichshauptstädtischen Sicherheitsdienst Verwendung findet, dem er eigentlich gar nicht so lange Zeit hätte entzogen werden dürfen.

Der Polizeipräsident

Damit hat Berger schon länger gerechnet. Mehr als 50 Mann sind auf der Jagd auf den Wilddieb und Mörder Kleinschmidt. Der Aufwand steht in keinem Verhältnis zu dem mageren Ergebnis. Und der letzte Mord liegt mehr als sechs Monate zurück. Natürlich gibt es nach wie vor Reibereien zwischen Deutschen und Polen. Aber in einem früheren Schreiben hat Berlin schon die Frage gestellt, ob ein Rückruf Marquardts und der zahlreichen Kommandojäger nicht vielleicht zur Beruhigung der allgemeinen Lage beitragen könne.

Es lässt sich nicht leugnen, dass die starke Präsenz der preußischen Ordnungsmacht hier im Gebiet der Tucheler Heide die Spannungen verschärft.

Einerseits.

Andererseits wird aber bei einem Abzug der Kommandojäger die Gefahr für die Forstbeamten noch größer.

***

Kleinschmidt ist der Sieger, aber er weiß es nicht. Die neuen Nachrichten aus Berlin erfährt er nicht, und deren Auswirkungen lernt er erst nach und nach kennen.

Sein Auftritt in Wielle – welch ein Triumph! Er hat es ihnen allen gezeigt. Er hat sich auf dem Ablassfest in den Vordergrund gedrängt, und jeder hat ihn gesehen. Sein Auftritt auf dem Jahrmarkt – ein weiterer Triumph. Er hat seine Unverwundbarkeit überzeugend demonstriert, und die Menschen haben ihm zugejubelt. Und er hat diesem Sohn von Prabutzki, diesem Jungförster, den Hut vom Kopf geschossen – er ist ein wahrer Kunstschütze. Und er hat die Dreistigkeit besessen, sich nachträglich noch den geflickten Hut vorführen zu lassen. Ein Sieg nach dem anderen.

So sieht es aus, auf den ersten Blick jedenfalls. Aber wenn man genauer hinsieht, dann ist es ganz anders. Beim Ablassfest hat sich der Pfarrer gegen ihn durchgesetzt. Ein unbewaffneter Mann, nur kraft seines Wortes hat er ihn weggeschickt. Kleinschmidt musste das Fest verlassen. Was hätte er sonst tun sollen? Den Pfarrer erschießen? Nein, das wäre eine absolute Katastrophe gewesen. Und sein Abgang war schon schlimm genug.

Dann sein Auftritt auf dem Jahrmarkt. Das Volk hat ihm zugejubelt. Sie haben gemeinsam mit ihm die Hymne gesungen. *Noch ist Polen nicht verloren*. Aber dann, als es ernst wurde, da haben sie ihn im Stich gelassen. Als die Polizei aufgetaucht war. Was wäre passiert, wenn er auf die Polizisten geschossen hätte? Was wäre passiert, wenn er gerufen hätte: »Jagt sie weg, diese Schergen der preußischen Blutsauger!« Wären sie ihm gefolgt, die ihm eben noch zugejubelt hatten? Alle waren unbewaffnet. Alle außer ihm.

Sein Auftritt als Kunstschütze, der war einfach lächerlich. Er hatte ja gar nicht gewusst, auf den er da schoss. Und dass er den Hut getroffen hatte und nicht den Kopf, das war schieres Glück.

Seine Abrechnung mit Labotzki schließlich, das war der Gipfel der Lächerlichkeit. Einen Greis wegjagen, dazu reichten sie aus, seine Fähigkeiten. Den alten Mann zu zwingen, ihn als Hauptmann der Wilderer-Kompanie zu bezeichnen, das schaffte er gerade noch. Aber sonst?

Es gibt keine Wilderer-Kompanie. Und wenn es eine gäbe, dann wäre er unfähig, sie zu führen. Er hat überhaupt keine Fähigkeiten, andere Menschen anzuführen. Er ist nichts weiter als ein einzelner Wilddieb, den das Schicksal zum Totschläger gemacht hat, und der sich durch seine anschließende Fahnenflucht in den Augen der Polizei selbst zum Mörder gestempelt hat.

Und jetzt – jetzt gibt es keinen Ausweg mehr. Er kann nur so weitermachen wie bisher, bis zum bitteren Ende. Er kann den letzten der standhaften Förster erschießen. Er kann es zumindest versuchen. Und er kann jedenfalls diese Maria bezwingen. Ja, daran hat er keinen Zweifel. Er wird sie bezwingen, diese dumme, arrogante Pute, er wird sie beherrschen, er wird machen mit ihr, was er will, was immer ihm gerade in den Sinn kommt. Und anschließend – was dann kommt, das wird sich herausstellen. Je nachdem, wie das alles abläuft. Aber eines steht fest: Was immer er am Ende mit ihr macht, es wird ihr nicht gefallen. Sie wird hinterher nicht mehr dieselbe sein. Diese Försterhure. Er wird sie vernichten.

Das Geld

Jatty, 22. Juni 1918

Anfang Juni 1918 werden 48 der Jäger, die zum Schutz der Förstereien und zur Jagd auf den Mörder Kleinschmidt in die Tucheler Heide entsandt worden waren, in ihre Garnison nach Culm (Westpreußen) zurückbeordert. Marquardt ist bereits nach Berlin abgereist. Berger ist im Augenblick noch in Jatty. Er hat keine klaren Anweisungen bekommen, aber ihm ist klar, dass er nicht in Jatty bleiben kann. Und Maria auch nicht. Sie müssen dort hin, wo die Bedrohung der Förster am größten ist.

Maria geht unruhig in ihrer Kammer auf und ab. Die Belohnung ist wieder erhöht worden. 13.800 Mark – das ist eine Menge Geld. Damit sollte es möglich sein, auch jetzt, mitten im Kriege, nach Amerika auszuwandern. Die Seeblockade gegen Deutschland ist ja nicht lückenlos. Es gibt doch einen regen Handel mit Schweden. Auch wenn die neue schwedische Regierung unter diesem Edén nicht ganz so deutschfreundlich ist wie die vorige.

Bleibt nur ein kleines Problem. Maria hat keinen Pass. Sie hat überhaupt keine gültigen Papiere, keine russischen und keine deutschen. Aber für Geld ist angeblich alles möglich. Und dann? Wahrscheinlich ist es ziemlich einfach, über Schweden in die USA auszureisen.

Nein, vielleicht geht das doch nicht. Sie wird ein Visum für die USA benötigen. Und das wird sie nicht bekommen, solange sich Deutschland mit den USA im Krieg befindet. Aber immerhin – 13.800 Mark, das wäre ein schöner Betrag, um damit gleich nach dem Krieg ein neues Leben aufzubauen.

Kleinschmidt – ja, natürlich, er ist ein Pole wie sie selbst. Aber Kleinschmidt ist auch ein Mörder. Vollkommen gewissenlos. Er hat inzwischen sogar auf ein Kind geschossen. Er hat jeden Anspruch auf Solidarität verloren.

* * *

»Du hast was gemacht?« Wilhelm Berger ist fassungslos.

Maria zuckt mit den Schultern. »Ich habe mich mit Franz Kleinschmidt getroffen, ja.«

»Um Himmels willen«, sagt Berger. »Der Mann ist ein Mörder, das weißt du doch! Es hätte Gott weiß was passieren können!«

»Es ist aber nichts passiert«, sagt Maria. Dass die Situation brenzlig gewesen ist, das verschweigt sie. Und sie spricht auch nicht davon, wie Kleinschmidt sie unter der Eiche bedrängt hat.

»Kleinschmidt hat mir sein ganzes Leben erzählt«, behauptet Maria. »Bei dem Treffen bei Leokadia. Er hat mir alles gebeichtet. Die Morde und die anderen Gewalttaten, alles. Mag sein, dass einiges davon übertrieben war; mag sein, dass einiges davon schlicht gelogen war, aber jedenfalls hat er mir seine Geschichte so erzählt, wie er sie erzählen wollte.« In Wirklichkeit hat er ihr ziemlich wenig erzählt.

»Aber warum glaubst du, dass er dich noch einmal treffen würde? Er weiß doch, dass es für ihn mindestens so gefährlich ist, wie für dich.«

Maria lächelt. »Er ist eitel«, sagt sie. »Er redet gern über sich. Und die Geschichte, die er mir erzählt hat, die ist noch nicht zu Ende. Die letzten Monate fehlen.« Sie berichtet, dass Kleinschmidt ihr versprochen hat, bei Vollmond bei den Steinkreisen auf sie zu warten. Jedes Mal bei Vollmond, alle vier Wochen.

»Warum?«, fragt Berger. »Warum willst du ihn treffen?«

»Wegen der Belohnung.«

»Was?«

»Weißt du denn nicht, dass eine gewaltige Belohnung auf die Ergreifung des Mörders ausgesetzt ist?«

Natürlich weiß Berger das. »Du kannst den Kleinschmidt nicht allein festnehmen.«

»Natürlich nicht. Ich brauche deine Hilfe!«

Wilhelm Berger schüttelt den Kopf.

»Es geht«, sagt Maria. »Und es ist ganz einfach.« Sie erläutert ihren Plan.

Es ist nicht einfach, und die Erfolgsaussichten sind gering. Andererseits – Berger überlegt. Seine wichtigste Aufgabe ist der Schutz der Förster. Und der effektivste Schutz wäre natürlich die Festnahme Kleinschmidts. Es ist niemand mehr da, den er um Erlaubnis fragen muss. Das ist ein Vorteil. Dagegen steht der Nachteil, dass er völlig auf sich allein gestellt ist.

»Denk an das Geld!«, bohrt Maria.

Berger schüttelt den Kopf. »Vergiss das Geld. Es ist äußerst unsicher, ob du die Belohnung bekommst. Oder wenigstens einen Teil des Geldes. Die Behörden sind bei der Auslobung von Belohnungen schneller bei der Hand als bei der Auszahlung.«

»Wenn wir es nicht versuchen, bekommen wir auf jeden Fall gar nichts«, sagt Maria.

Das ist richtig. »Wir könnten es versuchen«, sagt Berger zögernd.

»Wir versuchen es!«, triumphiert Maria.

Berger nickt. Er blickt auf den Wandkalender. Die Mondphasen sind eingezeichnet. Der nächste Vollmond ist am 24. Juni. Und das ist übermorgen.

* * *

Eigentlich muss er jetzt jede freie Minute nutzten, um zu schlafen. Wenn er dem Kleinschmidt in der übernächsten Nacht eine Falle stellen will, dann muss er so munter sein wie nur möglich. Aber es gibt da etwas, das ihn ein kleines bisschen ärgert: Maria hat ihm nichts davon erzählt, dass sie Kleinschmidt in der Wohnung seiner Schwester getroffen hat. Es wäre ein Leichtes gewesen, den Mörder damals festzunehmen, und Hannemann könnte noch am Leben sein.

Er weiß noch immer viel zu wenig über Maria. Auf all seine Fragen hat sie stets ausweichend reagiert. Natürlich kann er sie nicht gut bitten, ihm ihre Papiere zu zeigen. Aber wenn er nun einfach heimlich nachsieht? Das kann doch nichts schaden. Außer natürlich, wenn sie ihn dabei erwischt. Aber das ist unwahrscheinlich.

Die nächsten Stunden wird sie noch in der Küche beschäftigt sein.

Ihre Tür ist unverschlossen, wie immer. Berger tritt ein. Der Raum ist zu dunkel. Berger stellt die Petroleumlampe auf den Tisch. So geht es, aber er muss die Flamme kleiner stellen, dass sie nicht blakt. Dann öffnet er Marias Schrank.

Da ist nicht viel. Zwei einfache Kleider; eines davon hat sie zu Theresias Hochzeit getragen. Blusen, Röcke, Unterwäsche, ordentlich zusammengelegt. Darunter liegt ein Umschlag. Ihre Papiere? Nein, nur Geld. Fünfzig Mark hat Maria zur Seite gelegt. Reich werden kann man nicht, wenn man als Dienstmädchen arbeitet.

Aber wo sind ihre Papiere? Geburtsurkunde, Taufschein, Impfzeugnis – diese Dinge mögen da sein, wo Maria eigentlich zu Hause ist. Bei ihrer Tante in Rittel, wenn es die denn gibt. Aber das gilt natürlich nicht für das Dienstbotenbuch. Das muss hier sein, an ihrem Arbeitsplatz. Das muss sie jederzeit auf Verlangen vorzeigen können. Doch so sehr er auch sucht – das Dienstbotenbuch findet Wilhelm Berger nicht.

Ein polnisches Buch liegt da, ziemlich zerlesen. Wilhelm Berger blättert darin. Es scheint ein Roman zu sein, von einem *Henryk Sienkiewicz*. Den Autor kennt Berger nicht. Wahrscheinlich hat sie das Buch von irgendwem geliehen. Er will schon aufgeben, das Buch in den Schrank zurücklegen, als ihm ein rotes Stück Pappe entgegenfällt. *Arbeiter-Legitimationskarte* steht darauf. Und dass eine gewisse Maria Tutasz aus Radomice in Russisch-Polen als Magd auf dem Gut Adlig-Neukirch beschäftigt sei.

* * *

Am nächsten Morgen nimmt Wilhelm Berger sich einen Tag frei. Er tut es mit schlechtem Gewissen, aber er baut darauf, dass nichts passiert. Die meisten Tage passiert nichts. Und es wird nicht allzu lange dauern. Zum Glück gibt es hier in Jatty wenigstens Pferde.

»Ich nehme den Braunen«, sagt Berger. »Ich bin spätestens gegen Mittag zurück.«

Der polnische Knecht zuckt mit den Achseln. Ihm ist es gleich, was Berger tut.

* * *

Die Entfernung ist größer, als Wilhelm gedacht hat. Es dauert zwei Stunden, bis er in Adlig-Neukirch eintrifft. Der amtierende Verwalter Klein staunt nicht schlecht, als Wilhelm Berger bei ihm ankommt. Berger fragt, ob er bitte das Zimmer von Herrn Hannemann sehen könne.

»Warum?«, fragt Klein.

Berger gibt vor, dass Marquardt noch immer nach einem Zusammenhang zwischen den verschiedenen Morden suche, und dass er nicht glauben könne, dass es sich jeweils um zufällige Zusammentreffen gehandelt habe.

Berger befürchtet, der Verwalter werde weitere Fragen stellen, zum Beispiel, warum Marquardt nicht persönlich gekommen sei. Oder warum er nicht wenigstens angerufen habe. Das Gut hat selbstverständlich Telefon.

Aber der Verwalter stellt keine Fragen, sondern schließt ihm die Tür zu Hannemanns Wohnung auf.

»Frau Hannemann ist auf dem Amt in Marienwerder«, sagt er. »Ich hoffe nicht, dass ich da jetzt irgendwelche Schwierigkeiten bekomme.«

»Dies ist eine polizeiliche Maßnahme«, behauptet Berger. Er verspricht, er werde keine Unordnung hinterlassen.

Zu Bergers Erleichterung lässt der Verwalter ihn allein. Sofort macht er sich daran, das Arbeitszimmer zu durchsuchen. Die Einrichtung ähnelt derjenigen, die sich auch im Büro seines Vaters fand. Der Schreibtisch ist nicht verschlossen. In den Schubladen liegt die Korrespondenz der letzten Monate, nach Alter sortiert, aber da Berger sich mit den Besonderheiten einer Privatförsterei nicht auskennt, kann er mit den Berichten und Statistiken nicht viel anfangen. Hannemann hat verschiedentlich Land gekauft, soviel ist klar. Aber private Aufzeichnungen oder Briefe finden sich nicht. Kein Tagebuch, auch keine Drohbriefe.

Auch dieser Schreibtisch hat genau wie sein Gegenstück in Hamburg ein Geheimfach. Im Geheimfach seines Vaters liegen Zigarren; wenn sein Vater jemals gemerkt haben sollte, dass deren Zahl im Laufe der Monate abnahm, dann hat er jedenfalls nie darüber gesprochen. Hannemann hat keine Zigarren versteckt. In seinem Geheimfach stecken zwei gelbe Schachteln mit der Aufschrift *Dr. Schleussner's Gelatine-Emulsionsplatten*. Sie enthalten belichtete Glasplatten-Negative. Wilhelm Berger hält eines der Bilder gegen das Licht. Er ist sich sicher, dass Frau Hannemann von diesen Bildern nichts weiß. Kurz entschlossen steckt er die beiden Schachteln ein.

»Na, haben Sie etwas gefunden?«

Berger fährt zusammen. Er hat nicht gemerkt, dass der Verwalter hereingekommen ist. »Leider nicht«, sagt er.

»Ich habe auch nicht damit gerechnet, dass es hier etwas geben könnte, was Ihnen weiterhilft.«

»Der Hannemann – der war wohl ein Freizeit-Fotograf?«, fragt Berger.

»Ja, er hat viel fotografiert.« Er zögert. Dann ergänzt er: »Für meinen Geschmack ein bisschen zu viel.«

»Zu viel? Was meinen Sie damit?«

»Er hat Nacktaufnahmen von den Dienstmädchen gemacht.«

»Hat er davon erzählt?«

»Natürlich nicht. Aber sowas spricht sich rum. Und eines der jungen Dinger hat sich sogar an den Gutsherren gewandt. Einen Brief nach Berlin geschrieben. Das war natürlich keine gute Idee. Entlassung, und zwar sofort.«

»Und Hannemann?«

»Dem ist nichts passiert. Er hat einen Rüffel bekommen, mehr nicht.«

»War er ein guter Förster?«

Klein zögert. »Um ehrlich zu sein, ich hatte erst Bedenken. Der Mann war ja schon 60 Jahre alt. Aber er hat seine Sache gut gemacht. Und den Kleinschmidt – fast hätte er den gehabt!«

»Aber dann hat der Wilderer stattdessen ihn erschossen.«

»Nein, das meine ich nicht. Vorher schon. Auf einem seiner Kontrollgänge hat er den Kleinschmidt gestoppt. Aber er war zu unvorsichtig. Hat den Kerl zu nahe an sich herankommen lassen. Kleinschmidt hat ihm das Gewehr aus der Hand gerissen, auf ihn gezielt und abgedrückt. Aber es war nicht geladen. Da ist der Kleinschmidt davongerannt.«

»Davon wusste ich gar nichts«, sagt Berger. Aber damit ist klar, dass Kleinschmidt mit dem Hannemann noch eine Rechnung offen hatte. Das war das Motiv. Berger ist sich sicher, dass der Wilderer die erneute Konfrontation geradezu gesucht hat. Und Hannemann auch. Ja, kein Zweifel, Hannemann auch.

* * *

»Wo kommst du denn her?« Maria ist herausgekommen, als sie das Pferdegetrappel gehört hat.

»Aus Adlig-Neukirch«, sagt Berger.

»Du kommst viel herum in der Gegend!« Falls Maria beunruhigt ist, so zeigt sie es jedenfalls nicht.

»Ich habe dir etwas mitgebracht.« Wilhelm Berger legt die beiden Schachteln mit den Negativplatten auf den Tisch.

Maria öffnet die Schachteln, nimmt die Glasplatten heraus. Sie betrachtet die Negative, eines nach dem anderen. Sie verzieht keine Miene dabei. Sie kennt die Bilder.

»Du bist eine sehr schöne Frau«, sagt Berger.

Maria lächelt. »Ich bin eine sehr dumme Frau«, sagt sie. »Ich habe mich geschmeichelt gefühlt, dass der Administrator sich für mich interessierte. Dass er diese Aufnahmen machen wollte. Ich hätte es niemals zulassen sollen.«

Wilhelm Berger zuckt mit den Achseln. Er sieht nichts Verwerfliches darin, dass sich jemand nackt fotografieren lässt.

Maria zögert. Schließlich sagt sie: »Das war nicht alles. Er hat mehr gewollt. Ich habe ihn hingehalten. Aber er hatte Zeit. Mein Arbeitsvertrag lief ja über ein Jahr. Ein Jahr ist eine lange Zeit. Schließlich hat er mich mit den Bildern erpresst. Wenn ich ihm nicht zu Willen sei, würde er die Aufnahmen dem Gutsherren zeigen …«

»Glaubst du, das hätte er gewagt?«, fragt Berger.

»Ich weiß es nicht. Aber wie dem auch sei – ich hatte Angst, dass er es tun könnte. Ich hatte Angst, dass ich meine Arbeit verliere. Am Ende habe ich gedacht: Was ist schon dabei, wenn ich mit ihm schlafe?«

»Nichts«, sagt Berger so gleichgültig wie möglich. Er selbst hat noch nie mit einer Frau geschlafen.

»Nur ein Mal, hatte ich gedacht. Aber damit war er nicht zufrieden. Und am Ende war ich schwanger. Wenn du dir die Fotos genau ansiehst – auf den letzten Bildern kannst du es sehen.«

Wilhelm Berger hat es nicht bemerkt.

»Natürlich hat er damit nichts zu tun haben wollen. Da habe ich mir ein Herz gefasst und an den Gutsherren nach Berlin geschrieben …«

»Aber der Gutsherr hat dir auch nicht geholfen.«

»Er wollte keinen Skandal. Ich musste weg, damit ich nicht reden sollte. Der Administrator hat mir zehn Mark gegeben und mich aus dem Haus gejagt.«

»Und vermutlich hat er dir in das Dienstbotenbuch geschrieben …«

»Ich habe kein Dienstbotenbuch, Wilhelm. Ich komme aus Russisch-Polen. Er hat gesagt, ich solle meine Legitimationskarte holen, damit er meine Entlassung eintragen könne. Wegen ungebührlichen Verhaltens. Ich habe sie ihm nicht gegeben. Ich habe einfach meine Sachen genommen und bin nicht wiedergekommen. Sie haben gedacht, in gehe wohl zurück nach Radomice, in das Dorf, wo ich hergekommen bin.«

»Aber das hast du nicht gemacht.«

»Nein, so weit bin ich gar nicht gekommen. Ich bin durch den Wald gelaufen, nicht auf der Straße, weil ich gedacht habe, dass sie nach mir suchen. Natürlich habe ich mich hoffnungslos verirrt. Nach zwei Tagen war ich völlig erschöpft und halb verhungert.«

»Und dann?«

»Der alte Förster hat mich gefunden. Habe ich dir nicht gesagt, ich bin ein Findelkind? Er hat mich mit nach Jatty genommen, und er hat mir etwas zu Essen gegeben. Und ich konnte hier wohnen bleiben und habe dann als Küchenmamsell für ihn gearbeitet.«

Ohne Dienstbotenbuch und ohne gültige Legitimationskarte? Das war nicht zulässig. Aber Berger hatte schon gehört, dass Eisners Vorgänger ein gutes Herz gehabt hatte. Kritisch wurde es nur, als der alte Förster entlassen wurde und durch Eisner ersetzt wurde. Aber da Maria nun einmal da war, hatte Eisner offenbar nicht nach ihren Zeugnissen gefragt.

»Und das Kind?«, fragt Berger.

Maria schüttelt den Kopf. »Siehst du hier irgendwo

ein Kind? – Es gibt kein Kind.«

»Du hast es weggegeben?«

»Ja, Wilhelm, ich habe es weggegeben. So könntest du es nennen. – Es war furchtbar. Aber ich habe gedacht, es ist besser, überhaupt kein Kind zu haben, als ein Kind von einem solchen – von einem solchen schlechten Menschen. Vielleicht verachtest du mich dafür, aber ich stehe zu dieser Entscheidung.« Ihre Stimme zittert. »Ich habe es abtreiben lassen.«

»Ich verachte dich nicht«, sagt Wilhelm.

Maria lächelt. »Das ist schön, Wilhelm. Aber ich denke, du musst das jetzt nicht sagen. Du solltest darüber nachdenken.«

»Darüber brauche ich nicht nachzudenken!«

»Doch, das musst du. Wenn es morgen Abend immer noch gilt, dann gilt es wirklich. – Aber ich werde es dir nicht übel nehmen, wenn du deine Meinung änderst.«

Wilhelm will sie in den Arm nehmen, aber Maria entzieht sich seiner Umarmung. »Morgen!«, sagt sie. Sie steht auf und geht zurück in ihr Zimmer.

* * *

Vierundzwanzig Stunden Zeit, die Aktion vorzubereiten. Es versteht sich von selbst, dass kein Förster und kein Polizist eingeschaltet werden kann. Es liegt Berger viel daran, Kleinschmidt lebend zu fangen. Aber ob das möglich sein wird? Er weiß es nicht.

Maria und er haben sich darauf geeinigt, getrennt zum Treffpunkt zu gehen. Berger wird sich bereits am Nachmittag auf den Weg machen, nachdem er eine kurze Patrouillenrunde hinter sich hat; Maria wird erst nach Einbruch der Dunkelheit losgehen, so dass sie gegen Mitternacht bei den Steinkreisen eintrifft.

Es klappt hervorragend. Wilhelm Berger lässt sich von einem Kutscher bis nach Czersk bringen, marschiert von dort nach Norden, nach Wojthal. Er geht durch das Dorf, überquert die kleine Brücke über den Schwarzwasser-Fluss und ist im Nu im Schatten des lockeren Waldes verschwunden. Hier ist keine Menschenseele. Es dauert nicht lange, dann hat er die Steinkreise gefunden.

Maria hat ihm allerlei Geschichten über die Steinkreise erzählt, von Geistern, die hier spuken, von einer alten Kirche, die hier unter die Erde gesunken sei. Was sie ihm nicht erzählt hat, das ist, dass es so viele Steinkreise sind. Und die genaue Lage dieser Kreise ist auf den amtlichen Karten nicht eingezeichnet. Nur gut, dass er keine Eile hat.

Berger zählt zwölf Steinkreise. Zehn davon sind so gut wie vollständig, zwei weitere dagegen nur teilweise erhalten. Die Kreise haben einen Durchmesser von 15 bis gut 30 m. Der Größte besteht aus knapp 30 Steinen. Keiner der Blöcke ist besonders groß. Nur wenige haben eine Höhe von vielleicht 70 cm.

Berger geht zweimal alles ab. Der größte Kreis ist der am weitesten westlich gelegene. Er liegt etwa 100 m vom Abhang zum Schwarzwasser-Fluss entfernt. Das ganze Gelände ist mit lockerem Kiefernwald bestanden. Das hat den Vorteil, dass man rechtzeitig jeden sieht, der sich dem Steinkreis nähert. Es hat andererseits den Nachteil, dass es kaum Verstecke gibt.

Schließlich klettert Berger auf eine verkrüppelte Kiefer am Rande des Kreises. Der Aufstieg erweist sich als äußerst schwierig mit dem Gewehr auf dem Rücken. Aber es gelingt, Von hier oben hat er einen freien Blick über den gesamten Steinkreis. Zwar ist er nicht unsichtbar, aber die grüne Uniform tarnt ihn, und außerdem geht er davon aus, dass Kleinschmidt wohl nicht damit rechnet, dass jemand oben im Baum sitzt. Wilhelm Berger packt sein mitgebrachtes Abendbrot aus und richtet sich auf eine lange Wartezeit ein.

* * *

Maria macht sich einige Stunden später auf den Weg. Sie hat sich zwar von Berger beschreiben lassen, wie sie am besten zu den Steinkreisen kommen kann, aber sie hat sich schließlich doch für den kürzesten Weg entschieden. Das bedeutet, dass sie zunächst einmal nach Czersk und von dort nach Pustki marschieren muss.

Als Maria durch Pustki marschiert, wird es langsam dunkel. Ihr ist ein bisschen mulmig zu Mute. Sie weiß, dass Kleinschmidt aus Pustki stammt. Sicher hat er noch Verwandte hier. Womöglich steht er in einem der kleinen Holzhäuser hinter dem Fenster und beobachtet sie.

Während sie im Dorf noch vereinzelt Menschen auf der Straße trifft, zumeist Landarbeiter, die von der Feldarbeit zurückkommen, muss sie jetzt durch den dunklen Wald. Hier ist niemand. Sie vermeidet es, in Richtung der Försterei Odry abzubiegen, sondern geht stattdessen geradeaus weiter. Richtig dunkel ist es auch jetzt nicht; der Mond ist aufgegangen. Einzelne Wölkchen stehen am Himmel, aber es ist hell genug, dass Maria den Weg erkennen kann.

Maria ist es gewohnt, allein im Dunkeln zu gehen, und gewöhnlich hat sie keine Angst. Aber dieser Spaziergang heute ist etwas anderes. Als sie das Vorhaben mit Wilhelm Berger besprochen hat, war sie noch voller Zuversicht, doch jetzt kommen ihr Zweifel.

Plötzlich springt vor ihr ein dunkler Schatten auf den Weg. Maria schreit auf.

Kleinschmidt lacht. »Du bist wirklich eine erstaunliche Frau, Maria. Bist du tatsächlich gekommen, um den Rest meiner Geschichte zu hören?«

Maria nickt. Die Angst schnürt ihr die Kehle zu.

»Das ist gut«, sagt Kleinschmidt.

Maria nimmt all ihren Mut zusammen. »Ich bin auf dem Weg zu unserem Treffpunkt«, sagt sie.

»Das ist schön von dir, aber das ist überhaupt gar nicht nötig. Wir haben uns ja jetzt getroffen. Und alles, was wir machen wollen, das können wir auch hier machen.«

»Aber – der Steinkreis – im Mondschein, das ist doch alles viel ...«

»Viel romantischer, meinst du das? – Du hast keine Ahnung, wie romantisch es hier sein kann.« Er greift Maria und zieht sie an sich.

»Ich schreie, wenn Sie ...«

»Ja, das habe ich eben schon gehört, wie schön du schreien kannst. Und es stört mich überhaupt nicht.«

»Man wird es in der Försterei hören!«

Kleinschmidt lacht. »Die Försterei Odry ist nicht mehr besetzt«, sagt er. »Wusstest du das nicht? In diesem Wald sind jetzt nur wir beide. Und da wir uns so viel früher getroffen haben als verabredet, haben wir jetzt ganz viel Zeit füreinander.«

* * *

Berger sieht auf die Uhr. Viertel vor Zwölf. Wo bleibt Maria? Jetzt allmählich muss sie kommen. Berger bewegt sich ein wenig; allmählich werden seine Beine steif. Und ihn friert. Er ist davon ausgegangen, dass Kleinschmidt lange vor der verabredeten Zeit eintreffen würde, um sicherzustellen, dass die Luft rein war. Aber nichts ist geschehen. Sind dies etwa die falschen Steine? Nein, unmöglich, dies ist der größte Kreis. Er hat ihn zweimal nachgemessen.

Hat Kleinschmidt womöglich diese vage Vereinbarung nicht ernst gemeint? Oder ist er aus irgendeinem Grunde verhindert? Möglich. Aber wenn das so sein sollte – wo bleibt Maria?

Bis jetzt ist die junge Polin stets pünktlich gewesen. Andererseits haben sie sich noch nie an einem Ort wie diesem getroffen. Hat sie den Weg verfehlt oder die Entfernung unterschätzt? Je länger er wartet, desto fragwürdiger kommt Wilhelm Berger die ganze Aktion vor. Alles hängt davon ab, dass Maria den Kleinschmidt wirklich in die Mitte des Steinkreises locken kann.

Sie haben alles genau abgesprochen. Maria trifft sich mit Kleinschmidt, sie wechseln ein paar Worte, und in dem Moment, wo Berger den Mörder anruft, rennt Maria davon. Entweder Kleinschmidt nimmt die Hände hoch, oder Berger schießt ihn nieder. Das ist der Plan.

– Aber wenn Kleinschmidt nun unter den Bäumen stehenbleibt? Oder wenn er gar nicht kommt?

Berger sieht hinunter auf die Findlinge. Es sind neunundzwanzig. Er hat sie mehrfach gezählt. Jetzt kann er die kleineren Steine nur noch mit Mühe erkennen. Wolken haben sich vor den Mond geschoben, und es ist dunkler geworden. Nichts geschieht. Berger fragt sich, ob er die Aktion abbrechen soll. In dem Augenblick hört er, dass jemand in einiger Entfernung ganz leise vor sich hin pfeift. Maria? Nein.

Und die Melodie – doch, er kennt die Melodie. *Noch ist Polen nicht verloren …*

»Maria?«, ruft er.

Stille.

»Maria?«

In dem Augenblick blitzt es rechts von ihm zwischen den Kiefern auf, ein Schuss kracht, und die Kugel sirrt als Querschläger durch die Nacht. Der unsichtbare Schütze hat einen der Steine getroffen.

Kleinschmidt! Berger macht, dass er von seinem Baum herunter kommt. Noch einmal ruft er nach Maria, aber er bekommt keine Antwort. Er gibt einen Schuss ab in die Richtung, aus der auf ihn geschossen worden ist. Aber Kleinschmidt lässt sich zu keiner weiteren Reaktion provozieren. Er scheint sich aus dem Staub gemacht zu haben.

»Maria!«, brüllt Berger.

Keine Antwort. Was hat der Satan mit Maria gemacht? Berger versucht, das Gelände abzusuchen. In dem schwachen Licht ein aussichtsloses Unterfangen. Er geht in immer weiteren Kreisen um seinen ursprünglichen Standort herum, stolpert den Abhang zum Schwarzwasser hinunter, kriecht auf allen Vieren wieder nach oben, ruft immer wieder nach Maria, aber umsonst. Nichts rührt sich.

Am Ende bleibt Berger nichts anderes übrig, als nach Hause zu gehen. Zu gehen? Berger ist verzweifelt. Er rennt durch den nächtlichen Wald, verläuft sich mehrmals und kommt erst gegen vier Uhr morgens in Jatty an.

Im Haus brennt nirgendwo Licht. Voller Sorge steigt Berger die Treppe hinauf, fasst an die Tür zu Marias Kammer. Abgeschlossen. Berger ist unendlich erleichtert. Leise klopft er an die Tür. Keine Reaktion. Er klopft heftiger.

»Maria?«

Sie antwortet nicht.

»Maria, machst du bitte auf?«

Nichts. Berger hämmert mit beiden Fäusten gegen die Tür. »Mach auf, Maria!«

Endlich regt sich etwas. Berger hört, dass drinnen jemand langsam zur Tür geht und den Schlüssel im Schloss dreht. Dann wird die Tür geöffnet.

»Maria«, flüstert Berger. »Gott sei Dank, dass du hier bist!«

»Was willst du?« Ihre Stimme klingt verändert.

Berger erschrickt. »Maria, was ist passiert?«

»Gar nichts.« Sie will die Tür wieder schließen, aber Berger schiebt sie zur Seite, drängt sich ins Zimmer und zündet die Kerze an, die auf dem Nachttisch steht. Maria sieht schrecklich aus. Sie hat blutige Schrammen und blaue Flecke am ganzen Körper.

»Mein Gott, Maria, was ist passiert?«, fragt Berger noch einmal.

»Nichts«, sagt sie.

»Das hier – das ist doch nicht nichts!«

»Es ist schief gegangen«, erwidert Maria leise. »Wie du siehst, ist es schief gegangen. Sonst ist nichts passiert. Gar nichts. Und ich möchte nicht darüber reden. Niemals und zu niemandem. – Lass mich allein, Wilhelm.«

Wilhelm Berger beugt sich über sie, versucht, sie zu streicheln, aber sie zuckt zurück.

»Lass mich bitte allein.«

* * *

Wilhelm Berger macht Frühstück. Sonst hat das immer Maria gemacht, aber er hat sie schlafen lassen. Er macht Feuer. Er platziert Tassen und Teller auf dem Esstisch. Als er sich umdreht, ist das Feuer ausgegangen. er zündet es noch einmal an.

Maria kommt spät zum Frühstück.

Berger sieht sie besorgt an. »Wie geht es dir?«

»Das siehst du doch«, erwidert Maria.

»Entschuldige«, sagt Wilhelm.

»Nein, ich muss mich entschuldigen. Ich bin ungerecht zu dir. Ich will das nicht. Das tut mir leid, Wilhelm.«

»Es muss schlimm gewesen sein.«

»Es war das Schlimmste, was ich je erlebt habe. Ich habe geglaubt, dass mir das nicht passieren könnte. Ich habe geglaubt, dass ich stark bin, dass ich in der Lage bin, alles und jeden im Griff zu haben und dafür zu sorgen, dass die Dinge so laufen, wie ich das will. Aber ich habe mich getäuscht. Ich habe gar nichts machen können, gar nichts. Am Ende habe ich selbst dich noch verraten. Ich habe verraten, dass du bei den Steinkreisen auf Kleinschmidt wartest.«

»Das macht nichts. Mir ist nichts passiert«, sagt Berger sanft.

»Doch, das macht etwas. Das ist einfach schändlich von mir, aber ich habe mir nicht mehr zu helfen gewusst. Ich habe geglaubt, er bringt mich um. Und ich – ich wollte nur noch am Leben bleiben!« Maria weint.

Wilhelm streicht ihr vorsichtig über das Haar. Sie lässt es sich gefallen.

»Ich werde ihn finden«, sagt er. »Ich werde ihn jagen, ich werde ihn aufstöbern, wo immer er sich auch versteckt. Und dann bringe ich ihn um. Ich erschieße ihn.«

Maria fasst seine Hände. »Das wirst du nicht tun, Wilhelm«, sagt sie.

»Doch, das tue ich.«

»Das will ich nicht. – Dass euch Männern nichts anderes einfällt, als einander umzubringen! Nimm ihn fest, wenn du kannst, sorge dafür, dass er ins Gefängnis kommt, dass er keinen Schaden mehr anrichtet. Aber bring ihn nicht um, hörst du?«

Berger schweigt einen Moment. Schließlich nickt er.

»Versprichst du mir das?«

»Ja, Maria, ich verspreche es dir.« Ich will es versuchen, denkt er. Wenn du es willst, will ich es zumindest versuchen. Und bis dahin beschütze ich dich. Um jeden Preis.

Maria glaubt nicht, dass Wilhelm sie wirklich beschützen kann. Er ist Kommandojäger, er wird irgendwohin kommandiert und muss gehorchen. Und dann bleibt sie allein zurück.

Sie denkt an das, was Kleinschmidt gesagt hat, als er mit ihr fertig war und sie blutend und wehrlos am Boden lag. »Das ist erst der Anfang«, hat er gesagt. »Und ich bin noch lange nicht mit dir fertig. Noch lange nicht. Ich komme wieder.«

Der Totschießer

Jatty, 30 März 1918

Die nächsten Tage vergehen in einer ungeheuren Spannung. Berger hat mit Marienwerder telefoniert und einen zweiten Kommandojäger nach Jatty bekommen. Er geht nicht mehr allein auf Patrouille. Sie sind Tag und Nacht unterwegs, ändern ihre Routen täglich und schlafen nur wenige Stunden. Es hilft alles nichts. Kleinschmidt zeigt sich nicht. Da auch keine verdächtigen Schüsse mehr registriert werden, hat es den Anschein, als habe der Wilderer sein Revier gewechselt.

Eine Woche später bekommen sie einen Brief von Graepelt. Graepelt schreibt, es gäbe Anzeichen dafür, dass Kleinschmidt jetzt wieder in seiner Nähe sei. Seine Familie und er, sie seien in Lebensgefahr.

Wilhelm Berger ist alarmiert. Er ruft in Marienwerder an. »Graepelt darf nichts passieren!«, sagt er.

Der Beamte am anderen Ende der Leitung seufzt. »Wem sagen Sie das. Aber was soll ich tun? Es gibt im Grunde nur einen Ausweg. Graepelt soll mit seiner Familie nach Berlin gehen, bis der Ärger hier vorbei ist.«

»Haben Sie ihm das gesagt?«

»Ja. – Und Sie?«

»Ich habe es ihm auch gesagt. Aber er weigert sich, seinen Posten zu verlassen.«

»Wir können ihn nicht zwingen. Und zusätzliches Personal haben wir auch nicht. Ich sehe nur noch eine Möglichkeit. Die Försterei Jatty wird sofort geschlossen. Als Försterei jedenfalls. Übergangsweise. Der Knecht und dieses Küchenmädchen, die sorgen dafür, dass inzwischen nicht alles den Bach runter geht. Und Sie – Sie gehen rüber nach Grünthal.«

* * *

Jetzt ist es soweit. Wilhelm ist weg, Maria ist allein in Jatty. Sie sitzt im Wohnzimmer der Försterei und liest. Die Auswahl an Büchern ist kleiner geworden. Frau Eiser ist hier gewesen und hat alles an Möbeln, Geschirr und Büchern einladen und nach Berlin schicken lassen, was sie mitnehmen wollte. Dass die *Indianer- und Seegeschichten* fehlten, hat sie nicht bemerkt. Maria blättert darin. Eine Erinnerung an Wilhelm, an seinen ersten Abend in Jatty. Wenn Wilhelm doch nur hier wäre! Aber der ist in Grünthal. Maria ist allein. Fast allein. Bis auf Filip, den Knecht.

Ein Schuss zerreißt die Stille, Glas splittert und eine Kugel zischt um Haaresbreite an Marias Kopf vorbei. Kleinschmidt! Maria fährt erschrocken hoch. Sie reagiert blitzschnell, lässt sich unter den Tisch fallen, stößt dabei die Lampe um, das Licht erlischt. Der zweite Schuss wird blind ins Dunkle gefeuert.

»Filip!« ruft Maria. Verdammt, der Bursche ist nicht im Haus. Und der Russe – warum hat dieser unsägliche Marquardt ihn zurückgeschickt ins Lager? Jetzt hätte sie ihn dringend gebraucht.

Die Tür wird aufgestoßen. Der Knecht kommt hereingestolpert. Er hält eine Laterne in der Hand. »Maria?«

»Runter!«, schreit Maria. »Und Licht aus!«

Filip gehorcht. Wieder fällt ein Schuss. Maria ist inzwischen am Waffenschrank. Da sind noch die Karabiner der Kommandojäger. Beide geladen. Maria reicht dem Knecht ein Gewehr. »Hier, nimm das. Stell dich neben das Fenster, so, dass man dich von draußen nicht sieht. Und auf mein Kommando schießt du!«

»Aber – ich sehe doch gar nichts!«

»Das spielt keine Rolle, mach einfach, was ich dir sage!«

»Aber ich kann doch gar nicht schießen!«

»Da ist der Abzug«, sagt Maria ärgerlich. »Und nun los!«

Sie selbst springt hinaus auf den Flur, stößt die Haustür auf. »Jetzt!« Sie schießt gleichzeitig mit dem Knecht. Natürlich gibt es kein Ziel, aber der Angreifer soll wissen, dass im Haus mehrere Leute mit Gewehren stecken. Und jetzt – der Wilderer schießt tatsächlich noch einmal auf das Wohnzimmerfenster. Im selben Augenblick schießt Maria zurück. Ein wilder Schrei ertönt. Treffer, denkt sie. Den Kerl habe ich erwischt! Sie stürmt los.

Aber sie findet niemand. Sie hält an und lauscht. Es ist ihr, als hörte sie Schritte, die sich rasch entfernen. Noch einmal schießt sie. Die Schritte beschleunigen sich. Kleinschmidt rennt davon. Na, der Kerl wird so rasch nicht wiederkommen! Sie stapft zurück zum Haus.

Filip hat sich nicht vor die Tür getraut. Als Maria hereinkommt, fährt er zusammen. Er steht im Wohnzimmer und zittert.

»Ich rufe in Grünthal an«, sagt Maria. »Berger soll dafür sorgen, dass wir Hilfe bekommen.«

Maria nimmt den Hörer ab, aber der Telefon bleibt stumm. Sie presst den Hörer auf die Gabel, versucht es noch einmal, aber die Leitung ist unterbrochen.

Filip sieht sie besorgt an.

»Keine Angst«, sagt Maria. »Wir sind zu zweit, und Kleinschmidt ist allein. Wir schaffen das!«

Filip nickt.

»Geh ruhig schlafen. Ich bleibe im Wohnzimmer und passe auf.«

Der Knecht macht sich davon, zieht den Karabiner hinter sich her.

Maria sucht im Waffenschrank nach weiterer Munition, aber sie findet keine. Drei Schüsse hat sie abgegeben. Bleiben noch zwei. Das muss reichen.

* * *

Maria ist entschlossen, die Nacht wach zu bleiben, aber das gelingt ihr nicht. Als sie aufwacht, ist längst heller Tag. Die Sonne strahlt durch das zerschossene Fenster. Nichts regt sich.

»Filip?«

Nichts. Er schläft noch, denkt Maria. Filip ist ein Meister im lange schlafen. Sie will ihn wecken, klopft an seine Tür. Keine Reaktion. Sie klopft lauter, öffnet schließlich die Tür. Das Zimmer ist leer, das Lager unberührt. Filip ist gar nicht in seinem Bett gewesen.

Maria sucht das Haus ab, aber der Knecht bleibt verschwunden. Offensichtlich hat er sich direkt nach der Schießerei aus dem Staub gemacht. Und den Karabiner hat er mitgenommen.

Was jetzt? Das Telefon ist nach wie vor tot. Sie kann weder in Grünthal anrufen, noch in Marienwerder. Sie läuft hinüber zum Gut. Josef Sabinacz, der ältere der beiden Brüder, steht vor der Tür und raucht.

»Können Sie mir helfen? – Bitte!«

Josef zuckt mit den Achseln. »Ich weiß nicht, ob ich Ihnen helfen kann. Ich habe gehört, dass geschossen worden ist. Aber ich habe nicht nachgesehen, was passiert ist. Ich bin kein Held. Und ich bin unbewaffnet.«

»Das war Kleinschmidt!«

»Ja. – Er ist ein gefährlicher Mensch.« Mehr sagt Sabinacz nicht. Er wartet ab.

»Darf ich bitte Ihr Telefon benutzen?«

Josef schüttelt den Kopf. »Es geht nicht«, sagt er. »Kaputt. Kleinschmidt hat wohl die Leitung durchgeschnitten.«

»Haben Sie Filip gesehen?«

»Nein. Aber jemand ist in der Nacht an unserem Haus vorbeigerannt. Vielleicht war er das.«

Maria seufzt.

Einen Augenblick lang stehen sich die beiden gegenüber. Schließlich sagt Sabinacz: »Sie müssen hier weg, Maria. Sofort. Wo können Sie hin? Nach Czersk?«

Maria schüttelt den Kopf. »Grünthal«, sagt sie.

»Das ist weit. Zwei Stunden zu Fuß. Sie können nicht allein so weit durch den Wald gehen.«

»Ich habe ein Gewehr.«

»Das nützt Ihnen nichts. Damit können Sie niemand erschrecken. Eine Frau mit Gewehr – das wirkt einfach lächerlich.«

Maria antwortet nicht. Sie kann mit dem Gewehr umgehen, natürlich kann sie das. Aber sie glaubt, dass Sabinacz ihr helfen will.

Und er hilft ihr. »Ich bringe Sie hin«, sagt er. »Mit Pferd und Wagen.«

* * *

Adolf Graepelt und Wilhelm Berger sind auf Patrouille. Josef Sabinacz gibt Maria bei Frau Graepelt ab. »Bitte helfen Sie ihr!«

Elisabeth Graepelt schüttelt den Kopf. »Wir können niemanden mehr aufnehmen. Wir haben keinen Platz.«

Josef ist nicht bereit, zu diskutieren. »Ich muss zurück nach Jatty«, sagt er, und schon fährt er davon.

Frau Graepelt ist fassungslos. »Und jetzt? Was mache ich jetzt mit dir?«

»Lassen Sie mich hierbleiben. Ich brauche nicht viel Platz«, beteuert Maria.

Frau Graepelt bleibt bei ihrem Nein.

»Ich könnte ein Zimmer mit dem Kommandojäger teilen, wenn das sein muss«, schlägt Maria vor. »Mit Wilhelm Berger.«

»Nein, das ist ganz ausgeschlossen. Sie sind doch schließlich nicht verheiratet, oder?«

»Verheiratet nicht, aber verlobt«, behauptet Maria.

Elisabeth Graepelt ist sich sicher, dass das gelogen ist. »Nein. Das wäre gegen das Gesetz.«

»Und das? Das ist auch gegen das Gesetz, oder?« Maria streift ihr Kleid ab.

»Mein Gott!« Die Försterin sieht ihre Blessuren. »Welcher Satan hat denn das mit Ihnen angestellt?«

»Er heißt Kleinschmidt.«

»Wir wissen, wer das ist.« Elisabeth Graepelt seufzt. »Wir finden einen Weg«, verspricht sie. »Das ist ja so – so furchtbar. Wir müssen einen Weg finden. Keine Angst, wir finden einen Weg.«

»Danke.«

»Eine Bedingung habe ich«, sagt die Försterin. »Wir haben eine kleine Tochter, unsere Sabine. Sieben Jahre alt. Sprechen Sie nicht über – über diese Dinge. Auf keinen Fall. Und sagen Sie nichts über Kleinschmidt. Der Name darf nicht fallen. Nicht, wenn sie im Raum ist. Nicht, wenn sie es hören könnte.«

Maria nickt.

Die Försterin reißt sich zusammen, lächelt. In Wirklichkeit ist sie verzweifelt. Alles kommt hier zusammen, denkt sie. Reicht es denn nicht aus, dass wir auf der Todesliste dieses Förstermörders stehen? Muss nun auch noch ein weiteres Opfer hier auftauchen, ausgerechnet bei uns? Aber es hilft nichts, diese junge Frau muss untergebracht werden.

Es gibt nur eine Möglichkeit. Die Rumpelkammer im Dachboden. All das alte Zeug, was wir da aufbewahrt haben, das muss weg. Wir machen ein großes Feuer auf dem Hof, und dann wird der Kram verbrannt.

* * *

Elisabeth Graepelt ist dabei, im Garten Wurzeln zu säen. Die kleine Sabine darf helfen. Sie kann die Furchen, in die ihre Mutter die Samen gestreut hat, mit der Harke schließen. Stolz betrachtet sie ihr Werk. Dann streift ihr Blick hinüber zu der Weide, die zur Försterei gehört. Seit ein paar Wochen stehen Kühe darauf. Graepelt hat keine Kühe; es ist Vieh aus dem Dorf.

»Mama, was hat die Kuh?«

Frau Graepelt blickt auf. Die Kühe liegen im Gras und wiederkäuen. Vier jedenfalls. Die fünfte liegt schräg auf der Seite und streckt ihre gespreizten Beine in die Luft. Sie rührt sich nicht. Die Kuh ist tot.

»Geh ins Haus, Mädchen, ich guck mal nach, was die Kuh hat«, sagt Frau Graepelt.

»Kann ich mitkommen?«

»Nein.«

Gehorsam geht das kleine Mädchen zurück zur Försterei. Elisabeth Graepelt sieht ihr nach, bis sie im Haus verschwunden ist, dann geht sie hinüber zur Weide. Eine Krankheit denkt sie. Ärgerlich, dass es ausgerechnet auf ihrer Weide passieren muss. Aber diese Kuh ist nicht an einer Krankheit gestorben. Jemand hat ihr eine Kugel in den Kopf geschossen.

Neben dem toten Tier liegt ein Stück Pappe, das vom Tau feucht geworden ist. Darauf steht mit Bleistift geschrieben: *Gestohlenes Vieh gedeiht nicht!*

Kleinschmidt! – Sind jetzt nicht einmal mehr die Tiere vor ihm sicher? Offenbar hat der Kerl gedacht, dies seien die fünf Kühe, die der Förster Eisner seinerzeit beschlagnahmt hatte. Aber das ist ein Irrtum, die sind längst versteigert und vermutlich geschlachtet worden.

Wir sollten wegziehen, denkt sie. Ganz egal wohin, einfach nur weg. Selbst wenn ihr Mann dafür den Beruf aufgeben muss. – Aber sie weiß schon, dass Adolf Graepelt das nicht tun wird. Er wird sich nicht mit Gewalt vertreiben lassen.

* * *

Seit mehr als einer Woche herrscht trockenes, warmes Sommerwetter. Jetzt, wo die Temperaturen über 15 Grad ansteigen und der Regen auf sich warten lässt, hat die Forstverwaltung sicherheitshalber alle Feuerbeobachtungstürme besetzen lassen. Auf einem dieser 30 m hohen Holztürme in der Nähe von Grünthal sitzt Alfred Kowalski und hält Wache. Von Zeit zu Zeit nimmt er das Fernglas zur Hand, aber es gibt nicht viel zu sehen. Ein Bussard zieht seine Kreise, das ist alles.

Kowalski hat nichts anderes erwartet. Um diese Jahreszeit ist mit Feuer eigentlich nicht zu rechnen. Höchstens wenn ein Blitz irgendwo einschlägt. Am blauen Himmel zeigen sich erste Wölkchen.

Der Holzturm zittert leicht. Kowalski sieht nach unten und bemerkt, dass ein Mann im Begriff steht, die Leiter hinauf zu steigen. Der Förster. Kowalski sieht den Hut, den grünen Mantel und das Gewehr. Er wundert sich, dass der Mann diese Aufgabe so ernst nimmt und persönlich kommt, um zu kontrollieren. Nun, ihm soll es Recht sein.

Kowalski greift zum Fernglas und tut, als suche er eifrig die ausgedehnten Waldungen ab. »Alles ruhig«, sagt er.

»Alles ruhig?«, fragt der Förster.

Die Stimme kennt er nicht. Kowalski sieht sich um und bemerkt, dass es nicht Graepelt ist, der hinter ihm steht. Der Mann trägt zwar eine Försteruniform, aber der Mantel ist so zerschlissen; damit hätte sich Graepelt nirgendwo sehen lassen, nicht einmal im tiefsten Forst. Und die Stiefel – noch nie hat er einen Förster mit ungeputzten Stiefeln gesehen. Der Mann ist kein Förster!

»Und du passt hier also auf, dass nirgendwo ein Feuer ausbricht?«

Kowalski nickt. Der Mann hat eine unangenehme Stimme.

»Hältst du das für eine sinnvolle Beschäftigung?«

»Ja, natürlich, man muss doch aufpassen, wenn ein Feuer – ich meine, man muss doch schnell reagieren, sonst – sonst kann es sich – ich meine, wenn keiner eingreift, dann – dann breitet es sich ...« Er weiß nicht, was er sagen soll.

Der andere lacht höhnisch. »Mensch, bist du denn von Sinnen? Die ganze Welt ist in Brand gesetzt worden, und du, du glaubst, du kannst irgendetwas ausrichten, wenn du darauf aufpasst, dass dieser kleine Flecken Wald nicht auch noch in Flammen aufgeht?«

»Ich bin Feuerwächter«, sagt der Mann trotzig.

»Das sehe ich. – Und ich bin Kleinschmidt, Hauptmann der Wilderer-Kompanie!«

»Ja.« Das hat Kowalski sich inzwischen gedacht.

»Und jetzt wollen wir einmal feststellen, wie viel dir diese Aufgabe hier wert ist.«

Der Mann starrt den Wilderer an, sagt nichts.

»Du wirst jetzt hübsch diesen Turm hinuntersteigen

und nach Hause gehen, und zwar so schnell wie du kannst. Du wirst rennen, mein Freund, richtig rennen, und du wirst dich nie wieder hier im Wald blicken lassen, hast du mich verstanden?«

»Das geht nicht. Ich werde doch dafür …«

»Du wirst dafür bezahlt? Mit guten, deutschen Geldstücken ohne Frage. Aber wirst du auch dafür bezahlt, dass du dich hier totschießen lässt?«

»Herr Kleinschmidt, ich bitte Sie …«

Kleinschmidt nimmt das Gewehr von der Schulter. »Ich zähle jetzt bis Drei«, sagt er. »Wenn du bei Drei nicht von diesem Gerüst runter bist, dann schieße ich!«

»Bitte …«

»Eins!«, sagt Kleinschmidt.

Kowalski zögert noch eine Sekunde, dann wendet er sich abrupt um und beginnt mit großer Hast, die Leiter hinunter zu steigen.

»Zwei!«

Der Mann klettert so schnell er kann, aber es ist völlig klar, dass er nicht bis Drei vom Turm herunter sein kann. Kleinschmidt beugt sich über das Geländer, zielt.

»Drei!«

Der Feuerwächter springt aus drei Metern Höhe auf den Boden. Kleinschmidt schießt. Sand spritzt auf. Der Mann rappelt sich auf und rennt los, ohne sich umzusehen. Kleinschmidt lacht. Der Kerl ist so blöd, dass er, anstatt im sicheren Wald zu verschwinden, die Schneise entlang läuft. Kleinschmidt sendet ihm noch eine Kugel hinterher, dann nimmt er das Fernglas an sich, das der Wächter in seiner Panik zurückgelassen hat und steigt in aller Ruhe wieder nach unten.

Es ist wirklich noch nicht besonders trocken, aber vielleicht wird es ihm dennoch gelingen, hier direkt neben dem Turm ein Feuer zu entfachen, und wenn er Glück hat, brennt nicht nur der Wald, sondern obendrein der Turm ab. Er wird auf jeden Fall seinen Spaß haben.

* * *

Graepelt ist stehengeblieben.

»Was ist das für ein Geräusch?«, fragt Berger. Es klingt, als ob in einiger Entfernung ein Zug vorüber fährt. Aber sie sind viel zu weit von der Ostbahn entfernt, als dass man einen Zug hören könnte.

»Das ist Feuer«, sagt Graepelt. Er rennt los.

Berger hat gedacht, dass Graepelt zu Försterei eilen würde, um Hilfe herbei zu telefonieren. Aber das ist nicht der Fall; Graepelt rennt geradewegs auf das Feuer zu. Und da sehen sie es auch schon. Vor ihnen steht das Unterholz in Flammen.

Das Feuer ist bis fast an das Gestell, die Brandschneise, herangebrannt. »Solange nur das Unterholz brennt«, ruft Graepelt, »solange besteht keine Gefahr. Dann kann das Feuer die Schneise nicht überwinden.«

Der Förster macht sich daran, das größte Gestrüpp, das inzwischen im Bereich des Gestells gewachsen ist, auszureißen und auf der dem Feuer abgewandten Seite in den Wald zu werfen. Berger hilft ihm.

»Das wäre alles gar nicht passiert«, keucht Graepelt, »wenn hier ordentlich Holz gesammelt wäre. Aber der Eisner hat das ja unterbunden, dieser Narr!«

Das Feuer wird lauter, frisst sich dichter an das Gestell heran. Beunruhigt registriert Berger, dass die Flammen jetzt deutlich höher schlagen. Es ist Wind aufgekommen.

»Nicht aufhören! Weitermachen!« Graepelt keucht vor Anstrengung. Auch Wilhelm Berger gibt sich die größte Mühe, doch ihre Bemühungen scheinen vergeblich. Weiter vorn haben die Flammen jetzt auf die Kronen der Kiefern übergegriffen. Funken wirbeln durch die Luft; brennende Zweige folgen. Graepelt rennt. Berger stolpert hinter ihm her. Die Hitze nimmt ihm fast den Atem.

Der Weg brennt. Aber es sind nur dürre Zweige und Kräuter, die sich entzündet haben. Graepelt und Berger treten die Flammen aus. Eine Wolke von Funken fliegt über das Gestell hinweg, setzt das Laub auf der Gegenseite in Brand. Die beiden Männer löschen die Brände, bevor sie sich ausbreiten können.

»Ich glaube, wir schaffen es tatsächlich«, sagt Berger. Er wischt sich den Schweiß von der Stirn.

Graepelt antwortet nicht. In dem Augenblick wirbelt ein neuer Windstoß Glut über das Gestell hinweg und setzt die Baumkronen auf der Gegenseite in Brand. Einen Moment lang halten die Männer inne und starren auf das bedrohliche Schauspiel. Sie hoffen, dass die Flammen nicht genug Nahrung finden und von selbst wieder erlöschen. Aber das ist nicht der Fall.

»Weg hier!«, schreit Graepelt.

Sie rennen zurück in Richtung Försterei. Es ist höchste Zeit. Jetzt hat das Feuer bereits an mehreren Stellen das Gestell überschritten, und Berger wird sich plötzlich der Gefahr bewusst, in der sie schweben. Es fehlt nicht viel, und ihnen wird der Rückweg abgeschnitten. Glut weht Berger ins Gesicht; er spürt den Geruch versengter Haare. Aber dann haben sie es geschafft; das Feuer liegt hinter ihnen.

Berger atmet auf. »Wie kommt so etwas?«, will er wissen.

»Brandstiftung«, schnauft Graepelt.

»Brandstiftung? Warum sollte jemand das tun?«

»Wegen der Macht«, sagt Graepelt. »Wer Feuer legt, der will damit zeigen, dass er die Macht hat über die Natur und über die Menschen.«

»Und jetzt?«, fragt Berger.

Graepelt zuckt mit den Achseln. »Wir können nichts tun«, sagte er. »Wir müssen abwarten, bis sich das Feuer totläuft. Aber wenn wir Glück haben, gibt es ein kräftiges Gewitter, das den Waldbrand löscht.«

Wilhelm Berger blickt nach oben. Blauer Himmel. Kein Gewitter in Sicht.

* * *

Kurz bevor Graepelt und Berger nach Grünthal zurückkommen, bleiben sie überrascht stehen. Auch hier riecht es nach Feuer. Sie rennen die letzten Meter bis zur Försterei. Aber dieses Feuer hat Elisabeth Graepelt selbst entzündet.

»Was ist denn hier los?«, fragt der Förster.

»Ich räume auf«, erwidert seine Frau.

»Du räumst auf? - Nein, halt, das geht doch nicht!« Zastrow, der Kommandojäger, hat eine große Kommode vom Dachboden heruntergewuchtet und steht im Begriff, sie in das Feuer zu schmeißen. Er hält inne.

»Doch, das geht«, sagt Elisabeth Graepelt. »Das muss gehen. Ich räume den Dachboden leer. Wir müssen die Maria irgendwo unterbringen.«

Der Förster schluckt. »Schade«, sagt er schließlich. »Ich meine, es ist schade, dass wir das gute alte Stück wegschmeißen müssen. Aber du hast ja Recht. - Ich nehme an, du hast die Dinge überprüft, die in den Schubladen waren?«

»Lauter unwichtiges Zeug. Deine ganzen Unterlagen für die Steuer von 1914 und 1915 ...«

»Aber die müssen doch aufbewahrt werden!«

Frau Graepelt lächelt. »Nun mal im Ernst, Adolf: Glaubst du, dass sich nach dem Weltkrieg noch irgendjemand dafür interessiert, ob du dich bei der Abrechnung der Bahnfahrten nach Marienwerder etwa irgendwo geirrt hast?«

Der Förster seufzt. »Und die schöne Kommode!«

»In der Kommode hat sich der Holzwurm breitgemacht«, sagt Zastrow. »Die ist sowieso nicht zu retten.«

»Und - und die Erinnerungsstücke? Die Babysachen von Sabine?«

»Die hat Mama aufbewahrt!«, ruft das Mädchen.

»Obwohl es natürlich Unsinn ist«, sagt Elisabeth Graepelt. »Wir werden kein Baby mehr bekommen, Adolf.«

»Du hast freie Hand«, sagt ihr Mann. »Wirf alles weg, was wir nicht mehr brauchen.«

Zastrow stemmt die Kommode hoch und wirft sie mit gewaltigem Schwung in das Feuer.

Maria sagt: »Es tut mir leid, dass ich Ihnen allen so viel Mühe mache ...«

»Sie macht keine Mühe!«, ruft Sabine dazwischen. »Es ist so schön, mit ihr zu spielen!«

»*Mensch ärgere Dich nicht*«, sagt Maria. »Und sie gewinnt immer!«

»Stimmt gar nicht!«

»Fast immer.«

* * *

Franz Kleinschmidt hat sich früh auf den Weg gemacht. Von seinem Versteck bis nach Grünthal sind es fast zehn Kilometer; er meidet die Ortschaften und Straßen und bewegt sich auf Pfaden durch den Wald, die nur er kennt. Er achtet darauf, dass er keine Spuren hinterlässt, und er lässt sich viel Zeit. Alle paar Schritte bleibt er stehen und lauscht. Die größte Gefahr besteht darin, dass ihm eine der Streifen unverhofft über den Weg läuft. Aber die halten sich an die Forstwege und machen in der Regel genügend Lärm, dass er ihnen ohne Mühe ausweichen kann.

Kleinschmidt kennt in der Umgebung der Försterei Grünthal inzwischen jeden Weg und Steg. Die Försterei liegt am nördlichen Ende des Langen Sees. Sie ist wie üblich von Wiesen und Ackerland umgeben. Der Großteil des Forstes, für den Graepelt zuständig ist, befindet sich östlich und nördlich. Im Westen liegt lediglich ein schmaler Streifen Wald- und Heideland, dann schließt sich der Königliche Forst Czersk an. Der gehört zum Zuständigkeitsbereich der Försterei Charlottenthal, den

Kleinschmidt nach Möglichkeit meidet. Hier ist er damals mit dem Hilfsförster Weber zusammengetroffen, hier hat er zum ersten Mal einen Menschen getötet.

Es hat eine Woche gedauert, bis er herausgefunden hat, welchen Weg Graepelt bei seinen morgendlichen Kontrollgängen bevorzugt. Er wechselt manchmal, aber in letzter Zeit hat er sich immer unmittelbar nach Westen gewandt. Kleinschmidt ist ihm nachgegangen und hat festgestellt, dass im Jagen 203 Fichten gefällt werden, und der Förster will die Arbeiten im Auge behalten. Dieser Weg nach Westen ist für Kleinschmidts Zwecke ideal. Der Förster folgt nicht dem Fahrweg, sondern geht über einen schmalen Steg am Ufer des Baches entlang, der in den Langen See mündet. Auf der anderen Seite des Steges liegt am Hang ein Dickicht aus allerlei Gesträuch, das einem Mordschützen hervorragende Deckung bietet.

Kleinschmidt registriert, dass es schon hell wird. Ist er zu spät gekommen? Nein, gerade rechtzeitig. Er hört Stimmen. Kleinschmidt entsichert sein Gewehr und duckt sich tiefer uns Gesträuch. Zwei Männer kommen den Steg entlang. Der eine ist Adolf Graepelt, der andere einer der Kommandojäger. Sie scheinen völlig sorglos, und Kleinschmidt fragt sich, ob er sie nicht mit zwei raschen Schüssen erledigen soll. – Nein, das Risiko ist zu groß. Selbst auf kurze Entfernung ist das Schrot nicht unbedingt tödlich; er würde einen Schuss brauchen, um den Förster außer Gefecht zu setzen und einen zweiten, um ihn endgültig zu erledigen.

Selbst dann ist es noch gefährlich genug für ihn. Aber das Amulett wird ihn schützen! Nicht ohne Grund ist er damals in Jatty eingebrochen und hat eines der großen Messer aus der Küche entwendet. Nicht nur, um dem Eisner damit den Kopf abzuschneiden. Bevor er es zum Förster in den Sarg gelegt hat, hat er die Spitze der Klinge abgebrochen. Ein Goldschmied in Tuchel hat für ihn die vorgeschriebenen Buchstaben eingraviert. *ALIMON*. Eigentlich hätte es ja das Messer eines vor sieben Jahren Verstorbenen sein sollen, aber das hatte er nicht. Eisners Messer musste genügen. Immerhin ist der jetzt fast auf den Tag genau seit sieben Monaten tot. Das muss reichen. Und das Amulett hat ihn bisher geschützt; es wird auch weiterhin wirken.

Zum Greifen nahe gehen die beiden vorüber. Kleinschmidt erfährt, dass der Kommandojäger Bernhard heißt. Ein kräftiger Bursche mit sonnengebräuntem Gesicht. Doch weder er noch der Förster sehen die reglose Gestalt im Dickicht. Wenn sie einen Hund dabei gehabt hätten, hätte der wohl angeschlagen und die Männer gewarnt. Aber Kleinschmidt weiß schon, dass Graepelt seinen Hund nicht mit auf Streife nimmt.

Schon sind die beiden vorüber und auf der Anhöhe verschwunden. Kleinschmidt widersteht der Versuchung, seine Überlegenheit durch einen weiteren Drohbrief zu dokumentieren. Es wäre töricht, den Förster ausgerechnet durch einen Zettel auf diesem schmalen Fußweg zu alarmieren. Der Mann ist oft genug gewarnt worden. Irgendwann wird er ohne den Kommandojäger unterwegs sein, und dann ist er fällig.

* * *

Nachtpatrouille. Wilhelm Berger hat darauf verzichtet, Bernhard Zastrow mitzunehmen. Der Mann ist in der letzten Woche Tag und Nacht draußen gewesen; die Anstrengung hat ihre Spuren hinterlassen, er braucht dringend Schlaf. Alles ist ruhig gewesen die letzten Tage. Keine Schüsse, keine verdächtigen Personen, die irgendwo im Wald herumstrichen. Offenbar ist Kleinschmidt vernünftig genug, die gut bewachte Försterei Grünthal zu meiden.

Auf einer Kreuzung bleibt Berger stehen und lauscht. Nichts. Nur der Wind rauscht leicht in den Baumwipfeln. Links jenseits der Ackerflächen liegt der Lange See. Berger weiß, dass am anderen Ende des Sees das kleine Dorf Krong liegt, vor seinen Blicken durch eine niedrige Landzunge verborgen. Die Holzhäuser, einige davon regelrechte Blockhäuser wie im Wilden Westen – sein Vater würde sie als malerisch bezeichnen. Aber sie sind auch ein Zeichen der Armut.

Wilhelms Vater – was er wohl sagen wird, wenn er ihm Maria vorstellt? Wahrscheinlich gar nichts. Aber er wird es dennoch deutlich machen, dass er sich als Frau für seinen Sohn und Erben jemand anders vorgestellt hat als ein mittelloses polnisches Mädchen. Aber damit wird er sich abfinden müssen. Wie auch mit der Tatsache, dass sein Sohn nicht die Firma übernehmen wird. Unter keinen Umständen. Er ist kein Kaufmann, will keiner sein. Dann schon lieber Polizist. Aber das wäre für seinen Vater noch schwerer zu verdauen als eine polnische Schwiegertochter.

Würde Maria ihn überhaupt wollen? Darüber haben sie nie gesprochen. Er ist ein ruhiger Mensch; für ihn wäre eine lebhafte Partnerin wie Maria wahrscheinlich ideal. Aber wäre er der richtige Mann für sie? Vielleicht. Doch es ist sinnlos, jetzt danach zu fragen. Solange der Krieg noch andauert, lässt sich die Zukunft nicht planen. Für niemanden.

Theresia lebt in ständiger Angst. Sie steht jetzt kurz vor der Entbindung, und sie hofft, dass ihr Mann nach der Geburt seines Kindes ein paar Tage frei bekommt. Aber die Chancen stehen schlecht. Bei den heftigen Kämpfen an der Westfront wird jeder Mann gebraucht.

Der Lange See – so lang ist er gar nicht. Vielleicht zwei Kilometer. Berger fragt sich, ob er ihn umrunden soll. Ja, das ist keine schlechte Idee. Und dann abschließend noch eine Runde einmal um die Försterei, um sicherzustellen, dass Kleinschmidt dort nirgendwo lauert, einen Schuss auf den Förster abzugeben.

Warum Graepelt? Es gibt mindestens ein Dutzend Förster in der Umgebung von Czersk, die Kleinschmidt aufs Korn nehmen könnte. Warum ausgerechnet diesen? Der erste Mord, der an dem Hilfsförster Weber, das war ein Zufall gewesen. Aber der zweite schon nicht mehr. Eisner hatte sich wie ein Schwein aufgeführt. Damit hatte er sich den Zorn Kleinschmidts zugezogen. Der Wilderer hatte ihn bedroht, wochenlang einen Drohbrief nach dem anderen an die Bäume geheftet, und dann schließlich hatte er zugeschlagen. Oder nicht? Drohbriefe hin oder her – war das Zusammentreffen mit Eisner doch ein Zufall gewesen?

* * *

Als Berger nach Grünthal zurückkommt, schlägt ihm das Herz bis zum Hals. Die Haustür steht offen. Aber alles ist in Ordnung, Zastrow, der Kommandojäger steht draußen und raucht; das Ehepaar Graepelt sitzt friedlich im Wohnzimmer. Das Kind spielt im Garten mit Maria. Nein, es hat keine Zwischenfälle gegeben. Auch keine weiteren Drohbriefe.

Frau Graepelt fragt: »Möchten Sie einen Kaffee, Herr Berger?«

»Ja, gern,« Jetzt, denkt Wilhelm Berger. Jetzt ist die Gelegenheit, herauszufinden, warum Kleinschmidt dich umbringen will. Er räuspert sich. »Herr Graepelt, haben Sie eigentlich die Drohbriefe aufbewahrt, die sie von dem Kleinschmidt bekommen haben?«

Graepelt runzelt die Stirn. »Wollen Sie sich jetzt auch noch als Polizist betätigen?«

»Adolf«, sagt seine Frau, »warum soll er sie nicht sehen?«

»Ja, warum nicht. Ich habe sie aufbewahrt. – Die meisten jedenfalls. Ein paar habe ich an den Marquardt weitergeleitet, und einen konnte ich nicht mitbringen, den hatte der Kleinschmidt mit dem Messer in die Baumrinde geritzt.«

Davon hatte Wilhelm Berger noch nichts gehört.

»Das war die erste Drohung«, sagt Graepelt. »Der Wilddieb hatte vor einer großen Buche die Decke und den Kopf von einem Reh deponiert, das er offenbar geschossen hatte.«

»Und was hat er geschrieben?«, fragt Berger.

Der Förster sieht seine Frau an: »Sabine ist draußen?«

Elisabeth nickt.

»Graepelt, du musst sterben!«

Es ist das Gleiche wie in den anderen Fällen auch. Graepelt besitzt eine ganze Sammlung von Zetteln, einige davon offenbar aus Schulheften herausgerissen, andere sind Teile von dreieckigen Einkaufstüten, alle beschrieben in Kleinschmidts pedantischer Handschrift. *Fahr zur Hölle – Graepelt Schwein – Ich kriege dich – Du bist tot Graepelt – Erst das Pferd dann du – Tod dem Förster, Tod der Frau, Tod dem Kind – Gestohlenes Vieh gedeiht nicht! – Die nächste Kugel für dich – Eisner, Hannemann, Graepelt – Ab ins Grab…*

»Warum?«, fragt Berger. »Warum tut er das? Haben Sie irgendeine Idee?«

»Weil ich auf ihn geschossen habe«, sagt Graepelt. »Im Oktober letzten Jahres.«

»Ich wünschte, du hättest es nicht getan«, flüstert seine Frau.

»Das darfst du nicht denken«, erwidert Graepelt.

»Nein, ich weiß. – Aber ich will dich nicht verlieren, Adolf. Und du – warum sagst du es nicht einfach? Du kannst doch sowieso so schlecht gucken! Du kannst ihn doch gar nicht treffen, diesen Kleinschmidt, selbst wenn er direkt vor dir steht …«

»Das ist stark übertrieben, Elisabeth!«

»Ist es nicht. Wenn wir Sie nicht hätten, Herr Berger, Sie und den anderen Kommandojäger, ich wäre verzweifelt.«

Graepelt nimmt seine Frau in den Arm. »Es kommen wieder bessere Zeiten«, sagt er. »Ich habe ein Fuhrwerk bestellt. Nächste Woche fährst du mit dem Herrn Berger los, und dann seht ihr zu, dass ihr ein neues Pferd bekommt. Dann sind wir jedenfalls wieder beweglich.«

»Ich gehe morgen nach Czersk«, verkündet Berger. »Ich rede mit Kleinschmidts Schwester.«

Graepelt schüttelt den Kopf. »Das ist nicht Ihre Aufgabe, Herr Berger.«

»Trotzdem vielen Dank«, sagt seine Frau.

»Das nützt nichts«, sagt Graepelt.

»Ich will es wenigstens versuchen. – Darf ich mir dafür einige der Drohbriefe ausleihen?«

* * *

»Das ist eine Überraschung!« Damit hat Leokadia nicht gerechnet.

Wilhelm Berger steht vor der Tür. »Ich brauche Ihre Hilfe«, sagt er.

»Ich glaube nicht, dass ich Ihnen helfen kann.«

Kleinschmidts Schwester ist eine sehr selbstbewusste Frau. Im Hauseingang steht sie eine Stufe höher als Berger, so dass der zu ihr aufblicken muss. Aber jedenfalls hat sie ihm nicht die Tür vor der Nase zugeschlagen. Berger hofft, dass nicht ausgerechnet jetzt irgendein Polizist hier auftaucht. Oder gar Kleinschmidt. »Darf ich hereinkommen?«

»Bitte.« Sie gehen ins Wohnzimmer. »Leider kann ich Ihnen nichts anbieten …«

Berger winkt ab. »Ich möchte mit Ihnen über Ihren Bruder reden.«

»Das habe ich mir schon gedacht. Aber da gibt es nichts zu reden. Er ist mein Bruder.«

»Er ist ein gefährlicher Mörder, Frau Maruß.«

»Er ist trotzdem mein Bruder.«

Berger schweigt.

Leokadia zögert. Schließlich sagt sie: »Sie halten mich für gewissenlos, aber das ist nicht richtig. Und ich billige keineswegs, was er getan hat. Das müssen Sie nicht denken. Natürlich habe ich mit meinem Bruder geredet. Das kann so nicht weitergehen, habe ich gesagt. Er hat herumgepoltert, wie das so seine Art ist, aber auch er weiß, dass das so nicht weitergehen kann. Er hat mir versprochen, aufzuhören. Er hat mir versprochen, nichts mehr anzustellen. Und irgendwie muss er es schaffen, sich bis zum Ende des Krieges versteckt zu halten, und was dann hinterher geschieht, das steht auf einem anderen Blatt. Das kann sowieso heute keiner sagen, was nach dem Krieg sein wird. Die Landkarte wird sich verändern, auf jeden Fall, ganz gleich, wer gewinnt. Und es wird wieder ein Polen geben. Davon bin ich überzeugt.«

»Mord bleibt Mord«, sagt Berger, »das wird auch in dem neuen Polen so sein, wenn es denn überhaupt ein neues Polen gibt.«

»Wenn er sich jetzt nichts mehr zu Schulden kommen lässt …«

»Frau Kleinschmidt, machen Sie sich nichts vor. Er hat den Administrator Hannemann erschossen …«

»Das war reine Notwehr! Der Mann hat zuerst geschossen!«

»Das mag so sein, aber fest steht, dass Franz Kleinschmidt einen Hass auf den Administrator gehabt hat, weil der ihn schon einmal wegen der Wilderei festnehmen wollte. Und er ist ihm nicht aus dem Weg gegangen, sondern er hat die Begegnung mit ihm geradezu gesucht …«

»Das ist nicht wahr.«

»Dasselbe gilt für den Mord an Eisner. Er hat den Mann nicht zufällig getroffen, wie ich geglaubt hatte; er hat ihm aufgelauert. Und er wird von Mal zu Mal immer brutaler und gefährlicher. Er macht vor nichts Halt. Nicht vor den Förstern, nicht vor ihren Familien, nicht einmal vor dem Vieh.«

»Das ist einfach nicht wahr!«

»Er hat das Pferd des Försters Adolf Graepelt erschossen. Da war ich selbst dabei, daran gibt es überhaupt keinen Zweifel. Und er hat eine Kuh auf der Weide erschossen.«

»Das kann ich nicht glauben!«

Berger legt den Zettel auf den Tisch: »Ist das die Schrift Ihres Bruders.«

Gestohlenes Vieh gedeiht nicht! Leokadia schweigt.

»Übrigens war es keine der Kühe, die der Eisner seinerzeit gepfändet hat. Es war die Kuh eines polnischen Kleinbauern aus Krong. – Aber es geht nicht um tote Kühe oder Pferde. Er hat auch auf den Sohn des Försters von Prabutzki geschossen. Auf ein Kind!«

»Er hat ihm nur den Hut vom Kopf geschossen.«

»Er hat den Hut getroffen. Auf was er gezielt hat, weiß ich nicht.«

»Mein Bruder ist ein guter Schütze. Wenn er auf den Hut zielt, dann trifft er auch den Hut.«

Berger schüttelt den Kopf. »Da muss ich Ihnen widersprechen. Ihr Bruder ist ein miserabler Schütze. Eisner und Hannemann hat er aus kürzester Entfernung ermordet. Mit Schrot. Und als er dem Labotzki in die Beine geschossen hat, da stand der Mann direkt vor ihm. Und dann bei der Schießerei im Schnee, im Februar, da hat er den Marquardt nicht getroffen – Marquardt hat ihn aber getroffen. Ich könnte Ihnen eine ganze Reihe weiterer Zwischenfälle nennen, bei denen Ihr Bruder nicht getroffen hat. Ich bleibe dabei: Er ist ein schlechter Schütze. Und wenn er auf ein Kind schießt, dann ist das ein Mordversuch.«

»Es mag leichtsinnig gewesen sein, das will ich zugeben, aber er hätte doch nie mit Absicht …«

Wilhelm Berger legt den nächsten Zettel auf den Tisch. *Tod dem Förster, Tod der Frau, Tod dem Kind.*

Leokadia sieht ihn entsetzt an. Sie weint.

Schließlich sagt sie: »Ich kann meinen Bruder doch nicht verraten!«

»Ich will gar nicht, dass Sie Ihren Bruder verraten. Ihr Bruder muss sich stellen. Er muss zu uns kommen und sich verhaften lassen. Überreden Sie ihn dazu.«

Leokadia schüttelt den Kopf.

»Das kann ich nicht. Er hört nicht auf mich. Schon lange nicht mehr. Er ist verloren.«

* * *

Drei Tage später ist es endlich soweit. Frau Graepelt macht sich auf, nach Czersk zu fahren, um Ersatz für das erschossene Pferd zu beschaffen. Wilhelm Berger wird sie begleiten.

»Lisbeth, sei vorsichtig«, sagt ihr Mann.

»Ich werd schon aufpassen. – Wir können uns nicht

verstecken. Das hast du immer gesagt, und das ist auch richtig. Wenn die ehrlichen Menschen anfangen, sich vor den Verbrechern zu verstecken, dann haben sie verloren.«

Es klingt sehr tapfer, aber Berger ist sich sicher, dass sie Angst hat.

»Die Guten dürfen nicht verlieren«, sagt Graepelt. Er gibt seiner Frau einen Kuss. Lange sieht er ihr nach, wie sie mit dem Wagen davon fährt.

* * *

Das Pferd, das sie sich geliehen haben, ist ein alter Ackergaul, der gemächlich den Weg entlang stapft. Elisabeth Graepelt hat die Zügel in die Hand genommen. Wilhelm Berger sitzt neben ihr, den Karabiner schussbereit auf den Knien. Obendrein hat er sich den Browning des Försters ausgeliehen. Wenn Kleinschmidt ihm wieder in den Weg treten sollte – diesmal ist er gerüstet.

Frau Graepelt wirkt ruhig. Aber von Zeit zu Zeit wirft sie nervöse Blicke nach rechts und links, doch zwischen den Baumstämmen zeigt sich niemand. »Vielleicht ist er inzwischen ja wirklich weg!«, sagt sie.

»Ja, vielleicht.« Berger weiß, dass das nicht der Fall ist. Erst gestern hat Graepelt zwei neue Drohbriefe gefunden, in unmittelbarer Nähe der Försterei. Aber er hat seiner Frau nichts davon erzählt.

Wilhelm Berger ist äußerst angespannt. Hat Franz Kleinschmidt inzwischen erfahren, dass er seine Schwester aufgesucht hat? In dem Fall gibt es zwei mögliche Reaktionen. Entweder er ist tatsächlich bereit, sich zu stellen, oder er reagiert wütend und setzt Berger ebenfalls auf die Liste der Todeskandidaten.

Jetzt kommen sie an die Stelle, an der Graepelt damals abgestiegen ist, um zu Fuß das Dickicht zu umgehen. Berger mustert das Unterholz. Nichts. Er hält das Gewehr schussbereit. Aber Kleinschmidt zeigt sich nicht. Und jetzt – jetzt sind sie an der gefährlichen Stelle vorüber.

Warum ist Graepelt damals abgestiegen und zu Fuß weitergegangen? Hat er gewusst, dass an dieser Stelle Gefahr droht? Er muss es zumindest geahnt haben.

Nun geht es ein Stück weit durch offenes Gelände. Rechts hinter den Kiefern liegt der fast verlandete Trzebomirz-See. Dann folgt ein leichter Anstieg, auf dem sich der Gaul mächtig quält, aber mit jedem Schritt bringt er sie weiter weg von der Försterei, und mit jedem Schritt wird die Gefahr geringer, dass sie dem Mörder begegnen.

Rechter Hand liegt ein Haus mitten im Wald. Elisabeth Graepelt weist mit der Hand darauf. »Charlottenthal.« Nun ist es nicht mehr weit, hat sie sagen wollen, aber plötzlich wird ihr bewusst, was hier geschehen ist. Sie sind noch längst nicht in Sicherheit. Hier ist der Hilfsförster Weber umgebracht worden. Kleinschmidts erstes Opfer.

Ein Fuhrwerk kommt ihnen mit hohem Tempo entgegen. Ein Angriff? Berger hält die Waffe bereit. Zwei junge Männer lachen, winkten ihnen zu. Schon sind sie vorbei, und Elisabeth Graepelt und Wilhelm Berger sind in eine Staubwolke gehüllt. Als sie wieder freie Sicht haben, sieht Berger, dass sie den Waldrand erreicht haben.

»Da drüben liegt Czersk!« Auch Frau Graepelt ist ganz offensichtlich froh, dass sie es geschafft haben. Sie passieren die Czersker Mühle, und in der Ferne sehen sie bereits den Turm der neuen Kirche.

* * *

Adolf Graepelt hat einen Kommandojäger zum Schutz in der Försterei behalten; Bernhard Zastrow, ein zuverlässiger Mann. Die kleine Sabine spielt ein Brettspiel. Maria versucht, ihr *Halma* beizubringen. Graepelt langweilt sich. Eigentlich hat er sich vorgenommen, die Statistiken der letzten Wochen aufzuarbeiten, aber es fällt ihm schwer, sich darauf zu konzentrieren. Draußen scheint die Sonne. Raus, denkt er. Wozu bin ich Förster, wenn ich hier im Arbeitszimmer herumhocke!

Zastrow sitzt vor der Tür auf der Bank. Er ist dabei, seine Pfeife zu stopfen. Er sagt: »Alles ruhig, Herr Förster!«

Graepelt nickt. Ja, alles ist ruhig. Es kann nichts schaden, wenn er ein bisschen nach draußen geht. »Ich geh mal kurz rüber zu den Holzfällern«, sagt er.

Zastrow sieht ihn bekümmert an. »Herr Förster, das ist nicht gut.«

»Warum soll das nicht gut sein?«

»Weil es nicht richtig ist, wenn Sie allein in den Wald gehen. Zu gefährlich.«

»Kommen Sie doch mit!«

Nein, das geht natürlich nicht. Zastrow muss auf jeden Fall hier bleiben, die junge Frau und das Mädchen bewachen. Graepelt erwägt einen Augenblick lang, alle mitzunehmen, aber er weiß, dass seine Frau das nicht gutheißen würde.

»Passen Sie gut auf die beiden auf!«, sagt Adolf Graepelt.

Zastrow lacht. »Die passen die meiste Zeit auf sich selber auf.« Er gähnt.

»Das war wohl wieder eine lange Nacht gestern?«, fragt Graepelt wohlwollend.

Zastrow war zum Tanzen nach Czersk gegangen. Zu Fuß. Graepelt hat nicht gehört, wie er nach Hause gekommen ist.

»Lange Nacht? – Viel zu kurz war sie!« Zastrow grinst.

»Bis gleich dann. Ich bin zum Mittag zurück.«

»Ja, bis gleich. – Passen Sie auf sich auf, Herr Förster!«

* * *

Endlich allein. Ein ungewohntes Gefühl für Adolf Graepelt, nach so vielen Wochen wieder einmal ohne Begleitung durch sein eigenes Revier zu streifen. Leichtsinnig? Unsinn, was soll passieren? Kleinschmidt kann unmöglich wissen, dass er heute allein unterwegs ist. Und selbst wenn er ihm durch irgendeinen dummen Zufall über den Weg läuft, kommt es immer noch darauf an, wer zuerst schießt.

Graepelt sucht zunächst seine Waldarbeiter auf. Sie sind fleißig gewesen; fast die Hälfte der Stämme liegt schon zum Abtransport bereit. Kurz vor Mittag macht er sich dann auf den Heimweg. Er hat sich länger aufgehalten, als er geplant hatte. Graepelt knurrt der Magen. Knurr nur, denkt er. Heute Mittag wird es ohnehin nur Brot geben. Seine Frau kann noch nicht aus Czersk zurück sein.

Plötzlich hat Adolf Graepelt das Gefühl, dass er beobachtet wird. Er zögert. Im Dickicht links vor ihm – steht dort ein Mensch? Graepelt bleibt stehen und nimmt das Gewehr von der Schulter.

* * *

Der Pferdekauf hat sich länger hingezogen, als erwartet. Als schließlich bei der dritten Adresse ein geeignetes Tier gefunden ist, ein schöner Grauschimmel, stellt sich heraus, dass sie das neue Pferd nicht zusammen mit dem alten Gaul einspannen können. Am Ende bleibt nichts anderes übrig, als dass Frau Graepelt mit der Kutsche fährt und Wilhelm Berger als Begleitschutz nebenher reitet. Berger hat wenig Erfahrung als Reiter, und wenn es jetzt wirklich zu einem Überfall kommt, ist er eindeutig im Nachteil. Aber er baut darauf, dass ein bewaffneter Mann zu Pferd furchteinflößend genug wirkt, um Kleinschmidt von jedem Angriff abzuschrecken.

Die Sonne scheint, und Berger hat Mühe, sich auf seine Aufgabe zu konzentrieren. Es ist solch ein schöner Tag – wer mag da an Mord und Gewalt denken? Doch, es gibt jemand, der genau daran denkt, bei Tag und bei Nacht. Und die beiden neuen Drohbriefe – plötzlich wird Berger bewusst, dass es eine Besonderheit gibt, die ihm bisher gar nicht aufgefallen ist: Fast alle Briefe hat der Förster selbst gefunden, obwohl doch Berger und Zastrow auf ihren gemeinsamen Patrouillengängen ebenfalls die Augen offen hielten. Dafür kann es nur eine Erklärung geben: Kleinschmidt ist viel besser über jede ihrer Bewegungen informiert, als sie bisher gedacht haben. Er ist hier, in unmittelbarer Nähe der Försterei!

Frau Graepelt lässt das Pferd jetzt schneller laufen. Berger fragt sich, ob das an dem verminderten Gewicht liegt, das der Braune ziehen muss, oder ob Pferde tatsächlich auf dem Weg nach Hause schneller laufen.

Schon kommt die Försterei in Sicht. Und da – Frau Graepelt schreit auf: Auf der Bank neben dem Eingang sitzt eine in sich zusammengesunkene Gestalt.

»Adolf!«

Die Gestalt rührt sich nicht. Wilhelm Berger springt vom Pferd, rennt hin. Aber es ist nicht Graepelt, der da hockt, es ist Zastrow. Und er ist nicht tot, sondern er schläft. Gottseidank, denkt Berger.

Frau Graepelt ruft: »Wo ist mein Mann?«

»Was?« Zastrow hat große Mühe, wach zu werden.

Elisabeth Graepelt drängt an ihm vorbei ins Haus. »Adolf? Sabine? Maria? Wo seid ihr?«

Nichts regt sich.

»Wo seid ihr denn?«

»Wir sind hier, Mama!« Sabine kommt herbeigerannt, Maria folgt ihr.

»Wo ist Papa?«

»Ist er nicht da? Wir sind die ganze Zeit hier gewesen und haben gespielt.«

»Wo ist Papa hin?«

»Weiß ich nicht.«

Berger ist es inzwischen gelungen, den Jäger Zastrow wachzurütteln. »Der Herr Förster, der ist vorhin zu den Waldarbeitern rausgegangen. Ja, ich hab ihn ausdrücklich gewarnt, natürlich. Aber er hat mich ausgelacht …«

Frau Graepelt schreit den Jäger an: »Herr Zastrow, wo ist mein Mann?«

»Bei den Holzfällern, sag ich doch.«

»Mami, warum schreist du denn so?«, ruft Sabine erschrocken. Sie klammert sich an ihre Mutter.

»Alles ist gut, Kleines, alles ist gut«, versichert Zastrow unbeholfen.

»Bei den Holzfällern? Wo ist das?«

»Auf der anderen Seite vom Langen See. Jagen 203, glaube ich. Ich weiß genau, wo das ist. – Wie spät ist es denn eigentlich? Er wollte bis Mittag zurück sein.«

»Kurz nach Mittag. Reden Sie nicht rum, so tun Sie doch etwas!«

»Halt!« Berger bremst die anderen. »Wir können nicht alle losstürmen! Das Kind …«

»Ich bleibe bei Sabine«, bestimmt Frau Graepelt. »Keine Widerrede! Ich kann schießen, und ich tue es auch, wenn es sein muss. Zastrow und Berger – Sie gehen zusammen.«

»Komm, wir nehmen die Pferde!«, ruft Zastrow. Er rennt los und sattelt in großer Eile den Braunen.

»Ich gehe mit!« Maria springt zu Berger auf den Grauschimmel. Zastrow flucht vor sich hin: »Was für eine Scheiße, was für eine verdammte Scheiße!«

Wilhelm Berger sieht zu seiner Überraschung, dass der Jäger im Stande ist, den alten Gaul zum Galopp zu zwingen. Sein eigenes Pferd folgt, ohne dass er es dafür eigens antreiben muss. Es trägt Wilhelm und Maria ohne Mühe.

»Es ist nicht weit!«, ruft Zastrow. »Ungefähr ein Kilometer …«

* * *

Es ist in der Tat nicht weit. Die Holzfäller haben ihre Mittagspause noch nicht beendet. Sie sitzen in Gruppen am Rande einer kleinen Lichtung und essen ihr Mittagsbrot. Sie stehen auf, als sie die Ankömmlinge bemerken. Einer drückt schnell seine Zigarette aus. Wilhelm Berger reckt den Hals; Adolf Graepelt ist nicht hier.

»Wo ist der Förster?«

»Der Förster? – Der muss doch längst wieder zu Hause sein. Er ist heute früh hier aufgetaucht, ganz allein, und hat seine Anweisungen gegeben. Dann ist er wieder zurück nach Grünthal.«

»Wann ist das gewesen?«

»Vor einer Stunde vielleicht.«

»Vor gut einer Stunde«, sagt ein anderer.

»Er ist nicht zu Hause angekommen. Und auf dem Weg haben wir ihn auch nicht getroffen.«

Der Mann zuckt mit den Achseln. »Er ist der Förster«, sagt er. »Er wird seine Pläne geändert haben. Wenn ihm in den Sinn kommt, vor dem Mittagessen noch mal eben nachzuschauen, wie die jungen Kiefern am Lontki-See stehen, da wo im Winter der große Windbruch war, dann macht er das und fragt keinen.«

Berger schüttelt den Kopf. »Er wollte zum Mittag zurück sein.«

»Wenn Sie ihn auf dem Weg nicht getroffen haben, wird er die Abkürzung genommen haben.«

»Abkürzung?«

»Es gibt einen Pfad rechts zum See runter. Da spart man ein paar hundert Meter.«

Dann hätte er erst recht längst zu Hause sein müssen! Er ist tot, denkt Wilhelm. Ausgerechnet Graepelt! Das darf nicht sein. Vielleicht ist ja noch nicht alles zu spät, denkt Berger; vielleicht ist er umgeknickt, hat sich den Fuß verstaucht, liegt nun verletzt irgendwo im Wald, braucht Hilfe.

»Wir teilen uns auf«, bestimmt Berger. »Eine Gruppe geht die Straße entlang und sucht links und rechts den Waldrand ab, ob er dort irgendwo steckt. Die andere Gruppe geht mit mir die Abkürzung. Sie da, Sie zeigen mir, wo das ist. Und Zastrow, du nimmst das schnellere Pferd und reitest sofort nach Czersk zur Polizei und holst Hilfe. Deinen Gaul bringe ich zurück nach Grünthal.«

Zu fünft gehen sie schließlich den Pfad entlang, rufen nach Graepelt, durchsuchen das Gebüsch am Wegrand. Hier kann man nicht reiten. Berger ist nur mit der Pistole bewaffnet. Er führt das alte Pferd hinter sich her. Er hofft noch immer, dass es nicht zu spät ist. Vielleicht ist Graepelt einfach nur aufgehalten worden. Womöglich hat er einen Bekannten getroffen, sie haben geplaudert, nicht auf die Zeit geachtet. Vielleicht …

* * *

Graepelt liegt auf dem Gesicht, keine 150 m von der Försterei entfernt. Es gibt hier eine Stelle, wo der Pfad zwischen dem Bach auf der einen Seite und einem Dickicht auf der anderen entlang führt – eine Stelle, an der Graepelt auf jeden Fall vorüberkommen musste. Hier hat Kleinschmidt ihm aufgelauert und ihn aus kürzester Entfernung erschossen.

»Mein Gott!«, murmelt einer der Männer. Und dann plötzlich schreit er: »Er lebt!«

Ja, tatsächlich, der Förster lebt. Der Mann sieht fürchterlich aus. Ein Schrotschuss aus nächster Nähe hat ihm die Brust aufgerissen. Aber er atmet.

»Schnell zum Forstamt! Telefonieren Sie mit Czersk und Marienwerder. Wir brauchen einen Arzt, sofort, Und Polizei. Maria und ich bleiben hier beim Förster.«

Graepelt hat die Augen offen. Er ist wach. Was jetzt? Blutung stillen, denkt Berger. Verbandszeug wäre gut, hat er aber nicht. Das Taschentuch reicht nicht aus. Berger reißt sein Unterhemd in Streifen, verbindet die Brust und die schrecklich verletzte Hand.

»Alles wird gut«, sagt er. »Alles wird gut.«

Graepelt räuspert sich.

Maria hält seine Hand, beruhigt ihn, so gut es geht. »Nicht sprechen, ganz ruhig bleiben. Es ist ja nur eine Schrotverletzung. Kein Durchschuss oder so etwas. Die Schrotkörner können im Körper bleiben. Man wartet einfach, bis die Wunde geheilt ist, und fertig.«

Stimmt das? Berger weiß es nicht. Mit Schrot wird im Krieg selten geschossen. Egal. Graepelt atmet ruhig, das ist wahrscheinlich gut.

»Sie haben jetzt starke Schmerzen, aber das ist nur

am Anfang so, das lässt sehr bald nach.« Vielleicht. Was Berger jetzt behauptet, das ist reine Fantasie. Hoffentlich kommt bald jemand, der wirklich weiß, was er tun muss. Alles ist so schrecklich weit weg. Czersk wahrscheinlich eine knappe Stunde. Und Marienwerder? Unendlich weit. Nicht drüber nachdenken. Irgendjemand wird kommen. Irgendjemand wird helfen.

Was ist hier überhaupt passiert? Berger sieht sich um. Er versucht, den Tathergang zu rekonstruieren. Der Förster war auf dem Weg nach Hause. Als er da unten die Ecke gebogen ist, da, wo der dichte Wald aufhört, hat er plötzlich den Kleinschmidt vor sich gesehen. Er hat das Gewehr von der Schulter gerissen, aber im selben Moment hat ihn schon der erste Schuss Kleinschmidts getroffen, ihm die linke Hand zerschmettert und das Gewehr weggeschleudert. Der zweite Schrotschuss hat den Förster dann von vorn in die Brust getroffen.

Graepelt lebt. Das ist die Hauptsache. Und Kleinschmidt? Was ist mit dem, wo ist der geblieben? Plötzlich begreift Berger, dass Kleinschmidt überall sein kann. Wahrscheinlich ist er längst kilometerweit weg, in panischer Flucht quer durch den Wald gerannt. Oder nicht. Oder er ist noch immer hier, wenige Meter von ihnen entfernt.

Da liegt das Gewehr des Försters. Nur wenige Meter entfernt, aber er kann es nicht erreichen, ohne sich zu erheben. Geht das? Kann er das machen? Graepelt atmet ruhig, hat die Augen geschlossen. Berger steht auf, nimmt das Gewehr in Augenschein. Und da sieht er es. Der Förster hat noch geschossen. Daneben wahrscheinlich. Oder doch getroffen?

Maria entdeckt das Blut zuerst. »Da!« Blut an einem der Dornbüsche. Viel Blut. »Das ist nicht das Blut von Graepelt. Das ist das Blut von Kleinschmidt. Er ist angeschossen.«

Wilhelm begreift, was das bedeutet. Kleinschmidt ist noch hier. Er zögert, wirft einen Blick auf den verletzten Förster. Der hat die Augen geschlossen und atmet ruhig. »Komm!«, sagt er.

Maria nickt. »Hier längs, den Berg hoch!«

»Wirklich?« Das ist der schwierigste Weg, mitten durch die Dornen.

»Er flüchtet bergauf«, sagt Maria. »Er flüchtet immer bergauf. Das hat er mir erzählt. Da können ihm die greisen Förster nicht folgen.«

»Wann hat er dir das erzählt?«

Maria antwortet nicht. Sie bahnt sich einen Weg durch das Dickicht. Sie ist schneller als er. Berger kommt sich vor wie einer dieser greisen Förster. Mein Gott, hinter jedem dieser Büsche kann der angeschossene Mörder stecken. Und er hat Graepelts Jagdgewehr in der Hand, nicht den Karabiner.

»Warte!«

Wilhelm hält Maria zurück, gibt ihr die Pistole. Sie hasten weiter.

Und dann bleibt Maria plötzlich stehen. Da liegt er, der Mörder, schwer verletzt. Graepelts Schuss hat ihn in den Bauch getroffen.

Kleinschmidt starrt Maria an. Er bewegt sich, tastet nach seinem Messer. »Verdammte Hexe!«, faucht er.

Berger zögert nicht. Er drückt ab. Nichts geschieht. Kleinschmidt lacht. Graepelts Gewehr ist nicht mehr einsatzfähig. Und Kleinschmidts Messer – der Mörder holt aus. Maria schießt Kleinschmidt in den Kopf. Das Messer fällt zu Boden.

* * *

Franz Kleinschmidt ist tot. Adolf Graepelt liegt im Krankenhaus in Marienwerder. Er wird durchkommen, heißt es. Ob er mit der zerschossenen Hand weiterhin als Förster arbeiten kann, ist eine andere Frage. Nicht hier in Grünthal jedenfalls. Die Försterei Grünthal bleibt bis auf weiteres unbesetzt. Die letzten Kommandojäger werden nach Culm zurückgerufen. Nur Berger nicht. Er kommt ja nicht aus Westpreußen, er kommt aus Hamburg.

Wilhelm Berger und Maria sind jetzt allein in der Försterei. Der Krieg steht schlecht. Der deutsche Angriff im Westen ist längst zum Stehen gekommen. Damit ist die letzte Chance vertan, den Krieg noch siegreich zu beenden. Wie gut, dass sie mich in Westpreußen vergessen haben, denkt Berger.

Aber sie haben ihn nicht vergessen. Am nächsten Morgen kommt mit der Post ein Brief aus Berlin. Wilhelm soll sich sofort nach Nordfrankreich begeben. Was das heißt, kann er sich gut vorstellen. Die gescheiterte Frühjahrsoffensive soll jetzt mit allen Mitteln wieder in Schwung gebracht werden. Von einer *Zweiten Schlacht an der Marne* ist in der Zeitung die Rede. Wilhelm Berger bezweifelt, dass der Angriff Erfolg haben kann. Die erste Marneschlacht haben sie ja auch nicht gewonnen. Und jetzt ist die Ausgangslage deutlich schlechter. Viel schlechter. Das Blatt hat sich endgültig gewendet. Der Marschbefehl nach Frankreich – das ist fast schon ein Todesurteil.

Maria hat Kaffee gemacht. Trüben Ersatzkaffee.

»Danke.« Berger starrt trübsinnig in die Tasse.

Maria sitzt am Tisch und liest. Wilhelm Berger setzt sich neben sie. »Es ist schön mit dir«, sagt er.

»Ja, das ist es.« Maria blättert in den Zeitungen. Sie nimmt einzelne Seiten heraus und breitet sie auf dem Tisch aus, bis die ganze Fläche bedeckt ist.

»Was machst du?«, fragt Berger irritiert.

Sie antwortet nicht. Wilhelm sieht, dass es die Todesanzeigen sind, die Maria herausgesucht hat. Es gibt jetzt jeden Tag mehrere Seiten. *Wir erhielten die erschütternde Nachricht, dass unser lieber Sohn … gefallen auf dem Felde der Ehre … gefallen für Deutschland … im 19. Lebensjahre … den Heldentod fürs Vaterland …* Und so weiter. Da liegen die Nachrufe auf über hundert junge Männer; keiner von ihnen ist eines natürlichen Todes gestorben.

»Was soll das, Maria?«

»Was das soll? Diese Anzeigen – sprechen sie nicht für sich? – Diese hier um Beispiel: *Nach treuester Pflichterfüllung fiel am 30. Juni im Alter von 20 Jahren unser herzensguter Sohn Josef Drech aus Karsin in den harten Kämpfen an der Marne …*«

Das hat er überlesen. Theresias Mann ist tot. »Mein Gott«, murmelt Berger. »Der Josef. Das tut mir so leid.«

»Ja, das tut uns allen sehr leid. – Aber darum geht es jetzt nicht. Es geht um dich, Wilhelm Berger! Du lebst noch! Was ist mit dir? Willst du wirklich noch einmal in den Krieg gehen? Eine Kugel hast du schon abbekommen, nimm das als einen Wink des Schicksals, eine Art letzte Warnung: Das zweite Mal, das ist tödlich.«

»Ich kann mich dem Befehl nicht gut widersetzen ...«

»Doch, das kannst du! Geh nicht hin! Ich verstecke dich! Geh in die Wälder, ich versorge dich, und du wartest ab, bis der Krieg vorbei ist! Es kann doch nicht mehr lange dauern ...«

Berger schüttelt den Kopf. »Ich bin nicht Kleinschmidt«, sagt er.

»Das nicht, aber du bist ein Narr, Wilhelm!«

* * *

Maria ist finsterer Stimmung; sie kann Wilhelm Berger nicht zur Fahnenflucht überreden. Maria und Wilhelm trinken ein Glas Wein zusammen, sehen sich noch einmal in die Augen, etwas verlegen. Jetzt ist ein Abschiedskuss fällig, denkt Berger. Aber es gibt keinen Abschiedskuss. Maria sagt stattdessen: »Kannst du mir Geld geben?«

»Wie viel?« fragt er.

»Alles, was du hast.«

Wilhelm Berger zieht die Augenbrauen hoch, aber er gibt ihr das Geld.

»Danke«, sagt sie. »Ich weiß, dass es sich nicht gehört, dich darum zu bitten, aber wenn du nächste Woche in der Kiste liegst, wirst du es ohnehin nicht mehr brauchen.«

Es sind etwas mehr als hundert Mark, die sie bekommen hat. Ein kleiner Beitrag für den großen Traum von Amerika. Berger kann den Verlust des Geldes verschmerzen. Der Verlust Marias ist eine ganz andere Geschichte. Dazu hätte es nicht kommen dürfen. Er ist fest entschlossen, sich bei ihr zu melden, sobald er aus dem Krieg zurück ist. Wenn er aus dem Krieg zurückkommt und nicht tatsächlich unter einem Holzkreuz in Frankreichs Boden endet. Es weiß, was ihm bevorsteht. Wilhelm Berger hat Angst.

Am nächsten Tag sitzt Berger im Zug nach Berlin. Er muss sich beeilen. Der Angriff beginnt am 15. Juli 1918.

Nachwort

Der Vorläufer dieses Buches ist 2012 unter dem Titel »Blutrot blüht die Heide« bei KBV erschienen. Die Version ist seit langem vergriffen. Das jetzige Buch »Jagdfrevel« ist vollständig überarbeitet, und wesentliche Teile der Handlung sind verändert.

Den Stoff des Romans kenne ich seit mehr als fünfzig Jahren. Meine Eltern hatten die Wochenzeitschrift *Der Heidebote* abonniert, und darin erschien 1956 die Fortsetzungsgeschichte *Satan fährt durch den Busch*. Als ich die Geschichte las, war ich acht Jahre alt. Wieder begegnet bin ich dem Förstermörder Franz Kleinschmidt, als ich bei der Recherche für meinen ersten historischen Kriminalroman *Mitgegangen* auf das Buch von Otto Busdorf *Wilddieberei und Förstermorde* stieß. Darin beschreibt der Berliner Kriminalist in knappen Worten die Jagd auf Kleinschmidt.

Damals wusste ich noch nicht, dass ich diesen Fall in einem Roman aufgreifen würde. Um Widersprüche zu *Mitgegangen* zu vermeiden, habe ich den Berliner Polizisten Otto Busdorf durch Paul Marquardt ersetzt, den es in Wirklichkeit nicht gegeben hat. Fast alles, was im Buch Marquardt macht, hat in Wirklichkeit Otto Busdorf getan. Dieses Buch beruht im Wesentlichen auf vier Quellen:

1. Unterlagen über den Fall Kleinschmidt im Landes archiv Berlin, A.Pr.Br.Rep. 030-03 Nr. 1304
2. Otto Busdorfs *Wilddieberei und Förstermorde* (1928)
3. Otto Kokes *Satan fährt durch den Busch* (1956)
4. Otto Kokes *Wilderer am Werk* (1960)

Viele der Dinge, die besonders unwahrscheinlich klingen, haben sich tatsächlich so abgespielt. Die Verfolgung eines Bankräubers nach Amerika liest sich wie eine Kopie der Jagd auf Dr. Crippen. Der Fall ist in Ernst Hobuschs *Wilddieberei und Förstermorde, Band 3* (2002) beschrieben. Ich habe diese Geschichte anhand der damaligen Zeitungsberichte überprüft.

Im Heimatmuseum in Odry wusste man nichts über den Mörder Kleinschmidt, und auch meine Nachfrage in Wielle blieb ohne Ergebnis.

Die jeweiligen Verfasser haben das Geschehen unterschiedlich ausgestaltet. In allen Texten finden sich antipolnische Vorurteile. Busdorf schrieb nach Berlin: *Da alle Polen hier mit (dem Mörder) Kleinschmidt unter einer Decke stecken, muss ich jetzt auf alles gefasst sein.*

Der erste Band von *Wilddieberei und Förstermorde* ist 1928 erschienen. Das überwiegend deutsch besiedelte Westpreußen war nach dem Ersten Weltkrieg an Polen gefallen. Busdorf schrieb: *Die zum Teil polnische Bevölkerung neigte stets zu Widersetzlichkeit und Gewalttätigkeit.* (Bd. 1, Seite 84). Und der Mörder Kleinschmidt wird geradezu zu einem teuflischen Untermenschen. Er liegt tot am Boden, ... *mit hasserfülltem Gesicht, noch im Tode umklammerte seine Faust den gezückten Dolch. Er sah einem Gorilla ähnlicher als einem Menschen.* Das beigefügte Foto zeigt ihn allerdings ohne Dolch.

Knapp 30 Jahre später ist im *Heideboten* aus ihm dann ein mordlüsterner »Satan« geworden. Daran ändert sich auch nicht viel, als Koke wenige Jahre später aus dem knappen Fortsetzungsbericht ein Buch von fast 200 Seiten macht. Große Teile der eigentlichen Handlung sind aus dem *Heideboten* fast wörtlich übernommen, angereichert durch zahlreiche Beschreibungen von Rebhühnern, Hasen und Rehen, die der Förster Otto Koke aus eigener Anschauung kannte. Die bisher letzte (vierte) Auflage des Buches erschien 1965.

Ich habe versucht, die damaligen Ereignisse zu verstehen. Ich habe mich bemüht, einige der Irrtümer und Vorurteile aufzuklären, und ich habe versucht darzustellen, auf welche Weise Franz Kleinschmidt zum Mörder geworden ist. Er war kein Satan, sondern trotz aller Gewalttätigkeiten auch ein Mensch.

Um den zeitlichen Rahmen der Geschichte etwas zu straffen, habe ich den Mord am Hilfsförster Weber vom 14. August 1916 auf den 4. Juli 1917 verlegt.

Die kanadische Zeitung *Eau Claire Leader,* aus der Marquardt die Titelseite vom 17. März 1911 vorweist, existiert noch heute. Sie heißt jetzt *Leader-Telegram.* Dass die von Marquardt beschriebene Verfolgung und Festnahme eines der Bankräuber auf die beschriebene Weise erfolgt ist, lässt sich in verschiedenen Zeitungen nachlesen, unter anderem auch in den *Harburger Anzeigen und Nachrichten* vom 18.3.1911.

Bergers Kriegserlebnisse in Galizien stammen aus den Tagebuchaufzeichnungen meines Vaters. Das Gebiet, in dem sich die Kämpfe abgespielt haben, gehörte damals zu Österreich-Ungarn; es ist heute ein Teil der

Ukraine. Die Ortsnamen haben sich geändert: Lemberg heißt heute Lwiw, Tarnopol heißt heute Ternopil.

Franz Kleinschmidt hat behauptet, er sei kugelfest. Er hat sich tatsächlich damit gebrüstet, *das Sechste und das Siebte Buch Mose* zu besitzen. Dieses Buch hat mit der Bibel und den fünf Büchern Moses nichts zu tun. Es ist ein *Grimoire*, ein Zauberbuch, das seit dem 18. Jahrhundert nachweisbar ist.

Von Kleinschmidts Schwester weiß ich nur, dass es sie gab und dass sie Leokadia Maruß hieß.

Die meisten Dinge, die in dem Buch beschrieben sind, haben sich tatsächlich so abgespielt. Einige habe ich dazu erfunden (zum Beispiel die geköpfte Leiche Eisners), andere weggelassen, von denen ich nicht glaube, dass sie sich so abgespielt haben können.

Kleinschmidt ist auf dem Ablassfest in Wielle gewesen; die Szene dürfte sich so ähnlich abgespielt haben, wie ich sie dargestellt habe. Ob er jemals die Steinkreise von Odry aufgesucht hat, ist nicht überliefert. Am Ende ist er bei einem zufälligen Zusammentreffen mit dem frisch eingetroffenen Kommandojäger Vollmeller mit Dum-Dum-Munition erschossen worden – angeblich in Notwehr.

Die Beschreibung des Abschieds der Herzogin Viktoria Luise von ihrem Vater in Berlin stammt aus ihrer Autobiographie *Ein Leben als Tochter des Kaisers* (1965).

Bei der Suche nach den Quellen für das Kaschubische Weihnachtslied hat mir Witosława Frankowska (Akademia Muzyczna, Gdańsk) geholfen. Die bei uns bekannte Fassung von Werner Bergengruen basiert wahrscheinlich auf der deutschen Version von Izydor Gulgowski

(1911). Ich habe hier auf die ältere polnische Fassung von 1843 zurückgegriffen, bei deren Übersetzung mir Anna Mankowski geholfen hat. Auf Kaschubisch ist das Lied erst 1930 veröffentlicht worden.

Meine Quelle bezüglich des kaschubischen Brauchtums ist das Buch *Von einem unbekannten Volke in Deutschland* von Ernst Seefried-Golgowski (1911). Darin finden sich unter anderem Angaben zum Aberglauben und zu den Hochzeitsbräuchen, sowie Hinweise darauf, was man in Kaschubien mit toten ‚Vampiren' gemacht hat.

Ein anderes wichtiges Buch ist *Wanderungen durch die Tucheler Heide* von E. Wernicke (1913). Die Rede Förster Eisners stützt sich stark auf das Heft *Wald und Forstwirtschaft im Weltkriege* (1916), das drei Vorträge von Oberforstmeister Riebel, Regierungsdirektor Dr. Wappes und Prof. Dr. von Mammen enthält.

Auch wenn das Buch nicht gerade übertrieben optimistisch endet, habe ich doch zumindest eine gute Nachricht für die Leser: Da es noch weitere 7 Bände mit Wilhelm Berger gibt, liegt mein Held nicht seit 1918 unter einem Holzkreuz in Frankreich begraben. Fünfzig Jahre später, im Dezember 1967, ist er noch am Leben.

Die Lagekarte zeigt die deutschen Ortsnamen von 1917

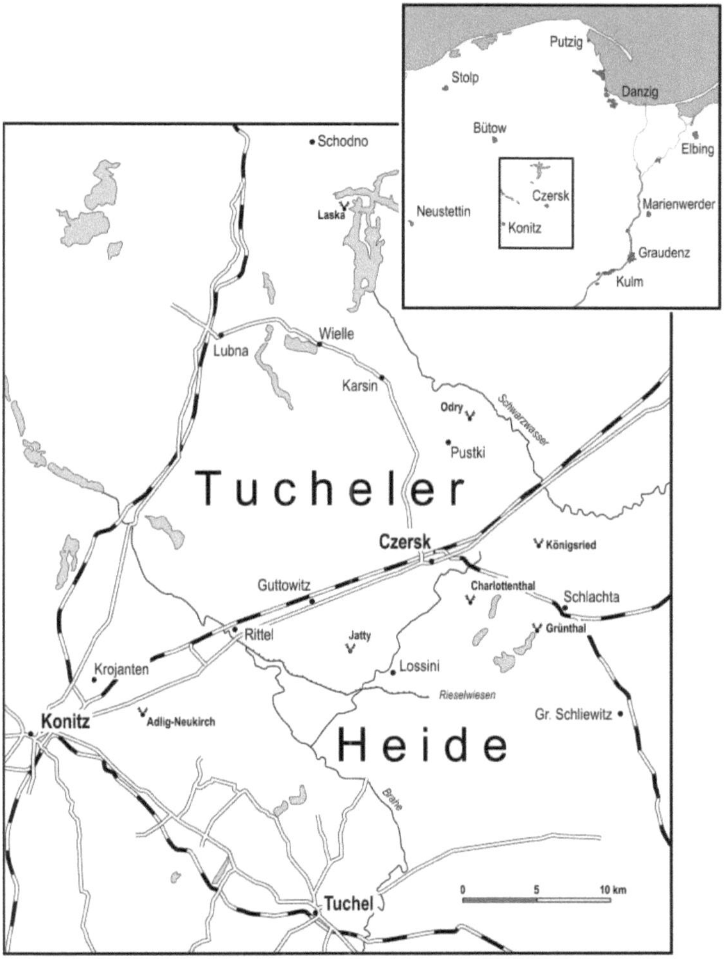

Veröffentlichungen (Auswahl):

Sachbücher

Allgemeine und historische Quartärgeologie, 1994
The Morphodynamics of the Wadden Sea, 1988
Die Nordsee, 2008
Das Eiszeitalter, 2011

Kriminalromane

Mitgegangen, 2005
Neben dem Gleis, 2006
Die Nacht von Barmbeck, 2008
In Deinem schönen Leibe, 2011
Der Spion von Dunvegan Castle, 2011
Blutrot blüht die Heide, 2012
Nur ein gewöhnlicher Mord, 2014
Abflug oder Tod!, 2014
Tod auf der Osterinsel, 2015
Der Wolf von Hamburg, 2015
Die Hyäne von Hamburg, 2016
Die Schlange von Hamburg, 2017
Tod von oben, 2017
Im dunklen Nebel, 2018
Im Haus der Lügen, 2019
Durch die kalte Nacht, 2020
Sturm in die Freiheit, 2021
Fantom, 2021

Liebe und Verrat in den besetzten Niederlanden

Der Fallschirmagent Gerhard Prange wird gezwungen, für die deutsche Abwehr zu arbeiten. Von der jungen Frau, bei der Gerhard zur Untermiete wohnt, glaubt er zu wissen, dass sie Sofieke heißt. Er weiß nicht, dass sie Jüdin ist. Zwischen den beiden entwickelt sich eine Liebesbeziehung. Aber sie sind in höchster Gefahr, die Gestapo ist ihnen auf der Spur. Und die setzt ihre Forderungen gnadenlos durch.